S·I·R

Simplicity ♡단순   Ignorance ♡무식   Radical ♡과격

S·I·R 6

최영채 판타지 장편 소설

초판 1쇄 찍은 날 § 2003년 3월 17일
초판 1쇄 펴낸 날 § 2003년 3월 25일

지은이 § 최영채
펴낸이 § 서경석

편집장 § 문혜영
편집 § 박영주 · 김희정 · 유경화
마케팅 § 정필 · 강양원 · 이선구 · 김규진 · 홍현경

펴낸곳 § 도서출판 청어람
등록번호 § 제1081-1-89호
등록일자 § 1999. 5. 31
어람번호 § 제1-0364호

주소 § 경기도 부천시 원미구 심곡1동 350-1 남성B/D 3F (우) 420-011
전화 § 032-656-4452 팩스 § 032-656-4453
http://www.chungeoram.com
E-mail § eoram99@chollian.net

값 7,500원

ISBN 89-5505-431-9 (SET)
ISBN 89-5505-640-0 04810

최영채 판타지 장편소설

S·I·R

Simplicity 단순   Ignorance 무식   Radical 과격

6 반격

도서출판

청어람

목
차

⑥
반격

제 1장

기습 I

기습 I

　무덥기만 했던 날씨도 9월에 접어들며 한풀 꺾인 것인지 간간이 불어오는 바람이 제법 시원하게 느껴지던 어느 날이었다.

　동료들과 한바탕 훈련을 한 뒤 나무 그늘에서 휴식을 취하던 얀 그렌은 건물 그늘에 조각상처럼 우뚝 서 있는 오토의 모습을 꼼꼼히 살피고 있는 녹색 머리 귀여운 소년의 모습을 발견했다. 그린 드래곤 지메로스였다. 하지만 아무리 봐도 호기심 많은 10대 초반의 소년으로밖에 보이지 않았다. 그러나 의심할 수도 없는 것이 그 말을 한 사람이 한때 자신의 상관이었던 안드레이였고, 자신도 조금이나마 그의 능력을 보았기 때문이다.

　지금까지 살아오면서 드래곤을 한 번도 본 적이 없기에 뭐라 딱 잘라 말할 수는 없지만 지금 자신의 눈에 보이는 소년의 모습은 지상 최강의 존재, 더할 나위 없이 위대한 존재와는 너무나 동떨어져 있었다.

머리가 하얗게 센 마법사의 모습이나 근육질의 몸에 엄청난 검술을 가진 용병의 모습일 거라 상상했던 얀의 예측과 너무나 다르다 보니 처음엔 혹시 안드레이가 뭔가 착각한 것은 아닐까 하는 의심까지 들었다. 하지만 안드레이가 블랙 이글 기사단의 단장으로 지낼 때 그의 부관으로 지냈던 경험에 의하면 그는 성격상 확실하지도 않은 일을 타인에게 말할 사람이 절대 아니었다.

혹시 늙은 마법사가 어린아이의 모습으로 폴리모프한 것은 아닐까 하는 생각도 해봤지만 안드레이는 그런 얄팍한 속임수에 넘어갈 사람이 아니었다. 게다가 투르멘시아 제국의 수도인 바그리얀에서 이곳 레트로니아 왕국의 수도인 포얀 시까지 거의 2,000엠파렌이 넘는 거리를 단 한 번의 워프로 이곳까지 이동한 것을 보면 인간 마법사로서는 어림도 없는 일이었기에 틀림없는 드래곤 같기도 했다. 하지만 얀은 어린 소년의 모습을 하고 촐랑거리는 지메로스가 너무나 채신머리없어 보이기만 했다. 동시에 안드레이와 지메로스가 자신을 찾아왔을 당시의 일이 똑똑히 생각났다.

그날 얀은 블랙 이글 기사단에서 처리해야 할 일을 늦게서야 끝낸 후 집으로 돌아와 서재에서 한 잔의 와인을 마시며 지친 몸을 쉬고 있던 중이었다. 하지만 혼란스럽기 이를 데 없는 황궁의 현 상황을 생각하니 와인의 맛을 전혀 느낄 수 없었다. 동시에 저절로 눈살이 찌푸려졌다.

현 국왕인 투투멘샤 8세의 나이가 70세를 넘긴 지 오래였고, 50에 가까운 황태자와 왕자들의 알력과 암투가 본격화되면서 제국 전체가 사분오열된 상태였다. 물론 백작의 지위를 가지고 있는 자신도 황태자나 다른 왕자들의 사신들이 보낸 협조를 종용하는 편지를 몇 통이나 받은 상태였다. 하지만 과거부터 블랙 이글 기사단이나 블루 와이번 기사단은 철저히 정치적 중립을 지켜왔기에 일단은 어느 쪽에도 속해 있지 않지만 언제까지 중립을 지킬 수 있을지 자신할 수 없는 상황이 었다. 벌써 양대 기사단 가운데 일부 단원들은 암암리에 자신이 지지하는 왕자들을 찾아가 그들에게 충성을 맹세한 상태였다.

생사고락을 같이했던 동료의 가슴에 칼을 겨누는 것은 물론, 사소한 충돌에서부터 암살, 포섭, 배신 등으로 투르멘시아 제국은 하루도 조용할 날이 없었다.

골치 아픈 현실에 얀이 눈살을 찌푸릴 때 밖에서 집사의 음성이 들려왔다.

"백작님, 손님께서 찾아오셨습니다."

"손님? 누군가?"

"글쎄, 전 누구신지 잘 모르겠습니다. 용병으로 보이는 중년 사내와 소년 한 명인데 꼭 드려야 할 말이 있다고 합니다."

"알았네, 들여보내게."

"알겠습니다."

집사의 대답과 함께 서재의 문이 열렸고 그 문을 통해 두 사람이 안으로 들어섰다.

먼저 보인 귀엽게 생긴 소년은 특이하게도 녹색 머리를 가지고 있었고, 뒤따라 들어온 사내는 탄탄해 보이는 체격에 윤기가 흐르는 검은 머리를 가지고 있었다. 그 사내의 모습을 발견하는 순간 얀의 심장은 급하게 뛰기 시작했고, 그의 얼굴을 확인하는 순간 비명 같은 외마디 소리가 튀어나왔다.

"단, 단장님?"

"그렌 백작, 그동안 잘 지냈나?"

얼음 조각처럼 싸늘한 얼굴에서 흘러나온 음성은 지난 10여 년 동안 한 번도 잊은 적이 없는 그리운 이의 음성이었다. 멍하니 서 있던 얀은 곧 정신을 차리고는 안드레이와 제로스에게 자리를 권했다. 그리고는 안드레이의 얼굴을 하염없이 바라봤다.

15년에 가까운 시간이 흘렀건만 안드레이의 얼굴은 여전히 아름다웠다.

"단장님, 그동안 어떻게 지내셨습니까?"

"잘 지냈네."

"대체 어디에 계셨습니까? 저희들이 단장님을 찾기 위해 제국 내 모든 곳을 샅샅이 뒤지다시피 했지만 단장님은커녕 단장님의 그림자조차 보았다는 사람이 없어 너무나 궁금하게 생각하고 있던 중이었습니다."

"그간 레트로니아 왕국에 있었네."

"예? 레트로니아 왕국? 그곳에는 무슨 일로……?"

"개인적인 일 때문이네."

싸늘한 안드레이의 대답을 들은 얀은 움찔거리면서도 그가 예전과 비교해 전혀 변하지 않았다는 것을 느끼고 있었다. 그러면서도 과거와 달리 그의 음성에 어둠이 드리워져 있다는 것을 눈치 채고 있었다.

"내가 자네를 찾아온 것은… 자네에게 부탁할 것이 있기 때문이네."

"지, 지금 부탁… 이라고 하셨습니까?"

안드레이의 말에 얀의 눈이 휘둥그레졌다.

세상에! 안드레이 반 휘나가르트가 다른 사람에게 부탁을 하다니! 얀은 방금 자신에게 무슨 일이 일어난 것인지 도저히 정신을 차릴 수 없었다.

누구보다 철두철미하게 자기 자신을 관리해 그의 적들까지 그를 모함할 생각조차 갖지 못하게 만들었던 이가 바로 안드레이 아닌가? 그런데 그런 그가 10여 년 만에 나타나 대뜸 자신에게 부탁을 하겠다고 말하다니… 얀은 너무도 놀란 나머지 아무 말도 할 수 없었다.

"그렇네, 틀림없이 부탁을 하겠다고 했네. 나를 도와줄 수 있겠나?"

안드레이의 무감정한 말에 얀은 머리 속으로 대체 무슨 일일까 생각을 하면서도 입은 벌써 승낙을 하고 있었다.

"물론입니다. 다른 사람도 아닌 단장님의 일인데 제가 어찌 거절하겠습니까?"

자신의 예상보다 훨씬 빠른 대답에 안드레이는 얀의 얼굴을 바라봤다.

"목숨이 위험할지도 모르는 일이네. 신중하게 생각하고 결정을……."

"설사 그런 일이 생긴다 해도 단장님을 돕겠습니다. 생각하고, 결정을 내리고 할 것도 없습니다. 단장님께서 하시는 일이라면 그것이 무엇이든 단장님을 따르겠습니다."

"나를 그렇게나 생각하고 있었다니… 정말 고맙군."

"천만에 말씀이십니다. 그런데 단장님께서 하시고자 하는 일이 어떤 일인지 여쭤봐도 되겠습니까? 저어… 혹시 황실의 일에 개입하시려는 겁니까?"

"황실? 그게 무슨 말인가?"

"모르고 계셨습니까? 사실은……."

얀은 현재 황실에서 일어나고 있는 상황에 대해 상세하게 설명해 주었다.

"그런 일이 있었군. 하지만 난 황실의 일에 개입할 생각 따윈 전혀 없네. 관심도 없을 뿐더러 지금은 그보다 훨씬 더 급하게 처리해야 할 일이 있다네."

"황실의 일보다 더 급한 일이 있단 말씀이십니까?"

"그렇네."

단정적으로 말하는 안드레이의 말투에서 얀은 본능적으로 뭔가 심각한 일이 있다는 것을 느낄 수 있었다. 하지만 누구보다 뛰어난 능력을 가진 안드레이가 자신을 찾아와 부탁할 정도로 급한 일이란 것이 무엇인지 너무나 궁금했다.

"그리고 한 가지 더 부탁할 것이 있네."

"말씀하십시오, 단장님."

"충분한 실전 경험을 쌓은 소드 마스터 초급 이상의 검술 실력을 가진 자들을 얼마나 모을 수 있겠나?"

"소드 마스터 초급 이상에 충분한 실전 경험……. 언제까지, 얼마나 모아야 합니까?"

"빨리, 최대한."

곰곰이 생각하던 얀이 조심스럽게 입을 열었다.

"저어… 그들에게 단장님의 이름을 밝혀도 되겠습니까?"

잠시 눈을 내리깔며 생각에 잠겼던 안드레이가 곧 대답했다.

"내 이름이 그들을 모으는 데 도움이 된다면 밝혀도 좋네. 하지만 우리가 이곳에 있다는 말은 일단 비밀로 해주었으면 하네."

"그럼 됐습니다. 단장님 따르길 원했던 기사들이 얼마나 많은지 아마 단장님께서는 모르고 계실 겁니다. 지금도 그들이 가장 존경하는 분은 틀림없이 단장님일 겁니다."

"얼마나 걸리겠는가?"

"한 2, 3일 정도면 최소 50명 정도는 모을 수 있습니다."

"실전 경험이 적거나 실력이 떨어지는 자들은 절대 선발하지 말게. 난 희생이 일어나는 것을 바라지 않네."

"명심하겠습니다."

"그럼 언제 돌아간다는 거야?"

두 사람의 대화를 듣던 제로스가 입을 열었다.

"아무래도 나흘 이상 걸릴 것 같습니다, 제로스님."

"그래? 그럼 그동안 뭘 하지?"

녹색 머리를 가진 어린 소년의 말에 안드레이가 공손하게 존댓말을 하자 얀의 눈은 휘둥그레져야만 했다.

안드레이가 누군가? 투르멘시아 제국이 자랑하는 최강의 기사단인 블랙 이글 기사단의 단장을 지낸 4명의 공작을 제외하고는 가장 강력한 권력과 황제의 총애를 받았던 후작이 아닌가? 그런 안드레이가 사방을 두리번거리고 있는 코흘리개 어린애에게 존댓말을 하다니… 도저히 믿을 수 없는 일이었다.

혹시나 하는 생각에 황족이나 귀족들의 이름을 떠올려 봤지만 제로스란 이름은 들어본 적이 없었다. 그렇다면 저 조그만 소년의 정체는 대체 뭐란 말인가?

"제가 그동안 바그리얀에서 유명한 곳을 안내해 드리겠습니다."

"아, 안 됩니다, 단장님."

얀이 황급히 자신의 말에 반대를 하자 두 사람의 눈이 일제히 얀에게 쏠렸다.

"안 된다니… 그게 무슨 말인가?"

안드레이는 자신의 질문에도 얀이 좀처럼 대답할 생각을 하지 않자 좀 이상한 생각이 들었다. 누구보다 자신의 성격을 잘 알고 있는 얀이 대답을 주저하는 모습을 보이는 것에는 나름대로 이유가 있을 것 같다는 생각이 들었다.

"이유가 뭔가?"

"혹시 일레지아 공작가의 이자벨님을 아직 기억하십니까?"

"이자벨 듸 일레지아……."

나직하게 누군가의 이름을 중얼거리는 안드레이의 뇌리에 순간 두 사람의 모습이 스치고 지나갔다.

날카로운 인상의 50대 중반쯤으로 보이는 장년인과 20대의 붉은 머릿결을 가진 아름다운 얼굴의 여인. 그들 두 사람은 나름대로 안드레이의 일생에 지울 수 없는 상처 같은 기억을 남겨준 사람들이었다.

로저 폰 일레지아 공작은 투르멘시아 제국에 4명밖에 없는 공작 가운데 한 명으로 날카로운 검술 솜씨를 자랑하던 뛰어난 기사였다. 젊은 시절 블랙 이글 기사단의 단장을 역임한 적도 있었고, 무엇보다 그는 안드레이에게 어린 시절 기사도와 검술을 가르쳤던 스승이었다. 그리고 안드레이를 블랙 이글 기사단의 단장으로 적극 추천한 인물이기도 했다.

그런 반면 이자벨 듸 일레지아는 일반적인 귀족가의 영양들과는 달리 어린 시절부터 검술 수련을 해 그녀가 스물이 되었을 때쯤에는 이미 소드 마스터 초급 정도의 실력을 가지고 있었을 정도로 외향적인 성격의 소유자였다. 이자벨이 검술을 익히게 된 동기가 자신에게 있다는 사실을 누구보다 잘 알고 있던 안드레이였고, 또 그녀가 얼마나 자주 사랑한다고 자신에게 마음을 드러냈었는지 지금도 분명히 기억하고 있다.

안드레이가 로자린과 결혼했을 때도 자신에게 열렬히 구애하던 이자벨의 얼굴이 떠올라 한동안 죄책감에 시달려야만 했다. 그건 지금도 마찬가지였다. 얀에게서 그녀의 이름을 듣는 순간 그동안 자신의 일 때문에 잊고 있었던 그녀에 대한 죄책감이 되살아났다.

"그녀의 이름을 거론하는 이유가 뭔가?"

"다름이 아니라… 단장님께서 행방불명이 된 후 이자벨님께서는 단장님을 찾아 투르멘시아 제국 전역을 몇 년 동안 돌아다니셨습니다. 하지만 몇 년이 지나도 단장님을 찾지 못하자 상심하신 이자벨님께서 평생 독신을 선언하시고는 그대로 블루 와이번 기사단에 입단하셨습니다. 하지만 문제는 일레지아 공작 각하께서 무섭게 분노하셨다는 겁니다. 당장 단장님을 체포해 압송하라고 블랙 이글 기사단과 블루 와이번 기사단, 그리고 공작 각하께서 데리고 있는 사병 조직까지 총동원해 제국 전역을 이 잡듯 뒤지셨습니다. 단장님을 찾지 못한 것은 천만다행이지만 10여 년이 지난 지금도 공작 각하께서는 단장님의 이름을 거론하는 자들은 그냥 두지 않을 정도입니다."

"으음~ 그런 일이 있었군."

"그런 이유로 바그리안 시내를 돌아다니시는 것은 너무 위험합니다. 혹시 단장님의 얼굴을 알아보는 사람이 있을지도 모릅니다."

얀의 음성에는 안드레이를 진심으로 걱정하는 기색이 뚜렷했다. 그런 얀의 태도에 제로스는 안드레이를 보는 시각이 조금 변했음을 느꼈다. 10여 년 만에 만난 부하에게 도와달라는 말 한마디를 하자 목숨이 위험할지도 모르는 일에 부하가 기꺼이 동참하겠다고 하는 것은 결코 쉬운 일이 아니었다. 게다가 지금처럼 상대의 위험을 걱정할 정도라면 안드레이에 대한 그의 마음이 어떤 것인지 충분히 짐작할 수 있었다.

그런 제로스를 바라보던 얀은 건방지게 자신의 말에 고개를 끄덕이는, 자신의 아들 또래밖에 안 되는 소년의 건방진 태도에 은근히 열이 올랐다. 하지만 안드레이가 존댓말하는 것을 보며 소년의 신분이 심상치 않은 것 같아 함부로 입을 열 수가 없었다.

"저어… 단장님."

"무슨 일인가?"

"같이 계신 저분은 누구신지……?"

"그리고 보니 이분을 소개하지 않았군. 정중히 인사드리도록 하게. 이분은 그린 드래곤 지메로스라 불리는 분이네. 이미 3,000년 이상 세상을 사신 분이지."

"네? 드, 드래곤?"

너무나 놀란 나머지 얀은 자신도 모르게 그 자리에서 벌떡 일어섰다. 그리고는 불신에 가득 찬 눈으로 자신을 노려보고 있는 소년의 얼굴을 멍하니 바라봤다.

세상에, 드래곤이라니? 그저 소설책에서나 등장하는 존재이고, 옛이야기를 하기 좋아하는 노인들에게서나 들을 수 있는 이름이 아닌가? 드래곤이라는 생물은 그저 상상 속에서나 만날 수 있는 존재로만 생각해 왔었는데 드래곤이라니? 그것도 이렇게 철딱서니없는 어린 소년의 모습으로 말이다.

자신을 바라보는 시선에 불신이 가득 차 있는 것을 발견한 제로스는 슬슬 열이 오르기 시작했다. 자신이 이런 어린애 모습을 하게 된 것은 렉스 때문이었지만 그래도 인간을 돕기 위해 이곳까지 온 것인데 정작 별 볼일 없는 인간 따위가 자신의 정체를 의심하다니… 제로스로서는 분통이 터지지 않을 도리가 없었다.

눈 깜짝할 사이에 자그마한 제로스의 몸 주위로 백여 개의 밝은 빛 덩이가 모습을 드러내고는 그의 몸 주위를 맹렬한 속도로 날아다녔다.

마법사와도 겨루어본 적이 있는 얀은 그 밝은 빛덩이가 자신이 알고 있던 매직 미사일과 비슷하다는 것을 직감했다. 하지만 자신이 만난 어떤 마법사도 10여 개 이상의 매직 미사일을 만들어내는 건 본 적이 없었다. 더 더욱 얀을 긴장시켰던 것은 백여 개 이상의 빛덩이에 감싸여 있는 제로스에게서 믿을 수 없을 만큼 강력한 마나가 폭풍처럼 휘몰아치고 있었다는 것이다.

얀이 너무나 긴장한 나머지 아무런 말도 하지 못하고 있을 때 곁에 있던 안드레이가 재빨리 얀을 거들었다.

"뭘 하고 있는가? 어서 지메로스님께 인사드리도록 하게."

그제야 정신을 차린 얀은 황급히 제로스를 향해 고개를 숙였다.

"미천한 인간 얀 그렌이 위대한 존재이신 지메로스님께 인사를 올립니다. 이렇게 인사를 올리게 되어 진심으로 영광으로 생각합니다."

미약하게 떨고 있는 신체와 달리 얀의 입에서는 계곡을 흐르는 시냇물같이 유창하기 이를 데 없는 인사말이 흘러나왔다. 당장이라도 얀을 혼내주려고 생각하던 제로스는 그런 얀의 태도에 어이가 없음을 느끼면서도 렉스와는 또 다른 신기함을 느끼는 듯 그의 얼굴을 유심히 살펴보았다.

"너, 이제 보니 상당히 재미있는 녀석이구나?"

제로스의 말에 얀은 순간적으로 울컥하는 것을 느꼈지만 감히 고개들 생각을 하지 못했다. 눈에 보이는 상대의 모습보다는 자신의 피부에서 느껴지는 상대가 진짜라는 것을 지금까지의 경험을 통해 뼈저리게 깨닫고 있었기 때문이다.

"렉스가 기다릴 거야. 그 자식을 기다리게 했다간 괜히 골치 아픈 일이 생길지도 모르니까 빨리빨리 준비하도록 해."

"명심하겠습니다, 제로스님."

안드레이의 대답에 조심스럽게 고개를 든 얀은 자신이 궁금하게 생각했던 것을 안드레이에게 질문했다.

"그런데… 묻고 싶은 것이 있습니다."

입을 연 얀의 얼굴은 조심스럽기 이를 데 없었다.

그도 그럴 만한 것이, 자신이 기억하고 있는 안드레이의 성격은 자신이 지시한 일에 대해서 어떠한 설명이나 질문도 용납하지 않는다는 것을 잘 알고 있었기 때문이다. 하지만 그런 얀의 예상과 달리 안드레이는 순순히 대꾸를 했다.

"무엇인가?"

"단장님의 말씀대로 실전 경험이 많은 기사들을 선발하는 것은 별문제가 아닙니다만 무슨 일 때문에 그들이 필요하신지 그 이유를 알 수 있겠습니까?"

"어차피 자네도 알아야만 될 일이니 내가 간단히 설명해 주지."

안드레이는 우선 자신이 로자린과 함께 블랙 이글 기사단을 떠난 시절부터 이야기해 주었다. 사랑하는 이와의 결혼, 그리고 임신, 청천벽력 같은 로자린의 실종, 기약없는 추적, 서서히 드러난 원수의 정체, 마침내 포착한 원수에 대한 단서.

설마 자신들의 곁을 떠난 안드레이에게 이렇게 가슴 아픈 사건이 있었으리라고 얀은 상상도 하지 못했다.

"대체 그들이 누구이기에 임산부들을 납치하는 천인공노할 짓을 저지른단 말입니까?"

"그들은 스스로를 검은 달 교단의 신도라고 한다네."

"검은 달 교단?"

"그들은 어둠 속에서 은밀하게 자라는 독버섯 같은 존재라 아마 들어본 적이 없을 것이네. 이야기를 계속하겠네. 단서를 잡아 그들의 뒤를 추적하던 나는……."

렉스와의 만남, 점점 드러나는 검은 달 교단의 실체, 그들의 음모와 야욕에 대해 간단하게 설명해 주었다. 하지만 그 내용 하나하나는 절대 간단한 볼 수 없는 엄청난 사항들이었다.

"정말… 그렇게 거대한 세력이 있단 말입니까?"

"믿기 힘든 일이지만 틀림없는 사실이네. 게다가 검은 달 교단이 마수를 뻗은 것은 단순히 레트로니아 왕국만이 아니네. 우리 투르멘시아 제국에도 그들의 스파이가 곳곳에 숨어 있을 것이 틀림없네."

"예? 저희 제국에도 말입니까?"

"내 아내가 납치당한 곳이 바로 제국 안이었지 않은가."

안드레이의 대답에 안은 고개를 끄덕였다. 하지만 안드레이의 말을 좀처럼 믿을 수 없었다. 그렇게 거대한 조직이 있다는 것도 믿을 수 없었지만 제국의 미래를 걱정해야 할 정도로 거대한 힘을 가지고 있다는 사실 역시 믿을 수 없었다. 그러나 검은 달 교단의 존재에 대한 의심보단 안드레이에 대한 믿음이 더욱 컸다.

"알겠습니다. 그럼 단장님께서는 일단 저희 집에서 잠시 쉬고 계십시오. 제가 최대한 빨리 단장님께서 말씀하신 기준에 적합한 사람들을 선발하도록 하겠습니다."

"그럼 부탁하겠네. 그리고 블랙 이글 기사단의 현임 단장은 누군 가?"

"네루스 후작님이십니다."

"네루스?"

얀의 대답에 안드레이는 가볍게 눈살을 찌푸렸다.

이유는 간단했다. 안드레이가 블랙 이글 기사단의 단장이 될 때 마지막까지 경합을 벌였던 사람이 바로 그였기 때문이다. 하지만 안드레이의 능력을 시기하는 것만 제외하면 객관적으로 볼 때 뛰어난 실력과 능력을 가지고 있는 것만은 누구라도 인정하는 사실이었다.

"조용히 네루스 후작을 불러주겠는가? 그에게도 검은 달 교단에 대해 이야기해 주어야 할 것 같네."

"알겠습니다, 단장님. 염려하지 않으셔도 될 겁니다."

얀의 대답에 안드레이는 그저 고개만 끄덕일 뿐이었다.

땡땡땡~

"모두들 집합해라!"

집합 종소리에 상념에서 깨어난 얀은 천천히 사람들이 모인 곳을 향해 발걸음을 옮겼다.

도착을 하고 보니 안드레이와 렉스, 샤리프가 나란히 선 채 사람들이 모두 모이기를 기다리고 있었다. 날카롭고, 종잡을 수 없고, 흉포한 기운을 내뿜는 세 사람의 모습은 저마다 달랐지만 감히 반항할 수도 없을 정도로 강하다는 느낌을 준다는 의미에선 똑같았다.

사람들이 모두 모이자 안드레이는 싸늘한 표정으로 모인 사람들을 훑어보았다. 그런 그의 눈길이 얼마나 살벌하던지 그와 눈길을 마주한 사람들은 자신도 모르게 몸을 움찔할 정도였다. 한 걸음 앞으로 나선 안드레이가 입을 열었다.

"이미 알고 있는 사람도 있겠지만 모르는 사람도 있을 것 같아 다시 한 번 본인들을 소개하겠다. 본인은 투르멘시아 제국의 블랙 이글 기사단의 단장을 지냈던 안드레이 반 화나가르트라고 한다. 그리고 여기 이분은 제라스탄 왕국 레드 그리펀 기사단의 수석 기사장이던 샤리프 델 시미니언님이시고, 이분은 레트로니아 왕국의 4대 기사단 가운데 하나인 그린 윙 기사단의 단장 렉스 레타나란 분이시다. 이 자리에 우리가 이렇게 모인 이유는 검은 달 교단이라는 사악한 단체를 상대하기 위해서다. 그대들도 검은 달 교단의 신도나 어쎄신들을 직접 만나보면 알겠지만 한마디로 그들은 광신도들이다. 검은 달 교단에 대한 맹신으로 그들은 교단을 위해 스스로의 목숨을 바치는 것을 지상 최고의 영광으로 알고 있다. 그들이 가장 중요시 여기는 것은 조국의 안위가 아닌 교단의 안전이다. 그들과 교전할 때 잊어서는 안 될 것이 있다. 그들은 교단의 안전을 위해 포로로 잡힐 때를 대비해 자살용 독약을 입안에 숨기고 있다는 걸 잊지 마라."

"자살용 독약?"

"설마 그렇게 독한 인간들이 있을까?"

안드레이의 말에 그 자리에 모인 사람들은 믿을 수 없다는 표정을 지으며 동료들에게 자신의 생각을 중얼거렸다. 그때 나선 사람은 샤리프였다.

"조용해라!"

낮지만 힘찬 음성에 주위는 순식간에 조용해졌다.

"방금 소개받은 샤리프 델 시미니언이다. 그동안 조사한 바에 의하면 이곳 포얀에 적의 거점으로 의심되는 곳이 몇 군데 발견되었다. 해서 내일 그곳들을 급습하기로 결정했다. 지금부터 그대들을 통합해 3개 조로 다시 나누어 편성할 것이다. 서로의 국적이나 지금껏 살아온 환경이 다르다는 것을 안다. 하지만 검은 달 교단은 뮤즈 반도에 있는 모든 왕국들을 위험에 빠뜨리고 있다. 우리는 그들을 상대하기 위해 대국적인 차원에서 만났다는 것을 잊지 마라. 어떠한 경우에도 분란을 획책하는 자는 용서하지 못한다는 것을 명심하기 바란다. 그리고… 렉스님, 한말씀 해주시지요."

잠자코 샤리프의 말을 듣고 있던 렉스는 갑작스러운 샤리프의 말에 당황한 표정을 지었다.

"저 말입니까?"

"렉스님께서는 이 파티의 실질적인 리더가 아니십니까?"

"샤리프님의 말씀이 맞네. 어찌 되었든 우리 모두가 자네를 중심으로 모인 것은 사실이니까 이 파티의 리더는 자네일세. 그러니 어서 한마디 하게."

"사람 참 쑥스럽게 만드는군."

어색한 표정을 지으면서도 렉스는 한 걸음 앞으로 나섰다. 그런 렉스의 모습을 바라보는 사내들의 시선은 복잡하기 이를 데 없었다. 자신들이 모시던 상관과 비교해 별 차이가 없는 실력을 가지고 있으면서도 어쩌면 저렇게 말과 행동에 무게가 실리지 않는 것인지 이해가 가지 않았다. 단순히 나이가 많지 않기 때문이 아니라 일반 사람에게서는 찾아볼 수 없는 독특한 뭔가를 가지고 있기 때문이라는 느낌이 강하게 들었다. 하지만 그것이 뭔지는 알 수 없었다.

"이렇게 먼 타국까지 와주셔서 진심으로 레트로니아 왕국의 국민을 대신해 감사드리는 바이오. 하지만 검은 달 교단에 관한 일은 단순히 레트로니아 왕국의 일만은 아니외다. 그들의 야심과 야욕을 방치한다면 이 뮤즈 반도에는 검은 달 교단의 문장만이 휘날리게 될 것이오. 그들을 막아야만 되는 이유는 그들이 철저히 인류을 파괴하는 행동을 하기 때문이오. 또, 아무것도 모르는 사람들을 미혹시켜 부모의 가슴에, 형제의 가슴에, 자매의 가슴에 씻을 수 없는 상처를 주게 만드는 자들이 바로 그들이오. 그리고 여러분이 이곳에 온 이유는 검은 달 교단의 본부가 레트로니아 왕국에 있을 것으로 짐작되기 때문이외다. 레트로니아 왕국에서 시작해 검은 달 교단의 뿌리를 완전히 뽑을 때까지 이 싸움은 계속될 것이오. 스스로의 안전을 지킬 사람은 본인뿐이라는 것을 명심하고 부디 조심해 주시오."

놀라운 검술 솜씨를 가진 사람에게는 어울리지 않을 정도로 평범한 인사말이지만 조심하기를 바란다는 렉스의 마음은 모두에게 전해졌다. 잠시 숙연해지는 분위기를 바라보던 샤리프가 다시 한 걸음 앞으로 나서며 입을 열었다.

"조금 전 말한 바와 같이 그대들은 세 개의 조로 나뉘어 각자 독립적으로 적들을 대하게 될 것이다. 하지만 과거 본인들이 소속되어 있던 기사단의 특성을 고려해 최대한 원래의 조직에 소속될 수 있도록 편성했다. 다만 그린 윙 기사단의 수가 많기 때문에 일부의 단원들은 다른 조에 소속될 것이다. 각 조의 조장은 나와 안드레님, 렉스님이 맡게 될 것이고 지금부터 호명하는 사람들이 부조장을 맡아 조장을 돕게 될 것이다. 먼저 1조 부조장 얀 그렌. 얀 그렌 없나?"

"예?"

갑작스런 샤리프의 호명에 얀은 깜짝 놀라며 한 걸음 앞으로 나섰다. 가볍게 눈살을 찌푸리던 샤리프는 곧 표정을 굳히며 입을 열었다.

"그대가 얀 그렌인가?"

"그렇습니다."

"그대는 1조의 부조장으로 안드레이님을 보좌한다. 알겠나?"

"명심하겠습니다."

"케블레 델 데이나."

"예."

"그대는 2조의 부조장으로 날 보좌한다."

"예, 충실히 보좌하겠습니다."

샤리프와 비슷한 덩치를 가진 30대 초반의 대머리사내였다. 그런 그의 머리에는 알록달록한 문양을 가진 가느다란 독사가 문신되어 있었다. 용모나 체격과는 전혀 어울리지 않지만 오히려 그렇기 때문에 똑바로 보기 어렵게 만드는 독특한 분위기를 가지고 있었다.

"로제트 제르지온."

"날 불렀소?"

자신의 호명에 오히려 반문을 하면서 한 걸음 앞으로 나서는 배불뚝이 중년인을 바라보는 샤리프의 시선은 결코 고울 수가 없었다.

"그대는 3조의 부조장이다. 조장인……."

"알겠수. 레타나 단장님을 잘 모시겠소."

패기나 날카로움은 눈 씻고 찾아봐도 찾을 수 없을 것처럼 생긴 장사꾼 타입의 중년인이 제라스탄 왕국 최강의 기사라고 일컬어지는 샤리프를 대하는 태도에 사람들의 눈이 일제히 커졌다.

물론 자신의 행동이 예의에 어긋난다는 것을 모를 로제트는 아니었지만 잔뜩 주눅 든 채 대열의 뒤편에서 우물쭈물하고 있는 그린 윙 기사단의 단원들을 발견하고는 심사가 틀어져 일부러 그렇게 대꾸한 것이다.

샤리프는 그런 로제트의 생각을 짐작했는지 별다른 말은 하지 않았다.

부조장을 호명한 샤리프는 곧 이어 각 조의 조원들 이름을 빠르게 호명했다. 효율적인 조직의 운영을 위해 대부분 원래 소속되어 있던 기사단의 단원들끼리 한 조에 묶었다. 가장 이동이 많은 기사단은 역시 그린 윙 기사단이었다.

조가 갈린 각 기사단의 단원들은 조금 불안한 표정을 짓고 있었지만 샤리프는 아랑곳하지 않고 말을 이었다.

"공격 날짜는 오늘 저녁, 시간은 자정. 루니언 11시까지 휴식을 취한 후 각 조 조장의 인솔에 따라 검은 달 교단의 거점을 공격한다. 질문 있나?"

샤리프의 말에 블랙 이글 기사단의 단원들이나 레드 그리핀 기사단의 단원들은 안드레이와 샤리프를 바라볼 뿐 그 자리에서 미동도 하지 않았지만 그린 윙 기사단의 단원들은 불안한 표정을 감추지 못하고 있었다.

"질문이 없으면 해산해서 충분한 휴식을 취해도 좋다. 그리고 각 조의 부조장은 남도록."

샤리프의 말에 사내들이 뿔뿔이 흩어지고 난 후 세 사람의 부조장들이 남자 샤리프가 말을 이었다.

"오늘 공격할 목표에 대해 설명해 주겠다. 우리가 공격할 목표는 상당히 떨어져 있기 때문에 자신이 맡은 목표를 확실하게 처리하지 못하면 다른 조에 피해를 입힐 수도 있다는 것을 명심하면서 이 지도를 보기 바란다. 먼저 이곳은……."

"이곳인가?"

"그렇습니다. 하지만 지난 며칠간 살펴본 것에 의하면 이곳을 드나드는 자 중에서 특별히 수상하게 여겨지는 자들은 보이지 않았습니다."

로제트의 대답을 들으면서 렉스는 '검은 언덕'이라는 간판이 붙은 가게를 쳐다보았다.

가게는 3층짜리 음식점이었는데 깨끗해 보이는 외관이 가게를 시작한 지 얼마 되지 않은 것처럼 보였다. 간판을 유심히 살펴보던 렉스는 회심의 미소를 지으면서 로제트에게 입을 열었다.

"지금 시간이 얼마나 되었지?"

"저희가 좀 일찍 출발했으니 지금쯤 루니언 11시쯤 되었을 겁니다."

"그래? 그럼 슬슬 시작해 볼까?"

"무엇을 말입니까?"

"뭐가 그렇게 궁금한 것이 많아? 일단 그냥 구경이나 하란 말이야."

퉁명스럽게 대꾸를 한 렉스는 잠시 주위를 두리번거렸지만 워낙 늦은 시간이기 때문인지 술 취한 주정뱅이 몇몇을 제외하고 거리를 돌아다니는 사람은 전혀 없었다. 천천히 가게 앞으로 다가간 렉스는 잠시 가게 안을 살피고는 재빨리 뛰어올라 머리 위에 있던 간판에 재빠르게 잉크로 뭔가를 그렸다. 그리고는 도네 곁으로 다시 돌아왔다.

"가게 밑으로 통하는 하수도의 모든 지로와 교차로에 단원들의 배치는 완료했나?"

"예."

대답하는 로제트는 자존심이 상한 것인지 잔뜩 인상을 쓰고 있었다.

"왜, 블랙 이글 기사단이나 레드 그리핀 기사단에 비해 실력이 떨어지는 게 그렇게 자존심 상하는가?"

"예? 아, 아닙니다, 단장님."

"억울하면 이 악물고 검을 휘둘러. 한 번 휘두른 만큼 실력이 늘고, 한 번 더 싸운 만큼 경험이 쌓이는 거니까. 대신 싸워줄 수는 있어도 대신 실력을 늘려줄 순 없잖아?"

고개조차 돌리지 않은 채 입을 여는 렉스의 말에 로제트는 고개를 끄덕이면서도 표정은 여전히 일그러져 있었다.

공격 준비가 모두 끝나자 렉스는 다른 곳에 있을 두 사람이 신경 쓰였다.

 제 2 장

기습 II

기습 II

'어두운 밤하늘'.

술집의 간판을 바라보는 안드레이의 눈빛은 싸늘하게 굳어 있었다.

"이곳입니다."

"확실한가?"

"장담할 순 없지만 뭔가 이상한 것은 사실입니다."

애매한 대답에 안드레이는 싸늘한 표정으로 고개를 돌렸다.

안드레이가 자신을 쳐다보자 얀은 찔끔하는 표정을 지었다. 안드레이가 블랙 이글 기사단의 단장으로 지낼 때 가장 싫어했던 것이정확하지 않은 대답이었다. 찔끔한 표정을 짓던 얀이 황급히 말을 이었다.

"그동안 지켜본 것에 의거해 판단해 보면 용병들의 출입이 잦은 술집인 것은 확실하지만 그 용병들이 검은 달 교단과 연관있는지는 확인하지 못했습니다."

"들어가도록 하지."

"그런데 저들에게 후방을 맡겨도 되겠습니까?"

"왜, 불안한가?"

"실력도 실력이지만 기강도 없어 보이는 것이 마치… 마치……."

"산적이나 불량배들처럼 보인다는 것인가?"

"그렇습니다, 단장님."

얀은 대답하면서 안드레이의 얼굴을 바라봤다.

이제 와서 하는 말이지만 정규 기사단이라고는 볼 수 없을 정도로 무질서하고, 복장마저 제각각인 저들과 함께 임무를 수행한다는 것이 얀으로서는 못마땅한 일이 아닐 수 없었다.

"그래도 그들은 레트로니아 왕국이 자랑하는 4대 기사단 가운데 하나인 그린 윙 기사단의 단원들이다. 두고 보면 그들 나름대로 능력을 발휘할 때가 올 것이다."

"알겠습니다, 단장님."

강압적이진 않지만 자신이 지시한 명령에 항명하는 것을 용납하지 않던 안드레이였다. 또한 외모만큼이나 철두철미한 성격이었고, 하는 일에 바늘 끝만큼의 오차나 허점을 용납하지 않았기에 그가 하는 일이 실패하는 경우는 거의 없었다. 지금까지 살아오면서 안드레이만한 완벽주의자는 만나보지 못했다.

"언제까지 여기서 노닥거리고만 있을 거야?"

"저들이 어디로 도주할지 도주로를 예상해 보고 있었습니다."

얀은 안드레이에게 말을 건네는 제로스의 모습을 보면서 머리 속을 떠나지 않는 의문이 하나 있었다. 그것은 3,000살이 넘었다는 지상 최강의 생명체인 드래곤이 왜 철딱서니없이 어린 소년의 모습을 하고 있느냐 하는 것이었다.

"퇴로를 모두 차단했으면 들어가도록 하지."

"제가 앞장서겠습니다."

말을 마친 얀은 앞장서서 술집을 향해 걸음을 옮겼다.

"여긴가?"

"그런 모양입니다."

크리샨트의 질문에 샤리프는 공손하게 대답했다.

그들이 걸음을 멈춘 곳은 '검은 나무' 라는 상당한 규모의 목공소로서 3층의 규모를 가진 2층짜리 건물이었다. 자정이 가까운 시간이기 때문인지 주위를 오가는 사람은 한 사람도 보이지 않았고, 건물 안의 불은 이미 꺼져 있었다.

"주위를 모두 확인했는가?"

"그렇습니다, 샤리프님."

케블레의 대답에 고개를 끄덕인 샤리프는 등에 메고 있던 배틀 엑스를 꺼내 오른손에 움켜쥐면서 건틀릿을 낀 왼손도 힘껏 움켜쥐었다.

"적을 무력화시키는 것이 우선이지만 어렵다면 척살해도 상관없다. 최대한 빨리, 그리고 최대한 조용히 목표를 점거한다."

"명심하겠습니다."

공손하게 대답한 케블레는 돌아서서 건물을 향해 손을 번쩍 들었다. 그러자 그와 동시에 건물 주위에 잠복하고 있던 검은 그림자들이 한 치의 오차도 없이 건물을 향해 몸을 날렸다. 그 모습을 지켜보던 크리샨트는 감탄을 감추지 못했다.

그들만큼 뛰어난 실력을 가지고 있는 사람들이라면 각자의 자존심이나 명예 때문에라도 누군가의 지시를 받는 걸 거부할 만도 하건만 지켜보고 있던 크리샨트가 감탄을 터뜨릴 만큼 그들의 행동은 톱니바퀴처럼 절묘하게 맞았다.

오랜 시간을 살아오면서 많은 기사단을 보아왔지만 이들처럼 철저하게 손발이 잘 맞는 사람들은 본 적이 없었다.

소리도 없이 창문과 지붕 등으로 검은 그림자가 스며들고 얼마 지나지 않아 곧 정문이 열렸다. 그리고 케블레의 모습이 보였다.

정문을 통해 건물 안으로 들어가 보니 건물의 사방 벽은 갖가지 가구와 목공품으로 장식되어 있었다. 중앙에 있던 가구들은 이미 치워져 있었고, 청년 몇 명이 포박된 채 꿇어앉아 있었다.

그들 앞에 선 샤리프는 청년들의 얼굴을 살폈다. 그들의 얼굴은 대부분 자신들이 왜 이런 꼴을 당해야 하고, 갑자기 나타난 이들이 누구인지 궁금하게 생각하는 기색이 완연했다.

"수색은 마쳤나?"

"예, 샤리프님. 현재 이곳에 이들 말고는 아무도 없습니다. 하지만 비밀 장소는 찾지 못했습니다."

"틀림없이 이곳에 있을 것이다. 다시 한 번 샅샅이 수색을 해라."

크리샨트는 자신이 찾아주겠다고 말을 하려다가 일단은 그냥 지켜보기로 했다.

수하들이 주위를 뒤지는 동안 샤리프는 포로로 잡힌 청년들에게 질문을 던졌다.

"누가 이곳의 책임자인가?"

"왜들 이러시는 겁니까? 저희 가게는 그냥 가구나 목공품을 파는 가겝니다. 뭔가 오해를 하신 것 아닙니까?"

"누가 책임자냐고 물었다."

음산하다고 느낄 정도로 낮은 음성이었다. 샤리프의 음성에서 뭔가 불길함을 느꼈는지 청년들은 몸을 부르르 떨었다. 그런 청년들을 바라보는 샤리프의 눈빛에는 아무런 감정도 실려 있지 않았다.

"마지막으로 묻겠다. 누가 책임자인가?"

"책임자는 접니다만 주인은 아닙니다."

"비밀 장소가 어딘가?"

"예? 무슨 말씀이신지……?"

"한 번만 더 묻겠다. 비밀 장소가 어딘지 말해라."

"여러분들이 누군지는 모르지만 이곳에 비밀 장소 같은 건 없습니다."

대답을 하는 청년의 얼굴에는 영문을 모르겠다는 빛과 함께 억울하다는 표정이 역력했다. 하지만 샤리프의 얼굴은 딱딱하게 굳은 채 조금의 변화도 없었다.

"이곳이 검은 달 교단의 포얀 지부 가운데 일부라는 것을 이미 알고 왔다. 부인하겠는가?"

"검은 달 교단이라니… 무슨 말씀을 하시는 것인지 저희는……."

청년의 부인에 샤리프는 청년의 상의를 움켜쥐더니 사정없이 찢었다. 그러자 청년의 어깨 부분에서 검은 문신이 모습을 드러냈다.

"이래도 부인하겠는가?"

"으음… 어떻게 우리의 정체를 알았는가?"

"내 대답을 듣기 전에 그대가 먼저 대답해야 할 것 같은데… 그렇게 생각하지 않나?"

그때였다.

"샤리프님, 2층 작업실 뒤쪽 벽에 빈 공간이 있는 걸 확인했습니다. 하지만 저희의 능력으로는 도저히 열 수 없었습니다."

수하의 보고에 잠시 생각을 하던 샤리프는 곧 다른 지시를 내렸다.

"알았으니 우리가 침입한 모든 흔적을 지우고 몸을 숨겨라. 잠시 후 검은 달 교단의 어쎄신들이 이곳으로 집결할 것이다. 단 한 명도 놓쳐서는 안 된다는 것을 명심해라."

"명심하겠습니다."

대답을 한 수하들은 재빨리 주위를 정리하더니 순식간에 모습을 감추었다. 그 모습을 지켜보던 검은 달 교단의 청년들은 조금 전까지 그렇게 많던 사람들이 어디로 사라졌는지 단 한 사람도 찾을 수 없었다. 순간 얼음물을 뒤집어쓴 것처럼 소름이 오싹 끼쳤다.

"대체 그대들은 누구인데 우릴 적대시하는 것이오?"

"검은 달 교단에 직접적인 원한은 없지만 사이나 델 마벡에게는 결코 씻을 수 없는 원한을 가지고 있는 사람이다. 그가 검은 달 교단에 몸을 담고 있는 이상 검은 달 교단 역시 나의 적이다."

"그런 억지가……."

샤리프의 말에 청년은 기가 막힌 듯 아무런 이야기도 못하고 그저 입만 벌리고 있었다. 하지만 그것도 잠시, 청년들은 곧 샤리프의 부하들에게 어디론가로 끌려갔다.

"크리샨트님, 저희도 잠시 몸을 피해야 할 것 같습니다."

"알았네, 그렇게 하지."

건물 내의 모든 불이 꺼지고 주위는 곧 짙은 어둠과 적막에 싸였다.

얼마나 시간이 지났을까? 갑자기 바닥의 일부분이 들썩이더니 곧 네모난 판자를 들어 올리며 검은 물체 하나가 모습을 드러냈다. 몸에 달

라붙은 검은 옷에 얼굴마저 검은 복면으로 가린 사람은 신속하게 위로 올라와서는 주위를 두리번거렸다. 그리고 아무도 없는 것을 확인하고 서야 아래에서 기다리고 있던 자신의 동료들에게 수신호를 보냈다.

잠시 후 실내에는 건장한 체격을 한 20여 명의 복면인들이 모습을 드러냈고, 뭔가 평소와는 다른 것을 느꼈는지 주위를 두리번거리고 있었다.

"왜 아무도 없는 거지?"

한 복면인의 말에 다른 복면인들이 의아심을 감추지 못할 때 어둠 속에서 무엇인가가 그들을 향해 쏜살같이 달려들었다. 그들이 미처 대응하기도 전에 그들 속으로 뛰어든 물체는 사정없이 두 팔을 휘둘렀다.

퍼퍼퍽!

"큭! 으악!"

신음과 함께 몇 사람이 그 자리에 주저앉자 다시 어둠 속에서 수십 개의 검은 그림자가 그들을 향해 달려들었다. 소름 끼치는 절삭음과 함께 선혈이 사방으로 뿌려졌고, 미처 신음을 지를 사이도 없이 연이어 쏟아진 공격에 모습을 드러냈던 복면인들은 허무하게 목숨을 잃거나 정신을 잃어야만 했다.

불과 숨을 몇 번 쉴 정도의 짧은 시간 만에 어둠 속의 공방은 순식간에 끝이 났다.

"시체는 다른 곳으로 치우고 부상자는 이송해 치료를 하도록."

샤리프의 말에 수하들은 어둠 속에서 민첩하게 움직였다.

잠자리에서 눈을 뜬 안드레이는 누군가가 자신을 바라보고 있다는 느낌에 몸을 돌렸다. 그런 안드레이의 눈에 들어온 사람은 아내인 로자린이었다. 부드러운 미소를 지으며 자신을 바라보는 로자린의 얼굴은 아침 햇살 속에서 눈부시게 빛나고 있었다.

"왜 벌써 일어났소?"

"벌써 해님이 하늘 높이 걸렸어요, 레이님."

안드레이가 손을 내밀자 로자린은 쑥스러워하면서도 손을 내밀었다. 로자린의 손을 잡은 안드레이는 잠시 아내의 손에서 전해지는 따스한 온기를 느끼다가 곧 그녀의 손을 잡아당겨 로자린을 힘껏 껴안았다. 부끄러운 생각에 안드레이의 품을 벗어나려던 로자린은 곧 생각을 바꿔 힘을 주어 남편의 몸을 껴안았다.

"나와 당신, 그리고 세상에 태어나 햇빛 한 번도 보지 못한 우리 아기의 복수가 드디어 시작되었소. 이제 조금만 더 참으면 곧 원수를 만나 우리의 복수를 할 수 있을 것이오. 로자린, 조금만 더 기다려 주시오. 우리 가정을 파괴한 그자들을 결코 용서하지 않을 것이오. 내가 약속하리다."

"레이님의 말씀을 믿어요. 하지만 저도 구경만 하고 있진 않을 거예요."

은은하게 한이 서린 로자린의 음성에 안드레이는 미안한 마음과 자책감, 그리고 연민이 생겨 그저 하염없이 아내의 전신을 어루만질 뿐이었다.

"미안하오, 정말 미안하오. 내가 아침부터 당신의 마음을 아프게 한 것 같구려. 다시는 당신의 마음을 아프게 하지 않으려고 했는데 또다시 당신의 마음을 아프게 하다니… 다 내가 부족해서 생긴 일이오. 이런 나를 용서하구려."

"아니에요, 저 때문이에요. 저만 아니었으면 이런 일도 없었을 거예요. 그러니……."

"아니오, 나 때문이오."

안드레이는 갑자기 가슴이 뜨겁게 젖어오는 것을 느끼고는 아내의 얼굴을 조심스럽게 치켜들었다. 동시에 로자린의 얼굴이 눈물에 젖어 있는 것을 발견하고는 가슴 한구석이 저려와 도저히 견딜 수가 없었다. 와락 로자린을 껴안은 안드레이는 아내의 얼굴을 잡곤 미친 듯 열렬한 키스를 퍼부었다.

그런 안드레이의 행동에 흠칫 놀라던 로자린도 곧 아픈 자신의 과거를 잊으려는 듯 열렬히 안드레이의 키스에 응했다. 서로를 열렬히 갈 구하던 두 사람은 서로의 입술을 미친 듯이 찾다가 천천히 입술을 떼 었다.

"눈물이 완전히 말라 버린 줄 알았는데……."

"당신에게는 미안한 말이지만 지금 우리에게는 눈물을 흘릴 자격이 없다고 생각하오. 태어나 햇빛 한 번 보지 못한 우리 아이의 복수를 하고, 그 아이의 무덤을 만들어준 후에야 그 아이를 위해 눈물 흘릴 자격이 있다고 난 생각하오. 내 결심을 알겠소?"

"물론이에요, 레이님. 물론이에요. 저 같은 것은 감히 그 아이의 어미 될 자격도 없어요. 하지만 그 아이의 복수를 하기 전까지 다시는 눈물을 흘리지 않겠어요."

"그럽시다. 우리 가정의 평화를 파괴한 자들에게 스스로 지옥으로 도망가기 싶을 만큼의 공포를 안겨줄 것이오. 우리를 건드린 것을 두고두고 후회하게 만들 것이오."

안드레이의 손은 로자린의 등을 부드럽게 어루만지며 그녀를 위로 하고 있었지만 그의 얼굴에는 금방이라도 얼음이 얼 것 같은 살인적인 냉기가 흐르고 있었다.

잠시 후 로자린이 진정된 것을 느낀 안드레이의 얼굴은 어느새 부드럽게 변해 있었다.

"진정이 되었으면 이만 나갑시다. 다른 사람들이 우리를 기다릴 것이오."

안드레이의 말에 로자린은 황급히 눈물을 닦고 몸을 일으켰다. 그리고 애써 환한 미소를 지으려고 애썼다. 하지만 안드레이에겐 그 모습이 더욱 애처롭게만 보였다.

자리에서 일어난 안드레이는 재빨리 세면을 마치고 로자린과 함께 정원으로 나갔다.

우연의 일치일까?

정원에는 이미 여러 쌍의 남녀들이 산책을 하고 있었다.

가장 눈에 먼저 띈 커플은 역시 렉스와 도네였다. 단지 외모적인 화려함뿐만 아니라 보는 사람이 닭살 돋을 만큼 착 달라붙어 있는 모습은 도저히 눈에 띄지 않을 도리가 없었다. 그리고 그들과 멀지 않은 곳에 크레이의 팔을 끌고 있는 샤이베리아의 모습이 보였고, 나무 그늘 밑에 마련된 벤치에는 피어스 부부가 양털로 만든 담요로 콜린을 감싼 채 따스한 햇살이 내리쬐고 있는 정원을 바라보고 있었다.

또 뭔가에 대해 열심히 토론을 벌이고 있는 모네스와 바르미아의 모습도 보였고, 듀오네의 팔에 전신을 의지한 채 걸음을 옮기고 있는 라그나의 모습도 보였다. 그리고 그 모든 것을 지켜보고 있는 크리샨트의 모습도 보였다.

"좋은 아침이야."

"나만 늦잠을 잔 모양이군."

"아니야, 우리도 금방 나왔어."

"그런데 샤리프님의 모습이 보이지 않는군."

"우리가 새벽에 사로잡은 어쎄신 가운데 몇 명에게 물어볼 것이 있다고 했어. 아마 사이나라는 작자에 대한 정보를 알아내려고 그러는가 봐."

렉스의 대답에 안드레이는 고개를 끄덕였다. 다른 사람은 모르겠지만 자신만큼은 샤리프의 심정을 이해할 수 있을 것 같았다. 어둠에 가려 모든 것이 불분명했다가 이제야 겨우 단서를 발견했으니 조급한 마음이 드는 것은 당연했다.

"점심 준비가 다되었습니다."

집사가 큰 소리로 일행들에게 식사 준비가 끝났음을 알렸다.

식당에 모인 일행들은 가벼운 담소를 나누며 식사를 마쳤고, 곧 회의실에서 한 잔의 차를 마시며 느긋하게 휴식을 취했다.

일행들이 어느 정도 휴식을 취한 것 같자 안드레이가 자리에서 일어났고 사람들의 시선은 자연스럽게 그에게로 향했다.

"어제 우리는 포얀에 있는 검은 달 교단의 지부를 공격했고 소기의 목적을 이룰 수 있었습니다. 하지만 진짜 중요한 일은 이제부터입니다. 우리가 철저하게 한다고는 했지만 우리의 손을 빠져나간 자들도 틀림없이 있을 겁니다. 그렇다면 적의 반격이 있을 것은 기정사실, 지금부터 그에 대한 대책을 논의했으면 합니다."

안드레이의 말에 사람들의 표정이 일제히 굳어졌다.

"일단 가장 시급한 일은 검은 달 교단을 밝은 곳으로 끌어내어 그들의 존재를 세상에 알리는 일입니다."

"무슨 방법으로 그들을 세상에 알린단 말인가?"

안드레이의 반문에 렉스는 대답 대신 그린스노우의 얼굴을 바라봤다. 갑작스러운 렉스의 행동에 그린스노우는 영문을 몰라 어리둥절한 표정을 지었다.

"방법이 있긴 한데 그게 피어스 후작의 명예를 훼손할 수도 있는 것이라…….'

"제 명예를 훼손할 수도 있다니, 그게 무슨 말씀이십니까? 자세한 설명을 부탁드려도 되겠습니까?"

"방법은 간단합니다. 피어스 후작께서 황태자를 암살하려다 실패했는데 후작님의 정체가 검은 달 교단의 추기경의 신분이라고 소문을 내는 것입니다."

렉스의 말에 사람들은 고개를 갸웃거렸다.

"렉스님, 그런 소문이 난다면 검은 달 교단의 이름이 삽시간에 왕국 전역에 알려질 것은 확실합니다. 하지만 피어스 후작님께서 황태자 전하를 암살하려던 이유는 뭐라고 설명하실 겁니까?"

"그 이유는… 검은 달 교단이 황태자에게 레트로니아 왕국의 국교를 자르츠에서 아모데우스로 바꿀 것을 요구했고, 황태자가 거절했기 때문에 그를 암살하려 했다고 하면 설명으로 충분하지 않을까?"

"그런 이유라면 충분하겠군요. 그렇지만 나중에 그 소문이 사실이 아니라고 확인된다면 사람들의 반응이 어떨지…….'

"왜 그게 사실이 아니라는 거지?"

렉스의 반문에 의문을 제기하던 모네스나 두 사람의 대화를 지켜보던 사람들의 시선이 일제히 렉스에게로 향했다.

"그, 그럼 정말이라는 말씀이십니까?"

"피어스 후작께서 황태자를 암살하려고 했다는 것은 사실이 아니지만 검은 달 교단에서 레트로니아 왕국의 국교를 바꾸려고 요구한 것은 사실이란 말이야. 얼마 전 하이렌을 만났을 때 그런 이야기를 하더군."

"그게 사실이라면 정말 황당하기 이를 데 없는 작자들이군."

"정말 어이가 없는 일입니다."

렉스의 대답에 안드레이나 샤리프의 얼굴은 어이없다는 표정이 역력했다.

그도 그럴 것이, 한 나라의 국교를 바꿀 것을 일개 종교 집단이 요구한다는 게 어찌 가능한 일이란 말인가? 상식적으로 생각해 봐도 말도 안 되는 요구라는 것을 충분히 알 수 있는 일이었다.

"게다가 검은 달 교단에서 황태자를 암살하려 했던 것도 사실이잖아. 아예 이번 기회에 검은 달 교단에 대한 모든 걸 모조리 까발리는 거야. 그러면서 우리가 그 자식들의 아지트를 발견하는 대로 박살 내면 그 자식들은 아마 우릴 죽이려고 안달을 할걸?"

"흐음, 그렇게 된다면 자네 말처럼 검은 달 교단에서 가만히 두고 보진 않겠지."

"그놈들이 흥분을 하면 당연히 실수도 할 것이고, 그렇게 된다면 그 자식들의 본거지를 알 수 있는 기회도 더욱 많아질 거야."

"하지만 위험한 상황을 맞을 기회도 더욱 많아질 것이네."

"그건 애초부터 각오한 일이잖아?"

렉스의 대답에 고개를 끄덕인 안드레이는 고개를 돌려 그린스노우를 바라봤다.

"피어스 후작, 조금 전 렉스가 말한 방법을 사용해도 되겠습니까?"

"물론입니다. 아들 때문이기는 하지만 전 이미 왕실에 죄를 지은 몸, 여러분께서 하시는 일에 조금의 도움이라도 된다면 저 한 사람의 명예는 어찌 되어도 좋습니다."

"피어스 후작의 협조에 감사드리겠습니다. 후일 모든 일이 끝나면 후작님의 명예를 복권시켜 드릴 것을 맹세드립니다."

렉스의 말에 그린스노우는 고개를 끄덕였다.

"말씀 감사합니다. 그리고 드릴 말씀이……."

"말씀하십시오."

"저도 여러분이 하시고자 하는 일을 미력하나마 돕고 싶습니다."

그린스노우의 말에 렉스와 안드레이는 자신도 모르게 고개를 돌려 상대의 얼굴을 바라봤다.

"목숨이 위험하실 수도 있습니다."

"당연히 각오한 일입니다. 그리고 비록 모르고 한 일이기는 하지만 제가 지은 죄를 조금이라도 씻고 싶습니다."

"알겠습니다. 그리고 협조에 감사드립니다."

렉스의 말에 그린스노우는 쑥스러운 듯한 표정을 지었다.

"가장 먼저 할 일은 이번 일과 관련된 가족들을 안전한 곳으로 피신 시키는 일입니다. 그런 다음 검은 달 교단과 관련있을 것으로 의심되는 지점들을 하나씩 파괴한다면 저들은 우리를 해치우기 위해서라도 밝은 곳으로 나오지 않을 도리가 없을 겁니다."

"저 역시 안드레이님의 말씀에 동의합니다. 하지만 포얀을 떠나기 전 레트로니아 왕국의 국왕과 황태자의 안전을 확보하는 것 역시 중요한 일입니다. 만약 저들이 저희의 의도를 알고 선수 쳐 두 사람의 목숨을 노린다면 오히려 저희가 위험에 빠질 수도 있습니다."

"하이렌에겐 베노아 공작 각하와 오토가 철저히 지키고 있으니 당분간은 안전할 겁니다."

"물론 베노아 공작님이나 오토의 능력이 어떤지는 잘 알고 있습니다. 하지만 검은 달 교단의 어쎄신들이 어떤 신분으로 있는지, 또 어떤 방법으로 다시 암살을 시도하려고 할지 모르는 상태 아닙니까? 조심해서 나쁠 것은 없습니다. 이렇게 하면 어떻겠습니까?"

샤리프의 말에 사람들의 시선이 그에게 쏠렸다.

"지금까지의 경험을 통해 알게 된 사실은, 아모데우스를 믿고 따르는 자들이 가지고 있는 신성력과 다른 교단의 신성력은 상당히 다르다는 겁니다. 그렇게 따지고 보면 레트로니아 왕국이 자랑하는 4대 기사단 가운데 하나인 자르츠 성기사단에는 비교적 검은 달 교단의 스파이들이 숨어 있을 가능성이 적습니다. 각 교단의 도움을 받아 그들을 우선 조사하게 해 이상이 없다면 그들로 하여금 왕실을 지키게 하는 겁니다. 왕실의 안전이 확보된다면 저희도 마음놓고 검은 달 교단과 싸울 수 있을 것이라 생각하는데… 여러분들의 생각은 어떠십니까?"

"맞습니다, 저 역시 샤리프님의 말씀에 동의합니다. 국왕과 황태자의 안전이 보장되어야 우리가 하는 일에 도움이 될 겁니다."

"흥! 그 멍청한 작자들이 우리가 하는 일에 무슨 도움이 된다는 거지?"

렉스가 노골적으로 적대감을 드러내자 렉스의 정체를 모르는 그린 스노우는 얼떨떨한 표정으로 그의 얼굴을 쳐다보았다.

"포로로 잡은 검은 달 교단의 어쎄신들은 어떻게 할 건가?"

"어쎄신?"

"그래, 그들을 죽이지 않은 이상 그들을 우리 대신 비밀리에 처리해 줄 사람이 있어야 하지 않겠나? 게다가 우리가 검은 달 교단의 본거지를 알아낸다고 하더라도 우리의 힘만으로 그들을 상대할 수 있을 것 같은가? 물론 자네의 기분을 모르는 것은 아니지만 현재의 상황을 냉정하게 생각해야만 하네."

안드레이의 말에도 렉스는 여전히 못마땅한 표정을 짓고 있었지만 그의 표정은 조금 전보다 훨씬 풀려 있었다.

"우선 이런 우리의 생각을 황태자에게 알릴 필요가 있습니다. 그런 연후에야 마음 편하게 검은 달 교단의 지부를 공격할 수 있을 겁니다."

"그럼 하이렌은 제가 만나보겠습니다."

렉스의 말에 사람들은 고개를 끄덕였다. 황태자를 만나는 일은 완전히 렉스 담당이라고 생각했기 때문이었다.

"그건 그렇고 아르본 공작은 어떻게 처리할 건가?"

"아르본 공작?"

"그래, 지금까지 수집한 정보에 의하면 아르본 공작은 검은 달 교단의 수뇌부이거나 설사 수뇌부가 아니더라도 검은 달 교단과 연관이 있는 것이 확실하지 않은가? 게다가 아르본 공작의 인맥은 정계, 군부에 골고루 퍼져 있는 상황이니 섣불리 그를 건드렸다가는 레트로니아 왕국에 커다란 혼란을 야기할 것이네."

"가능하다면 은밀하게 생포해야 합니다. 아르본 공작에게서라면 검은 달 교단에 대해 상세하고 많은 정보를 얻을 수 있을 겁니다."

샤리프마저 안드레이의 의견에 동조하자 렉스는 곧 고개를 끄덕였다.

"그럼 하이렌과 만날 때 그 이야기도 의논해 보겠습니다."

"하지만 아르본 공작에게는 로열 기사단과 수도경비사단이 있습니다. 이건 제 생각입니다만 로열 기사단과 수도경비사단을 먼저 그에게서 분리시켜 놓아야만 합니다."

"휴우~ 머리가 아플 정도로 복잡하군. 일단 하이렌을 먼저 만나고 올 테니까 다른 일은 그 다음에 처리하자고."

진짜 머리가 아픈지 렉스는 이마에 손을 댄 채 인상을 잔뜩 쓰고 있었다. 그리고는 갑자기 자리에서 일어났다.

"안드레이, 그리고 샤리프님, 같이 갑시다."

"예? 무슨 말씀이신지……?"

"나와 같이 하이렌을 만나 지금 사태가 얼마나 심각한지 얘기를 해 달란 말입니다."

렉스의 말에 안드레이와 샤리프는 서로의 얼굴을 쳐다보았다.

"저희가 하이렌 황태자를 만나는 것이 도움이 될지 모르겠습니다."

샤리프의 말에 렉스는 고개를 저었다.

"아닙니다, 달리 생각해 보면 샤리프님이나 저나 다른 나라에서 온 사람들로 객관적인 입장에서 하는 말이기에 오히려 신빙성있을 수도 있습니다."

"그럴까요?"

샤리프는 고개를 갸웃거렸지만 특별히 반대하는 기색은 아니었다.

"그럼 나머지 사람들은 이동할 준비를 하고 피어스 후작께서도 가족들을 안전한 곳으로 피신시킬 준비를 하셔야 될 것 같습니다."

"알겠습니다, 조심해서 다녀오십시오."

그린스노우의 배웅을 받으며 세 사람은 회의실을 빠져나갔다.

*   *   *

쾅!

"아르본 공작, 지금 나를 협박하는 것인가?"

"협박이라니… 오해십니다, 폐하."

"그럼 조금 전 그들이 가만히 있지 않을 거란 공작의 이야기는 뭔가?"

"폐하께서 아모데우스를 국교로 결정하는 문제를 벌써 10여 년 동안 끌어오지 않으셨습니까? 어찌 보면 그들의 그런 반응은 당연한 것이옵니다. 그들의 요구대로 폐하께서는 어떻게든 결정을 내리셔야만 했사옵니다."

태연한 표정으로 입을 여는 레이너를 노려보는 아리오의 눈길은 활화산처럼 뜨거웠다.

자신의 친구지만 도저히 그가 무슨 생각으로 자신을 대하는 것인지 전혀 짐작할 수 없었다. 그저 그의 파충류 같은 눈만 보면 불쾌하다는 느낌과 생각밖에 들지 않았다. 게다가 아리오를 더욱 기분 나쁘게 만든 것은 그가 지금 자신과 적대 관계에 있는 검은 달 교단의 입장을 대변해 자신을 핍박하고 있다는 것이었다.

"폐하, 저는 폐하의 충성스러운 신하이옵니다. 저의 충성을 의심하지 마시옵소서."

"솔직히 나는 그대가 무섭소."

파충류처럼 번들거리는 레이너의 눈을 바라보던 아리오는 자신도 모르게 자신이 생각해 왔던 속마음을 솔직하게 말했다. 순간 레이너의 눈이 더욱 가늘어졌고, 말을 꺼낸 아리오도 흠칫하는 표정을 지었다.

"각 교단의 교황들을 불러 이 문제를 상의해 보았지만 역시나 그들은 검은 달 교단이 믿고 따르는 아모데우스를 결코 국교로 삼을 수 없다고 강력하게 반발했소. 아무리 내가 국왕이라고는 하나 절대 교황들의 의견을 무시할 수 없다는 것을 공작도 잘 알고 있지 않소? 나로서는 전체의 의견을 따를 수밖에 없소."

"아마 검은 달 교단에서는 폐하의 결정을 반기지 않을 것이옵니다."

"그렇다고 해도 나로서는 어쩔 수 없소. 만약 그들이 엉뚱한 생각을 한다면 나도 참고만 있지 않을 것이라는 내 뜻을 분명히 전달하시오. 그리고 한마디 더, 한 번만 더 하이렌을 건드리면 전 병력을 동원하는 한이 있더라도 그들을 용서하지 않을 것이란 걸 똑똑히 전하시오."

아리오의 음성은 단호했다. 그런 아리오를 바라보는 레이너의 태도는 조금도 변화가 없었다. 다만 국왕을 바라보는 그의 눈이 더욱 가늘어져 있었다.

"분명히 그렇게 전하겠사옵니다, 아리오 국왕 폐하."

대답을 하는 레이너의 음성에서 아무런 음색도 느껴지지 않았다. 그런 레이너를 바라보는 아리오의 눈에는 희미한 두려움이 묻어 있었다.

"그럼 저는 이만 물러가겠사옵니다. 편히 쉬시길……."

말을 마친 레이너는 공손하게 허리를 숙이고는 국왕의 집무실을 빠져나갔다.

레이너가 나가고 한참 동안 머리를 움켜쥐고 고민에 빠졌던 아리오는 자신도 모르게 침실로 가서는 지하로 내려가 수정관에 잠들어 있는 여인을 찾았다.

"요즘 들어 부쩍 외롭다는 생각이 드는구려."

수정관을 쓰다듬는 아리오의 음성은 한없이 쓸쓸하게 들렸다. 하지만 그의 손길에는 짙은 애정이 스며 있었다.

"이건 만약이지만, 어쩌면 저들은 내 대답을 핑계로 반란을 일으킬지도 모르겠소. 하지만 내가 어떻게 차지한 자리인데 저들에게 양보할 수 있겠소. 저들이 나를 어떻게 판단해 이렇게 나오는지 모르지만 더 이상 나의 권위를 넘보는 행동을 한다면 그들에게 돌아갈 것은 파멸밖에 없다는 것을 똑똑히 보여주겠소. 나와 그대, 그리고 우리 레트로니아 왕국이 영원할 수 있는 일이라면 난 얼마든지 잔인해질 수 있소. 지금으로서는 부디 그들이 현명한 판단을 내리기만을 기다릴 수밖에 없구려."

희미한 불안감이 깃든 음성.

과연 검은 달 교단은 어떤 결정을 내릴 것인가?

그 시각 렉스 일행은 하이렌을 기다리고 있었다.

"이곳에서 황태자가 만나자고 했어?"

"응, 저번에도 이곳에서 만났거든. 아마 이곳이 황태자의 비밀 아지트인가 봐."

렉스의 대답에 잠시 주위를 둘러보던 안드레이는 곧 자리에 앉아 하이렌이 나타나기를 기다리고 있었다. 그런 안드레이를 잠시 바라보다가 렉스는 샤리프에게 질문을 던졌다.

"어쎄신들을 심문하셨다고 들었습니다. 소득은 좀 있으셨습니까?"

"그리고 보니 아침 회의 때 그 말씀을 드리지 못했군요. 다행히도 몇 가지 소득을 올릴 수 있었습니다."

샤리프의 대답에 안드레이의 시선도 자연스럽게 그를 향했다.

"다크 루미니언의 어쎄신들을 훈련시키는 훈련장의 위치와 어린 소년들을 납치해 어쎄신 훈련을 시키기 전까지 기초 훈련을 받는 곳의 위치를 알아낼 수 있었습니다."

"예? 그렇다면 그건 대단한 수확이 아닙니까?"

"글쎄요, 하지만 수뇌부의 명단이나 그들의 본거지에 대한 정보는 전혀 알아낼 수 없었습니다. 그들을 세뇌시킨 것이 아니라면 고급 정보를 알아내기는 쉽지 않을 것 같습니다."

"한 번에 모든 것을 알아낼 수 있겠습니까. 차근차근 하나하나 처리해 나가다 보면 우리가 원하는 모든 정보를 알아낼 수 있을 겁니다."

렉스의 대답에 샤리프도, 안드레이도 고개를 끄덕였다. 이런 종류의 싸움에서는 성급한 자가 낭패를 보기 쉽다는 것을 그들은 그동안의 경험을 통해 잘 알고 있었다.

한 잔의 포도주를 마시며 각자의 생각에 빠져 있을 때 하이렌이 내실로 들어왔다.

하이렌은 내실에 렉스 말고도 두 사람이 더 있자 흠칫하면서 그들을 바라봤다. 하지만 그들은 이미 피어스 후작의 집에서 본 적이 있는 사람들이었다.

무섭도록 강한 전사들. 하이렌이 두 사람을 기억하고 있는 인상이었다.

"샤리프 델 시미니언이 레트로니아 왕국의 하이렌 황태자 전하께 인사를 올립니다."

"안드레이 반 휘나가르트가 전하를 이렇게 만나뵙게 되어 영광입니다."

"나 역시 이렇게 두 분을 만나게 되어 반갑소이다. 어서 자리에 앉으시오."

세 사람이 자리에 앉는 동안에도 렉스는 포도주를 홀짝거릴 뿐이었다.

"무슨 일로 날 부른 거지?"

"우릴 도와줄 일이 있어."

"도울 일이라니? 좀 더 자세하게 말해 봐."

"우리가 포로로 잡은 검은 달 교단의 어쎄신들을 슈틸러 분지에 가 둬놨잖아. 하지만 가둬놨다고 끝이 아니야. 식량이나 의복, 간단한 살림 도구 같은 것들을 지속적으로 그들에게 공급해 주어야 한단 말이야."

"으음~ 그 점은 미처 생각하지 못했군."

렉스의 말에 고개를 끄덕이는 하이렌을 보며 샤리프가 렉스의 말을 거들었다.

"이미 갇혀 있는 검은 달 교단의 신도들에게도 식량이나 의복이 필요하겠지만 앞으로 생포하게 될 검은 달 교단의 신도나 어쎄신에 대한 대책도 필요합니다. 지금까지는 크리샨트님이나 도네님께서 저희를 도와주셨기 때문에 포로들을 슈틸러 분지에 감금하는 데 별문제가 없었지만 만약 포로를 직접 그곳으로 이동시켜야 한다면 그것도 보통 일이 아닙니다."

샤리프의 말에 하이렌의 얼굴도 금세 굳어졌다.

"누가 검은 달 교단의 스파이인지 모르는 상황이니 포로를 이동시킬 때 함부로 병력을 동원할 수도 없습니다. 게다가 무리하게 이동을 강행하다 비밀이라도 누설된다면 그들의 기습을 받을 것이 틀림없으니 그러한 가능성도 염두에 두어야 합니다."

"그럴 수도 있겠구려."

안드레이의 부연 설명에 고개를 끄덕이던 하이렌은 이 더할 나위 없이 강한 두 사람의 정체가 궁금했다.

"렉스, 이 두 분이 누구신지 정식으로 소개시켜 주지 않겠니?"

"어? 내가 소개를 안 했던가? 여기 이분은 투르멘시아 제국 최강의 기사단인 블랙 이글 기사단의 단장을 역임했던 안드레이 반 휘나가르트 후작이시고, 이분은 제라스탄 왕국이 자랑하는 근접 전투의 최강 기사단인 레드 그리핀 기사단의 수석 기사장이신 샤리프 델 시미니언님이야."

"뭐? 이 사람들이 블랙 이글 기사단의 단장과 레드 그리핀 기사단의 수석 기사장이라고?"

"그래. 나나 이 사람들을 건드린 검은 달 교단이야말로 세상에서 제일 재수없는 놈들이야. 우리를 건드린 것이 얼마나 큰 실수였는지 곧 깨닫게 될 거야. 그것도 진저리 치는 공포 속에서 말이야."

말과 함께 렉스와 안드레이, 그리고 샤리프의 전신에서는 거의 동시에 살벌한 기운이 뿜어져 나왔다. 어지간히 자신의 검술에 자신이 있던 하이렌이었지만 셋의 몸에서 뿜어져 나온 살기는 온몸에 소름이 오싹 끼칠 정도였다. 하지만 그런 살기는 갑자기 뿜어졌던 것처럼 사라져 버렸다.

"그리고 지금 즉시 로열 기사단을 집합시켜 주었으면 좋겠어."

"로열 기사단을? 왜?"

"우리가 검은 달 교단의 지부를 깨기 위해 포야을 떠나면 너와 국왕이 위험하잖아. 특히 검은 달 교단과 연관이 있는 아르본 공작의 손발을 자르려면 로열 기사단을 잡는 것이 가장 효과적이라는 판단을 내렸거든."

"하지만 아르본 공작이 가만있지 않을 텐데……."

"내 계획은 이래. 먼저 로열 기사단을 모두 호출한 다음……."

렉스의 말에 세 사람은 귀를 기울였다.

＊　　　　＊　　　　＊

"흐흐흐, 그렇게 나오시겠단 말씀인가? 사냥철이 지났으니 이제 사냥개는 필요없단 말씀이신 것 같은데… 그건 곤란하지. 내가 지금껏 충성을 바쳐 온 이유가 뭔데 이제 와 그냥 뒷전으로 물러서서 구경만 할 수는 없지. 부관."

자신의 임시 저택으로 돌아온 레이너는 집무실에서 조금 전 국왕과의 독대를 떠올리며 큰 소리로 부관을 불렀다. 곧 40대 초반으로 보이는 은발에 날카로운 인상의 사내가 집무실 안으로 들어왔다.

"부르셨습니까, 공작 각하?"

"검은 달 교단의 사신에게 지금 즉시 국왕과의 협상은 결렬되었다 알리고, 베네스트 후작이 아직 포안 시에 남아 있는가?"

"예, 얼마 후 있을 하이렌 전하의 생일 축하 파티에 참석하기 위해 아직 포안 시에 남아 있습니다."

"그래?"

턱을 어루만지던 레이너는 곧 회심의 미소를 지었다.

"그렇다면 지금 즉시 사람을 보내 베네스트 후작을 은밀히 부르도록."

"알겠습니다, 공작 각하."

부관이 집무실을 빠져나가자 레이너는 의자에 길게 누워 앞으로 벌어질 일을 곰곰이 생각해 보았다. 얼마나 시간이 지났을까? 창밖에 비치는 태양이 붉은색을 띠기 시작했을 때 누군가가 집무실 문을 두드렸다.

똑똑똑.

"들어오시오."

문을 열고 들어온 사람은 40대 후반으로 보이는, 엷은 갈색의 머릿결을 가진 조금 딱딱해 보이는 중년인이었다. 방으로 들어온 사내는 레이너를 발견하고 곧 공손하게 허리 숙여 인사를 했다.

"휴이고 디 베네스트가 아르본 공작 각하께 인사올립니다. 이렇게 불러주셔서 영광이옵니다, 공작 각하."

정중한 휴이고의 인사에 레이너는 아무런 대꾸도 없이 한동안 그를 유심히 바라봤다. 휴이고가 영문을 몰라 어리둥절한 표정을 지으면서 서 있자 레이너는 일단 자리를 권했다.

"베네스트 후작, 내가 후작을 부른 이유는 후작에게 묻고 싶은 것이 있기 때문이오."

"말씀하십시오, 공작 각하."

"혹시 우리 왕국에 공작이 몇 명인지 아시오?"

"예? 무슨 말씀이신지……."

레이너가 무슨 생각으로 물어보는지 그 내심을 도저히 짐작조차 할 수 없었다.

"아르본 공작 각하와 베노아 공작 각하 두 분뿐이십니다."

"베네스트 후작, 공작이 되고 싶지 않소?"

"예?"

순간 휴이고의 눈이 크게 떠졌다. 레이너의 질문은 뜻밖의 것이었지만 그것이야말로 휴이고가 꿈에서도 기다리던 말이었기 때문이다. 하지만 상대의 의도를 모르는 상태에서 함부로 자신의 내심을 드러낼 수는 없는 일이었다.

"공작 각하, 저로서는 공작 각하의 말씀이 잘 이해가 되지 않습니다."

"내 말은 아주 간단하오. 만약 후작에게 공작이 되고 싶은 생각이 있다면 내가 도와줄 수도 있다는 말이오."

레이너의 말에 휴이고는 그저 레이너의 얼굴을 바라볼 뿐 아무런 대꾸도 할 수 없었다.

"후후후, 지금 후작이 무슨 생각을 하고 있는지 모르겠지만 나는 후작을 시험할 생각도, 농담을 하는 것도 아니오. 그저 후작에게 그런 생각이 있느냐는 것을 확인하고 싶은 것뿐이오."

"……."

"만약 후작에게 그런 생각이 있다면 내가 도와줄 수도 있소. 후작에게도 상당한 인맥이 있는 줄 아오. 하지만 나에게도 무시할 수 없는 인맥이 있다는 것을 후작도 잘 알고 있을 거요. 다시 한 번 말하겠지만 후작에게 공작이 되고픈 생각이 있다면 내가 도와줄 수도 있소. 어떻게 하겠소? 내 제의를 받아들이겠소?"

"너무나 갑작스러운 말씀이시라……."

"한 가지만 말하지. 기회는 항상 오는 것이 아니라는 것을 명심하시오. 그리고 언제까지 기다려 주지 않는다는 것 역시 잊지 마시오."

은근한 음성으로 말하는 레이너의 태도에 휴이고는 난감한 표정을 짓고 있었다. 잠시 고심하던 휴이고는 결심을 했는지 곧 입을 열었다.

"공작 각하의 말씀대로 되려면 제가 해야 할 일이 있을 것 같습니다만……."

휴이고의 대답에 레이너는 회심의 미소를 지었다. 역시 야심 많은 그를 선택한 건 탁월한 결정이 아닐 수 없었다.

"지금부터 나누는 대화는 그대와 나만이 알고 있어야 하는 이야기란 것을 명심하시오."

"그렇게 하겠사옵니다."

"그대는 검은 달 교단이란 이름을 들어본 적 있소?"

레이너의 질문에 휴이고는 잠시 그의 얼굴을 바라보다가 곧 대답을 했다.

"알고 있습니다."

"호오~ 그렇소? 그럼 그들이 어떤 단체라는 것도 알고 있소?"

"확실한 것은 알 수 없지만 공작 각하와 상당한 숫자의 귀족들이 그들과 연관있다는 것, 그리고 국왕 폐하의 즉위에 관여했다는 것 정도는 예전부터 알고 있었사옵니다."

휴이고의 대답에 레이너의 눈빛이 갑자기 강렬해졌다.

설마 휴이고가 검은 달 교단을 알고 있는 것뿐만 아니라 자신이 그들과 연관되었다는 것조차 알고 있을 줄은 상상도 못했기 때문이다. 예상치도 못했던 상대의 대답에 레이너는 눈을 가늘게 뜨고 상대를 노려봤지만 휴이고는 미동도 하지 않았다.

"설마 후작이 본인에 대해서 그렇게 자세히 알고 있는 줄은 몰랐군. 하나 이미 검은 달 교단에 대해 알고 있다니 더 이상의 부연 설명은 하지 않겠소. 우선 그대가 할 일은 인맥을 총동원해 앞으로 3일 후까지 우리 집으로 오도록 하라는 것이오. 그대와 그대의 측근들이 해주어야 할 일이 있소."

"3일 후까지 말씀이십니까?"

"그렇소. 반드시 3일 후까지는 모여야 하오."

"모이는 이유를 알 수 있겠습니까?"

조심스럽게 물어보는 휴이고의 얼굴에 희미하게 불안해하는 빛이 어렸다. 무서운 속도로 갖가지 이유와 추측을 해보았지만 최종적인 결론은 한 가지뿐이었기 때문이다.

그런 휴이고의 얼굴을 뚫어져라 바라보던 레이너는 무슨 이유에서인지 금세 대답을 하지 않았다. 레이너의 눈길을 받던 휴이고는 전신을 짓누르는 불안감을 견디지 못하고 스스로 도출한 결론을 조심스럽게 꺼냈다.

"혹시… 쿠데타입니까?"

"왜 그렇게 생각한 것이오? 그저 친목 도모를 위해 만날 수도 있지 않겠소?"

휴이고의 대답에 레이너는 소파 깊숙이 묻고 있던 상체를 벌떡 일으켜 세웠다. 그렇지만 마치 가면이라도 쓴 듯 그의 얼굴이나 음성에는 조금의 변화도 없었다. 그것만 봐도 자신의 예상이 맞았다는 것을 충분히 짐작할 수 있는 일이었다.

"물론 그럴 수도 있겠지만 지금까지 공작 각하와 저와는 아무런 교분도 없었습니다. 그런데 오늘 갑자기 호출을 하셨고, 공작의 자리에 오를 수 있도록 해주겠다 하셨습니다. 그리고 그 대가로 3일 후까지 제가 동원할 수 있는 사람들을 이곳으로 모으라는 것이라면 결론은 한 가지밖에 없질 않겠습니까?"

"베네스트 후작이 설마 이렇게 예리할 줄이야. 지금까지 내가 그대를 잘못 판단하고 있었군. 역시 소문은 믿을 것이 못 되는군. 왜 그대를 지금에서야 만난 것인지 아쉬운 생각마저 드는구려. 조금만 더 일찍 만났다면 훨씬 돈독하고 친밀한 사이가 되었을 수도 있을 텐데 말이오."

"과거도 중요하지만 미래도 중요한 것이 아니겠습니까?"

태연한 표정으로 대답을 하는 휴이고의 태도에 레이너는 갑자기 여우라는 동물이 생각났다.

"한 가지 여쭤어봐도 되겠습니까?"

"말해 보시오."

"쿠데타를 일으키시려는 이유가 뭔지 알 수 있겠습니까?"

"이유는 간단하오. 국왕이 지금 검은 달 교단과 결탁해 레트로니아 왕국의 국교를 자르츠에서 아모데우스로 바꾸려 하기 때문이오."

"예? 하지만 공작 각하께서는 검은 달 교단과……."

"물론 내가 10여 년 전 그들과 함께 쿠데타를 일으켰던 것은 사실이오. 그것은 어지러운 국정을 바로잡기 위해서 일으킨 의거였지만 처음부터 쉬웠던 건 아니었소. 쿠데타에 성공을 하기 위해서는 단번에 상대를 제압할 수 있는 힘이 필요했는데 당시 나에겐 그럴 만한 힘이 없었소. 그때 나에게 접근했던 것이 검은 달 교단이었소. 막강한 힘을 가진 그들 덕분에 쿠데타는 성공했지만 난 그들의 정체에 의심을 품고 나름대로 협조하면서 은밀하게 그들에 대해 조사를 해보았소. 그리고 그들이 사람을 제물로 삼는 사악하기 이를 데 없는 패역무도한 종교 집단이라는 걸 알고는 경악을 금치 못했소."

레이너의 담담한 말에 휴이고도 깜짝 놀라지 않을 수 없었다.

사람을 제물로 삼는 종교 집단이 있다는 말은 금시초문이었기 때문이다. 물론 과거 일부 사악한 종교를 믿는 자들이 사람을 납치해 그들의 신에게 제물로 바치는 풍습이 있다는 건 알고 있었지만 아직도 그런 종교 집단이 존재하는 줄은 상상도 하지 못했다.

"단지 그것뿐이라면 어쩌면 못 본 척하고 지나쳤을지 모르오. 하지만 그들의 사악한 짓은 그것뿐만이 아니었소. 임산부들을 납치해 제물로 삼고, 아이들을 납치해 자신들의 노예로 삼으며, 또 자신들에게 대항하는 자들은 어쎄신들을 보내 암살하는 등 그들이 저지른 해악은 이루 말할 수 없을 정도요. 그 사실을 알게 되었을 때 난 미칠 듯이 고뇌했소. 나 스스로 자랑스럽다고 생각해 왔던 쿠데타가 사실은 레트로니아 왕국을 더욱 위험에 빠지게 했다는 생각 때문이었소. 어떻게든 레트로니아 왕국을 원래의 모습으로 돌려놓겠다고 결심한 나는 은밀히 나에게 힘이 되어줄 사람들을 포섭하는 동시에 친구이기도 한 국왕에게 그들과의 관계를 끊을 것을 몇 번이나 간언했소. 하지만 이미 검은 달 교단의 교리에 미혹된 국왕은 오히려 나를 멀리할 뿐이었소. 그리고 오늘 국왕을 만났을 때 국왕은 나에게 분명히 말했소이다. 앞으로 며칠 후 국교를 아모데우스로 바꾸고 스스로가 검은 달 교단의 신도임을 밝히겠다고 말이오.”

전혀 예상치도 못했던 말에 휴이고는 너무나 기가 막혀 한마디도 대꾸를 할 수 없었다.

“더 이상 지켜보기만 할 수 없단 판단 하에 이렇게 후작을 부른 것이오.”

“설마 국왕 폐하께서 그렇게 변하셨을 줄은…….”

“그럴 것이오. 하지만 후작도 지난 몇 년간 국왕이 공식 행사에 모습을 보인 적이 없다는 걸 잘 알고 있지 않소?”

“그럼 그 이유가…….”

“혹시 본인이 암살을 당할지도 모른다는 생각 때문이오. 후작은 얼마 전 레이토스 시에서 황태자가 다쳤다는 소문을 들은 적이 있소?”

“예, 석상이 갑자기 무너져 상당한 부상을 입었다고 들었습니다만……."

"그 사건을 일으켰던 사람은 로열 기사단의 인도로스 남작이오. 왕국 전체를 불행에 빠뜨리려는 국왕 부자를 용서할 수 없다며 일으킨 단독 범행이었소. 내가 알았다면 어떻게든 막았을 것이오. 정말 아까운 인재 한 명이 너무나 덧없이 이 세상을 떠났소."

레이너의 말에 휴이고는 그의 말이 사실인지 아닌지 그 진위마저 판가름할 수 없었다. 그의 말처럼 국왕이 공식 행사에 모습을 보이지 않은 것도 사실이고, 황태자가 다쳤다는 것도 사실이었다. 또 국왕이 검은 달 교단과 연관이 있다는 것도 사실이었다. 하지만 왠지 레이너의 말을 그대로 믿기엔 석연치 않은 무엇이 있었다. 그렇다고 그런 내심을 드러낼 정도로 휴이고는 어리석지 않았다.

"공작 각하의 말씀은 들으면 들을수록 정말 놀라운 사실뿐이군요. 설마 국왕 폐하께서 그렇게 변하실 줄은 상상도 못했습니다."

휴이고의 대꾸에 레이너의 입가에 의미를 알 수 없는 미소가 떠올랐다.

"지금 후작은 만약 쿠데타가 성공하면 내가 국왕의 자리에 오르지 않을까 생각하는지도 모르겠소이다만……."

"예? 설마 제가 그렇게 생각할 리가……."

"하지만 난 아니오. 사람들의 의견을 물어 왕국을 부흥시킬 수 있는 인물을 가장 공정한 방법으로 선출할 생각이오. 난 왕국을 위험에서 구했다는 사실만으로도 충분하오. 그리고 그렇게 선출된 분께 후작의 공로를 말씀드려 공작의 작위를 받을 수 있도록 할 생각이오. 후작의 생각은 어떻소?"

"물론… 그렇게 하신다면 공작 각하의 고귀하신 희생을 후세 사람들은 틀림없이 칭송할 겁니다."

서로를 보며 미소 짓는 두 사람. 하지만 그들의 머리 속은 눈이 돌 정도로 빠르게 회전하고 있었다.

"하지만 제가 만약 공작 각하를 배신한다면 어떻게 하실 겁니까?"

"배신?"

나직하게 반문을 하던 레이너의 눈이 더욱 가늘어진다고 느끼는 순간 그의 눈에서는 눈이 멀 것 같은 강렬한 빛이 쏟아져 나왔다. 그 눈빛을 마주 대하자마자 휴이고는 숨이 콱 막히며 온몸을 날카로운 칼날로 저미는 것 같은 통증을 느껴야만 했다. 소문으로 알려진 레이너의 실력과는 판이하게 다른 마치 맹수와 같은 눈이었다.

한참 동안 휴이고를 노려보던 레이너는 눈길을 거두며 천장을 바라봤다.

"후작에게는 미안하지만 많은 동료를 구하기 위해서 어쩔 수 없이 후작을 처치할 수밖에 없소. 만약 이번 쿠데타에 참가할 의사가 없다면 방금 우리가 나누었던 이야기를 영원히 비밀로 해야 할 것이오. 후작도 잘 알겠지만 난 결코 자비로운 사람이 아니오. 내가 하고자 하는 일에 방해가 된 사람을 난 결코 용서한 적이 없소. 다시 한 번 이야기하지만 방금 우리가 나눈 이야기는 후작의 가슴속에 영원히 묻어두도록 하시오. 만약 그렇지 않다면……."

"물론입니다, 공작 각하. 전 그렇게 어리석은 사람이 아닙니다."

"누구보다 현명한 후작이니 올바른 결정을 내릴 수 있을 것이라 생각하오. 그리고 지금부터 3일 후까지 은밀히 누군가가 후작의 주위를 감시할 것이오. 만약 후작이 국왕과 그 측근에게 이 일을 발설한다면 후작과 후작의 가족들은 그 순간 지상에서 사라지게 될 것이오. 방금 내가 한 말은 단순한 협박이 아니라는 것을 명심해야만 할 것이오."

레이너의 말을 듣는 순간 휴이고는 자신이 깊이를 알 수 없는 늪 속으로 빠져드는 걸 느껴야만 했다. 하지만 어떤 내색도 할 수 없었다.

"명심하겠사옵니다, 공작 각하."

"이 모든 것이 우리 왕국의 미래를 위해 비밀을 유지해야 하기 때문에 그런 것임을 후작도 이해해 줬으면 고맙겠소. 그리고 좋은 소식을 기다리겠소."

휴이고를 노려보듯 바라보는 레이너와 고개를 숙인 채 고심하는 휴이고.

두 사람은 지금 무슨 생각을 하는 것일까?

제 3 장

반격

반격

"지금 우릴 어디로 데려가는 것인가, 자이루스 백작?"

"하이렌 전하께서 지금 후원 연무장에서 기다리고 계십니다."

"후원 연무장? 그곳은 하이렌 전하 개인 연습장이 아닌가?"

하이렌의 경호대장인 토라노의 대답에 걸음을 옮기던 레비치는 고개를 갸웃거렸다.

물론 과거 자신이 하이렌에게 검술을 가르쳤던 적도 있었다. 하지만 그야말로 그것은 과거의 일, 하이렌이 장성한 후로는 공식적인 자리가 아니면 그를 대할 수 있는 기회가 없었다.

불안한 생각이 들지 않는 것은 아니지만 자신의 뒤를 따르는 마흔두 명의 단원들을 떠올리자 그런 생각은 눈 녹듯이 사라졌다. 이들과 함께하면 드래곤을 만나지 않는 한 어떤 상황에 놓인다 하더라도 무사할 수 있다는 자신이 있었기 때문이다.

토라노의 뒤를 따라 몇 개의 건물을 돌아 도착한 곳은 깨끗하게 정비된 넓은 연무장이었다.

막상 도착을 하고 보니 하이렌 외에도 세 사람이 더 있었는데 아무리 기억을 더듬어봐도 한 번도 본 적이 없는 사내들이었다.

"어서 오시오, 토넬리오 후작."

"전하의 영원한 종 레비치 토넬리오가 전하께 인사를 올리옵니다."

레비치의 인사에 뒤에 서 있던 마흔두 명의 단원들도 절도있는 동작으로 일제히 한쪽 무릎을 지면에 댄 채 고개를 숙였다.

"모두 일어서시오."

일사불란하게 일어선 로열 기사단의 단원들을 보며 하이렌은 그들의 얼굴을 일일이 살폈다. 하지만 누가 검은 달 교단의 어쎄신인지 전혀 구별할 수 없었다. 누구보다 왕실에 충성을 바쳐 왔던 그들을 의심해야 한다는 현실이 하이렌을 괴롭게 만들었다.

뜻밖에 하이렌이 자신들을 바라보고는 괴로운 표정을 짓자 로열 기사단의 단원들은 어리둥절한 표정을 지었다. 그러는 사이 하나뿐인 출구로 샤리프가 이동해 입구를 봉쇄하고는 천천히 배틀 엑스를 뽑아 들었고, 하이렌의 뒤쪽에 서 있던 안드레이도 천천히 폼멜에 손을 올려놓았다.

"전하, 무슨 일이 계시옵니까?"

"토넬리오 후작."

"하명하십시오, 전하."

"지금 즉시 후작과 로열 기사단의 단원들은 무장을 해제하시오."

"예? 무슨 말씀이신지……."

눈을 동그랗게 뜬 레비치와 로열 기사단의 단원들은 하이렌의 얼굴만 바라볼 뿐이었다.

"방금 황태자나리께서 하신 말씀 못 들었나, 늙은이?"

빈정대는 렉스의 말에 레비치는 너무나 기가 막혀 아무런 말도 하지 못했다.

"늙으니까 귀까지 먼 모양이군. 하여간 쓸모없는 것들은 모두 죽어야 한다니까."

"닥쳐라! 그대는 누구냐?"

"나? 내가 누구일까요?"

"죽고 싶어서 환장을 한 놈이군."

무서운 표정으로 렉스를 노려보던 레비치는 하이렌을 향해 가볍게 고개를 숙였다.

"조금 전 저희에게 무장을 해제하라는 명령을 하셨습니까?"

"그렇소."

"죄송하지만 그 명령은 들을 수 없습니다. 하이렌 전하께서도 로열 기사단의 단원들에게 명령을 내릴 수 있는 사람은 단장님밖에 없다는 것을 잘 알고 계시지 않습니까?"

"이봐, 늙은이! 감히 지금 황태자나리께 따지는 거냐?"

레비치는 자신의 말끝마다 끼어드는 렉스의 행동에 더 이상 참지 못하고 자신의 검을 뽑아 들었다.

챙~

날카로운 금속음과 함께 뽑은 롱 소드의 칼날이 석양을 받아 눈부시게 빛났다.

그런 레비치의 행동에 단원들은 깜짝 놀라지 않을 수 없었다. 국왕이나 황태자 앞에서 허락도 없이 무기를 휴대하는 것도 안 되지만 무기를 뽑아 드는 것은 반역에 해당되는 엄청난 죄였다. 아무리 흥분을 했다고 하더라도 결코 해서는 안 될 행동이었기에 단원들의 놀라움은 당연한 것이었다.

하지만 상대는 렉스.

"호~ 감히 황태자나리 앞에서 함부로 검을 뽑아 들었단 말이지?"

렉스의 말을 듣고서야 자신이 어떤 실수를 한 것인지 깨달은 레비치는 아차 하는 생각이 들었지만 곧 표정을 싸늘하게 굳히고는 입을 열었다.

"전하께는 잠시 후 내가 지은 죄에 대해 스스로 벌을 청하겠다. 하지만 네놈은 결코 살아남지 못할 것이다."

"참으로 패씸한 늙은이일세 그래. 이거 완전히 제멋대로잖아?"

여전히 빈정거리는 렉스의 행동에 레비치의 얼굴은 시뻘겋게 달아올라 있었다.

그런 렉스의 행동에 안드레이는 속으로 한숨을 쉬었다. 처음부터 그들을 부른 이유를 설명했다면 그들도 순순히 응했을지 모르는 일이었다. 말로는 쓸데없는 일을 싫어한다고 하면서 항상 사건을 크게 만드는 렉스였다.

"그대들은 지금 황태자 전하를 암살하려고 했던 검은 달 교단의 스파이라는 혐의를 받고 이 자리에 온 것이오. 또 원활한 조사를 위해 무장을 해제하라고 한 것이오. 속히 하이렌 전하의 명령대로 무장을 해제해 주시오."

"뭐라고? 스파이라니? 이게 무슨 소린가?"

"말도 안 돼. 검은 달 교단이라니? 검은 달 교단이 뭐지?"

"전하를 암살하려고 했다니?"

안드레이의 설명에 로열 기사단의 단원들 가운데 일부는 격렬한 분노를, 일부는 놀라움을 금치 못했다. 그런 단원들의 반응을 유심하게 살피던 안드레이는 단원들 가운데 몇몇의 얼굴에 놀라움과 함께 불안한 기색이 떠오른 것을 놓치지 않았다. 그리고 그런 사람들 가운데 레비치도 끼어 있었다.

"뭐야? 알고 보니 이 늙은이도 검은 달 교단의 떨거지였잖아?"

"무, 무슨 소리냐? 나, 나는 검은 달 교단이란 이름은 들어보지도 못했다."

"이 늙은이야, 말이나 안 더듬으면 속아주기라도 하지. 그래 가지고 누가 늙은이의 말을 믿어주기나 한대?"

"어서 무기를 뽑아라!"

"이제 와서 혼자 정정당당한 척해 봐야 소용없어, 늙은이. 그래 봐야 넌 검은 달 교단의 떨거지니까."

"빌어먹을 놈, 죽어!"

벌겋게 얼굴이 달아오른 레비치가 치미는 분노를 견디지 못하고 렉스를 향해 달려드는 순간 안드레이는 하이렌의 손을 끌어 황급히 샤리프 쪽으로 향했고, 로열 기사단의 단원 가운데 일부가 거의 동시에 무기를 뽑아 들고는 샤리프를 향해 달려들었다.

뒤로 물러서 레비치의 공격을 피한 렉스는 레비치가 재차 롱 소드를 쳐드는 순간 재빨리 그의 품으로 뛰어들며 공격을 퍼부으려고 했다. 하나 비록 레비치가 렉스의 대한 분노 때문에 잠시 이성을 잃었다고는 하지만 그 역시 단순히 운이 좋았다거나 화려한 배경 때문에 로열 기사단의 부단장이 된 것은 아니었다.

순식간에 롱 소드를 회수한 레비치는 자신을 향해 달려오는 렉스를 향해 힘껏 롱 소드를 내뻗었다. 금방이라도 롱 소드에 꿰뚫릴 것처럼 보였던 렉스의 몸은 누가 밀치기라도 한 듯 옆으로 주르륵 미끄러지며 레비치의 공격을 피했다. 상대가 너무나 간단하게 자신의 공격을 피하는 모습을 발견한 레비치는 온몸이 싸늘하게 식는 것을 느꼈다.

레비치가 갑자기 신중한 태도로 바뀐 것을 발견한 렉스는 시간을 끌면 끌수록 인원이 적은 자신들이 불리하다는 생각에 클레이모어를 뽑아 들고는 크게 휘두르며 달려들었다.

렉스가 공격하기를 기다리던 레비치는 롱 소드의 손잡이를 힘껏 움켜쥐고는 머리 위로 치켜들며 상대의 공격을 막았다.

챙~

귓전을 자극하는 날카로운 금속음과 함께 레비치는 롱 소드를 든 손목이 휙 꺾이는 것을 느꼈다. 깜짝 놀란 레비치가 남은 손으로 롱 소드를 받치려고 할 때 렉스는 내려쳤던 클레이모어를 눈부시게 빠른 속도로 올려 쳤다.

챙~

날카로운 소리와 함께 클레이모어는 롱 소드를 간단하게 두 동강 내고는 레비치의 가슴에서 오른쪽 어깨까지 사정없이 훑고 지나갔다. 레비치가 걸치고 있던 라이트 레더가 쩍 벌어지며 상당한 선혈이 솟구쳤다. 레비치는 나직한 신음을 흘리며 그 자리에 주저앉았지만 클레이모어는 멈출 줄 몰랐다. 재차 허공을 두 쪽으로 가른 클레이모어가 레비치의 양쪽 발목의 힘줄을 무자비하게 잘라 버린 것이다.

신음을 흘리며 쓰러지는 레비치를 스치고 지나간 렉스는 그때까지도 정신을 차리지 못하고 있던 로열 기사단의 단원들을 향해 외쳤다.

"왕실에 반역을 저지를 마음을 먹지 않았다면 지금 즉시 무기를 바닥에 버리고 물러서라. 지금부터 셋을 세겠다. 마지막까지 무기를 버리지 않는 자들은 모두 반역자로 알고 무조건 공격하겠다. 하나! 둘! 셋!"

렉스가 셋까지 숫자를 세었을 때까지도 단원들은 무슨 일이 벌어지고 있는 것인지 몰라 어리둥절한 표정을 짓고 있는 자들이 대부분이었다. 그들 대다수가 검은 달 교단과는 상관이 없을 것이라 생각하면서도 렉스는 클레이모어를 휘두르며 그들 속으로 뛰어들었다.

챙!

"윽!"

채채채~ 챙~

"큭!"

클레이모어가 허공에서 예리한 궤적을 그릴 때마다 로열 기사단의 단원들은 어깨나 허벅지에 심각한 부상을 입고 지면을 뒹굴었다. 자신의 무기를 들어 렉스의 공격을 막은 단원이나 렉스를 공격했던 단원들은 하나같이 렉스의 놀라운 검술에 경악을 금치 못했다. 클레이모어와 부딪친 무기는 하나같이 두 동강이 났고, 어떤 각도에서 어떻게 공격을 하든 렉스는 한줄기 바람인 양 단원들 사이를 헤집고 다녔다.

불과 30분도 되지 않아 부상을 입지 않은 단원들은 단 한 명도 없었다. 그리고 쓰러진 단원들 사이에 예리한 시선으로 주위를 훑어보고 있는 안드레이와 샤리프의 모습이 보였다.

지면을 향해 몇 번인가 휘둘러 클레이모어에 묻은 선혈을 털어낸 렉스는 무표정한 얼굴로 단원들을 바라보며 천천히 입을 열었다.

"마지막 경고다. 스스로 무장을 해제하고 검은 달 교단과의 연관성을 조사하는 데 협조해라. 만약 조사에 응하지 않거나 반항을 하는 자들은 스스로 반역자임을 자인하는 것으로 알고 그대들은 물론 그대들의 가족까지 모조리 교수형에 처하겠다."

무표정한 얼굴과 달리 렉스의 음성은 얼마나 싸늘한지 음성을 듣는 순간 얼음물을 뒤집어쓴 듯 소름이 오싹 끼칠 지경이었다.

입을 쩍 벌리고 있는 어깨의 상처를 억누른 채 원한이 가득 찬 눈으로 렉스를 바라보던 닉스 레도나는 잠시 고개를 갸웃거리다가 고개를 돌려 안드레이와 샤리프의 얼굴을 유심히 살폈다. 닉스는 그제야 그들 가운데 렉스와 안드레이를 레이노스 시에서 검문했을 때 만난 적이 있다는 걸 겨우 기억해 낼 수 있었다. 하지만 한낱 용병에 불과한 그들이 어떻게 황태자와 함께 있는 것인지는 아무리 생각해 봐도 영문을 알 수 없었다.

렉스에 대해 분노가 치미는 것은 사실이었지만 하이렌이 지켜보고 있는 지금 더 이상 그들의 지시를 거부하면 정말로 반역자로 몰릴 수 있다는 것을 깨달았다. 천천히 검집에 검을 넣고는 검대를 풀어 자신이 서 있던 곳에서 멀리 떨어져 있는 곳으로 던졌다.

닉스의 행동에 다른 단원들도 모두 검대를 풀어 멀리 떨어진 곳으로 던졌다. 그런 그들의 얼굴은 치미는 수치심 때문에 시뻘겋게 달아올라 있었다. 무술을 익힌 기사로 남의 강요에 의해 자신의 무기를 스스로 몸에서 떼어놓는다는 것만큼 수치스러운 일은 없었다.

"그대의 이름은?"

"렉스 레타나."

"후일 나의 무죄가 증명된다면 귀족과 기사의 명예를 훼손한 것에 대한 대가를 치러야만 할 것이다."

"좋을 대로. 하지만 과연 그런 날이 올까?"

"무슨 말이냐? 도망이라도 가겠다는 것이냐?"

눈초리를 한껏 치켜 올리며 닉스가 분노에 찬 말을 토해냈지만 렉스는 들은 척도 하지 않고 자신을 노려보고 있던 로열 기사단의 단원들을 향해 외쳤다.

"지금부터 그대들은 황태자를 암살하려고 했던 검은 달 교단의 스파이에 대한 혐의와 검은 달 교단과 결탁해 레트로니아 왕국을 전복하려 했던 혐의, 국왕의 암살을 기도하려 했던 혐의에 대한 조사를 받게 될 것이다. 조금 전 경고했던 대로 조사에 불응하는 자나 탈출하려 한 자에 대해서는 작위를 폐하는 것은 물론 7세 이상의 가족은 교수형에, 7세 이하의 가족들은 모두 노예로 만들어 버릴 것이다. 불만이 있는 자들은 무죄가 증명된 후 나를 찾도록. 이상."

렉스의 부당하기 이를 데 없는 말에 처음 분노를 느끼던 단원들은 그의 말이 뜻하는 것이 무엇인가를 알고는 안색이 일제히 변했다.

"황태자 전하를 암살하려 했다고? 우리가?"

"우리가 왕국을 전복하려 했다니… 이게 무슨 소리야?"

"검은 달 교단은 뭐고, 왜 우리가 국왕 폐하의 암살을 기도하려 했다는 거지?"

단원들은 렉스가 방금 한 말을 전혀 이해하지 못하고 있었다. 하지만 그들 대부분은 렉스가 말한 단어가 뜻하는 것을 깨닫곤 안색이 새하얗게 질리지 않을 수 없었다.

"지금부터 이번 사태의 주모자인 아르본 공작을 체포하러 가야 하기 때문에 시간이 없다. 수사가 진행되는 동안 그대들을 체포한 이유에 대해서 들을 수 있을 것이다. 수사에 협조해 주기를 바란다."

"단장님이 주모자?"

"대체 이게 어떻게 된 일이야?"

"이건 도저히 있을 수 없는 일이야. 어떻게 이런 일이 일어날 수 있는 거지?"

망연자실한 표정을 짓고 있는 단원들을 바라보던 렉스는 그들 대부분이 반항할 생각이 없다는 것을 눈치 챘다. 안드레이와 샤리프도 그런 상황을 깨닫고는 뽑아 들었던 무기를 거두어 들였다. 그때였다.

눈부신 금빛 하프 플레이트 메일을 걸친 100여 명의 기사들이 연무장으로 들이닥친 것이다. 그들은 부상을 입고 쓰러져 있거나 상처에서 전해진 고통 때문에 얼굴을 일그러뜨리고 있는 사람들을 발견하고는 놀라지 않을 수 없었다.

특히 중앙에 서 있던 백발의 노년 기사는 부상을 입고 쓰러져 있던 사람들이 모두 로열 기사단의 단원들임을 깨닫고 더욱 놀랐다. 하지만 곧 정신을 차리고는 재빨리 하이렌을 향해 허리를 숙였다.

"하이렌 전하께 버스테인 프로그가 인사 올립니다."

"어서 오시오, 프로그 단장."

하이렌의 답례에 고개를 든 버스테인은 다시 한 번 로열 기사단의 단원들을 바라보고는 조심스럽게 입을 열었다.

"전하, 혹시… 이들은 로열 기사단의 단원들이 아닙니까?"

"맞소."

"그런데 이들이 왜……?"

말끝을 흐리는 버스테인의 질문에 조금은 굳은 표정을 지은 하이렌이 무심한 어투로 대답을 했다.

"왕실을 전복시키려 했다는 혐의 때문에 체포를 하려고 했는데 불응하는 바람에 어쩔 수 없었소."

"지, 지금 왕실 저, 전복… 이라고 하셨습니까?"

누구보다 침착하기로 정평이 높았던 버스테인은 너무도 놀란 나머지 말까지 더듬었다. 안색이 창백하게 변한 것은 물론 벌린 입을 다물지 못한 채 멍하니 로열 기사단을 바라봤다. 하지만 그것도 잠시, 얼굴이 붉게 달아오른 버스테인은 싸늘한 표정으로 부하들에게 명령을 내렸다.

"지금 즉시 이자들을 체포해라."

"단장님, 억울합니다."

"그렇습니다. 저희에겐 아무런 죄도 없습니다."

로열 기사단의 단원들은 자신들의 무죄를 주장했지만 버스테인은 아랑곳하지 않았다.

"만약 그대들이 무죄라면 조사하는 과정에서 모두 밝혀질 것이다. 미리 말해 두겠는데, 조사하는 동안 그대들은 귀족의 대우를 받지 못할 것이다. 양해하도록. 뭣들 하고 있는 것이냐? 어서 죄인들을 압송해라!"

추상같은 버스테인의 명령에 자르츠 성기사단의 단원들은 밧줄로 그들을 꽁꽁 묶은 다음 어딘가로 끌고 갔다. 심하게 반항을 하는 단원도 있었지만 대부분 순순히 체포에 응했다. 그런 로열 기사단의 단원들을 바라보던 버스테인은 성기사들의 부축을 받고 있는 레비치를 발견하고는 말을 건넸다.

"토넬리오 후작, 이런 식으로 만나게 되어 심히 유감이오."

버스테인의 음성에는 묘한 감정이 실려 있었다. 그도 그럴 것이 같은 기사단의 단장이라고 하지만 로열 기사단의 단장은 아르본 공작이 맡고 있었기에 평소 얼마나 무시를 당했는지 모른다. 그런 그가 반역을 저지른 것이 사실이라면 그토록 기다리고 기다려 왔던 날이 마침내 온 것이라 할 수 있었다. 설사 죄가 없다 하더라도 몇 가지 증거만 조작한다면 레비치를 교수형당하게 만드는 것은 일도 아니었다.

잘하면 눈엣가시 같았던 로열 기사단을 완전히 없애 버릴 수도 있을 것이란 생각이 들자 버스테인의 입가에 희미한 미소가 떠올랐다.

"뭐 하고 있느냐? 어서 죄인을 압송해라."

평소 같으면 부상 입은 사람을 그냥 끌고 가라고 할 버스테인이 아니었지만 그동안 쌓여 있던 악감정에 그냥 끌고 갈 것을 지시한 것이었다. 잠시 눈치를 보던 성기사들은 곧 레비치를 끌고 사라졌다.

"이거 못 놔?!"

"꼼짝 마라! 네놈들도 저들과 연관이 있는 것이 틀림없다."

"더 이상 반항하면 네놈들을 그냥 두지 않겠다."

세 사람을 포위한 성기사들은 금방이라도 검을 휘두를 듯 각자의 무기를 치켜들었다.

그런 성기사들을 렉스는 어이가 없다는 표정으로, 안드레이와 샤리프는 무기를 집어넣은 채 무심한 시선으로 쳐다볼 뿐이었다.

"그분들에게 무례를 저지르지 마라."

그 모습에 깜짝 놀란 하이렌이 황급히 성기사들을 제지했다. 그제야 렉스들을 발견한 버스테인은 하이렌의 존칭에 의아함을 감추지 못했다. 황태자 신분인 하이렌이 존칭을 써야 하는 자들의 정체가 너무나 궁금했다.

"전하, 저들이 누굽니까?"

"로열 기사단을 제압한 사람들이 바로 저분들이오. 비밀리에 내 일을 돕기 위해 다른 왕국에서 오셨지요."

"그럼 로열 기사단 전원을 겨우 저 세 사람이 상대해 제압했다는 말씀입니까?"

"그렇소."

"게다가 다른 왕국에서 왔단 말씀입니까?"

하이렌의 대답에 버스테인은 믿을 수 없다는 표정으로 자신도 모르게 반문했다.

"그렇소. 하지만 저분들의 안전을 위해 신분을 밝힐 수 없다는 점을 이해하시오."

"물론입니다, 전하."

"그리고 자르츠 성기사단 전원을 이끌고 왔소?"

"예, 현재 대부분 포안 시 외곽에 집결해 있습니다만 무슨 일 때문인지 알 수 있겠습니까?"

"조금 전 일과 관련된 일이오."

"그, 그럼……."

"지금부터 프로그 단장이 해줘야 할 일이 있소."

"하명해 주십시오, 하이렌 전하."

"단장은 지금부터 우리 왕실의 경호를 책임져야만 하오. 특히 아버님과 나의 안전에 신경을 써야 할 것이오. 그리고 각 교단에 연락해 교황들을 이곳으로 오라고 통보하시오. 또, 평소 아르본 공작과 친분이 있는 귀족들을 오늘 저녁 모두 은밀히 체포하도록 하시오."

하이렌의 말을 듣고 있던 버스테인은 인상이 딱딱하게 굳어졌다.

"그리고 마지막으로 수도경비사단의 움직임을 예의 주시하도록 하시오."

"아르본 공작이… 이번 일과 관련되어 있습니까?"

"관련? 그자가 주모자요!"

"예?"

주모자란 말에 버스테인은 놀라움을 금치 못했다.

레트로니아 왕국에서 국왕을 제외하고는 누구보다 강력한 권력을 누리고 있는 아르본 공작이 뭐가 아쉬워 반란을 일으킨 것인지 버스테인은 이해가 가지 않았다.

"검은 달 교단이란 사악한 종교 집단과 결탁해 레트로니아 왕국의 국교를 자르츠에서 아모데우스로 바꾸려는 음모를 꾸몄단 말이오. 하지만 국왕 폐하와 내가 그들의 요구를 받아들이지 않자 그들은 감히 아버님을 시해해 왕국을 전복시키려는 말도 안 되는 망상을 품고 있소."

"감히 이교도 따위와 결탁을 하다니… 그런 반역자는 결코 용서할 수 없습니다. 지금이라도 당장 단원들과 함께……!"

"진정하시오, 프로그 단장. 아르본 공작의 체포는 저분들이 맡을 거요."

하이렌이 자신의 실력을 믿지 못하는 것 같다는 생각에 불쾌한 기분이 들었지만 자신들 쪽으로 다가오는 세 사람의 눈빛이나 행동을 발견하고는 자신도 모르게 숨을 들이키고 긴장한 듯 침을 삼켰다. 그들의 전신에서 풍기는 기운은 보기만 해도 몸이 떨릴 정도로 살벌한 것이었다.

"이곳의 일은 대충 끝난 것 같으니 우리는 이만 갈게."

"그럼 아르본 공작은 원래 계획대로 오늘 자정에 체포할 거냐?"

"그래."

"세 사람의 실력을 의심하는 것은 아니지만 그를 비호하는 비밀 세력이 있을지도 모르는데 위험하지 않겠어?"

"우리 앞을 가로막는 자들이 있다면 그들이 누구든 결코 용서하지 않겠어. 그것보다⋯ 잊지 말고 나중에 사람을 보내도록 해."

"알았다. 반드시 보내마."

"그럼 저희들은 이만 돌아가 보겠습니다, 전하."

안드레이의 인사에 하이렌은 그의 손을 꼭 잡았다.

"뭐라고 드릴 말씀이 없습니다. 부끄럽고도 감사합니다."

"별말씀을⋯ 그럼⋯⋯."

인사를 한 세 사람은 지체없이 몸을 돌려 멀어져 갔다.

그 모습을 지켜보던 버스테인은 과연 저들 셋이 아르본 공작과 얼마나 될지 모르는 그의 부하들을 물리칠 수 있을지 의문이었다.

"오늘 자정 자르츠 성기사단의 단원들 500명을 아르본 공작의 임시 저택으로 보내 저들이 아르본 공작과 그의 부하들을 체포하는 걸 도우시오."

"하지만 저들은 타국 사람입니다. 저들이 저희의 일을 돕는 것은 사실이지만 이렇게 되면 저희가 저들의 부하처럼 보이게 될 겁니다. 차라리 저희 기사단이 투입해서 아르본 공작을 체포하는 것이 어떻겠습니까, 전하?"

자존심이 상한 듯한 버스테인의 말을 듣는 순간 하이렌은 어이가 없었다. 물론 그런 버스테인의 심정을 이해하지 못하는 것은 아니지만 어떻게 지금 같은 순간에 기사단의 단장이라는 사람이 이 따위 말을 할 수 있는 것인지 아무리 생각해 봐도 기가 막혔다.

"프로그 단장, 그대는 소드 마스터 최상급이라고 알려져 있는 아르본 공작을 상대할 자신이 있소? 게다가 어쌔신 훈련을 받은 소드 마스터들을 상대할 수 있단 말이오?"

"그럼 저들은 그들을 상대할 수 있단 말입니까?"

"다른 사람은 모르지만 저들은 그럴 자격이나 실력이 충분하오."

"자격이나 실력?"

알려진 대로 레이너의 검술 실력이 소드 마스터 최상급이라면 자신의 실력으로 그를 혼자서 체포하기엔 조금 무리가 따를지도 모른다. 하지만 자신에게는 레트로니아 왕국 최강이라는 자르츠 성기사단이 있지 않은가? 그들과 함께라면 충분히 자신있었다. 하지만 하이렌이 말한 자격이라는 것이 은근히 신경 쓰였다.

다시 말하자면 자신에게는 그 자격이 없고 저들에게는 그 자격이라는 것이 있다는 말 아니겠는가? 대체 저들의 신분이 뭐기에 자르츠 성기사단의 단장인 자신에게도 없는 그 자격이라는 것이 있는 것인지 이해할 수가 없었다.

버스테인이 생각에 골몰해 있는 것으로 본 하이렌은 쓴웃음을 지으며 입을 열었다.

"프로그 단장, 지금 그러고 있을 시간이 있소? 조금 전 내가 지시한 것을 모두 이행하려면 바쁘게 움직여도 시간이 부족할 것 같은데 말이오."

"잠시 생각할 것이 있어서 전하께 실례를 저질렀습니다. 지금 즉시 전하의 명령을 시행토록 하겠습니다. 그럼 저는 이만……."

정중하게 허리를 숙인 버스테인은 부하들이 로열 기사단을 데리고 간 왕실 지하 감옥을 향해 걸음을 옮겼다. 하지만 하이렌은 이미 사라지고 없는 렉스를 생각하느라 버스테인이 사라진지도 모르고 있었다.

"여기가 아르본 공작이란 녀석의 저택인가?"

"그런가 봐."

크리샨트의 질문에 도네는 시큰둥하게 대답했다.

도네는 요즘 렉스가 자신과 행동하지 않는 것에 대해 조금은 못마땅하게 생각하고 있었다. 하지만 렉스의 그런 행동이 자신을 생각해서 그런 것임을 잘 알고 있기에 별 말을 하진 않았지만 기분이 유쾌하지 않은 것은 분명한 사실이었다. 물론 그 상대가 렉스가 아니었으면 결코 참지 않았을 것은 물어볼 필요도 없는 일이었다.

도네의 대꾸에 크리샨트는 별 반응을 보이지 않았지만 곁에 있던 제로스와 샤이베리아는 조금 입장이 달랐다. 크리샨트의 제의로 이곳까지 오기는 했지만 기분 나쁜 표정이 역력한 도네의 얼굴을 발견하고는 그때부터 불안감을 감추지 못하고 있었다.

"제법 많은 사람들이 모습을 감추고 있는데 세 사람만으로 상대를 할 수 있을지 모르겠군."

크리샨트의 시선 끝에는 렉스와 안드레이, 샤리프가 나란히 선 채 레이너의 임시 저택을 바라보는 모습이 보였다.

잠시 눈빛을 교환하던 세 사람은 가볍게 고개를 끄덕이고는 저택을 향해 발걸음을 떼었다.

렉스는 건물의 왼쪽을, 안드레이는 중앙, 그리고 샤리프는 저택의 오른쪽을 향해 다가갔다. 건물은 짙은 어둠에 싸여 있었지만 세 사람에게는 전혀 문제 될 것이 없었다.

그들이 소리없이 건물 안으로 사라지자마자 건물 주위로 수십 명의 사람들이 다가들었다. 그들을 발견한 도네가 고개를 갸웃거렸다.

"아니, 저것들은 또 뭐지?"

"플레이트 메일에 새겨진 문장을 보니 자르츠 성기사단의 단원들 같습니다."

"저것들이 여기엔 무슨 일로 온 거지?"

도네들이 대화를 나누는 동안 저택 주위로 몰려든 성기사들은 완벽한 포위망을 구축하기 시작했다.

"내가 보기엔 렉스들을 지원하기 위해 온 것 같은데?"

"그저 숫자만 많을 뿐이지 무슨 도움이 된다고……."

도네의 퉁명스러운 대답에 크리샨트는 그저 싱긋 미소만 지을 뿐이었다.

건물 안으로 들어선 렉스는 자세를 낮추고는 재빨리 주위를 둘러보았다.

실내는 짙은 어둠에 싸여 있었지만 렉스에게는 아무런 문제도 되지 않았다. 실내를 둘러보던 렉스는 그 방이 하인들의 의복을 쌓아두는 곳임을 깨달았다. 곰곰이 생각하던 렉스는 곧 헐렁한 의복 하나를 꺼내 걸치고 있던 라이트 레더 위에 걸쳤다. 그리곤 곁에 있던 몇 개의 의복을 들고 조용히 실내를 빠져나갔다.

간간이 켜져 있는 몇 개의 촛불이 간신히 복도를 밝히고 있을 뿐 복도에서는 아무도 보이지 않았다. 깊게 숨을 들이키고는 천천히 발걸음을 옮겼다. 그가 조용히 하나의 방문 앞을 지날 때 갑자기 문이 열리더니 잠이 덜 깬 표정의 한 중년 사내 하나가 모습을 드러냈다.

중년 사내는 방문 앞을 지나던 렉스를 발견하곤 고개를 갸웃거렸다.

"지금이 몇 신데 아직까지… 아함~ 일을 하는 거야? 내일부터 공작님께서 초대하신 손님들이 많이 오실 거야. 아함~ 할 일이 많을 테니까 어서 쉬라고."

'미안하오. 하지만 이게 모두 당신을 위해서요.'

고개를 돌리고 있던 렉스는 눈에 보이지 않을 정도로 빠르게 주먹을 뻗어 중년 사내의 복부를 가격했다. 순간적이기는 했지만 극심한 통증에 중년 사내의 얼굴은 심하게 일그러졌다. 그러나 그 고통은 중년 사내에게 비명 지를 만한 시간을 주지 않았다.

맥없이 앞으로 쓰러지는 중년 사내를 받아 든 렉스는 방으로 데리고 들어가 조심스럽게 침대에 뉘여주었다. 그리고는 주변을 정리한 다음 다시 방을 나가려는 순간 불빛을 받아 번쩍이는 물체 하나가 렉스의 목을 향해 날아들었다.

현관 옆의 창문을 통해 안으로 들어선 안드레이는 바닥에 납작하게 몸을 낮추고 주위를 살폈다. 워낙 조심스럽게 행동한 탓인지 그의 기척을 느낀 사람은 없는 듯 보였다.

잠시 주위를 살피던 안드레이는 소리가 나지 않도록 조심스럽게 롱소드를 뽑아 들고는 지체없이 2층을 향해 달려갔다. 계단을 오를 때도 뒤꿈치를 든 채 최대한 조용히 올라갔다. 도착하자마자 안드레이는 주변부터 살폈다. 하지만 실내는 여전히 정적에 싸여 있었다.

그런데 순간 벽에 붙어 있던 초상화의 눈동자가 안드레이를 노려보고 있는 것이 아닌가? 그러나 안드레이는 미처 눈치 채지 못하고 있는 듯 보였다.

슉!

공기를 가르는 날카로운 소리와 함께 초상화로부터 한 자루의 쇼트 소드가 튀어나왔다. 쇼트 소드는 모습을 드러냈다고 느낀 순간 안드레이의 어깨를 향해 휘둘러졌다.

갑자기 뒤에서 들린 소리에 안드레이는 본능적으로 몸을 숙이며 전면을 향해 몸을 굴렸다. 재빨리 몸을 돌린 안드레이의 눈에 한 자루의 쇼트 소드가 날아드는 것이 보였다.

처음 자신의 무기로 막으려던 안드레이는 적들을 깨울 것을 우려해 신속하게 몸을 움직여 상대의 공격을 피했다. 하지만 그런 안드레이의 생각과는 달리 어디선가 날카로운 호각 소리가 들렸다.

삐이익―

"적이다! 적이 침입했다!!"

"모두들 무기를 들고 나와라! 적이 침입했다!!"

고함 소리와 함께 각각의 방에서 적지 않은 수의 사내들이 쏟아져 나왔다.

안드레이를 발견한 사내들은 각자의 무기를 든 채 재빨리 그를 포위했다. 자신의 고심이 헛수고임을 깨달은 안드레이는 가볍게 한숨을 쉬고는 수중의 롱 소드를 가슴 앞에 세웠다. 이제 남은 것은 최대한 빨리 이들을 제압하는 것뿐이다.

"자, 와라!"

건물 벽을 통해 3층으로 올라간 샤리프는 안으로 들어서기 전 벽에 귀를 댄 채 안의 동정을 살폈다. 하지만 사람의 기척은 조금도 느낄 수 없었다. 조심스럽게 창문을 연 샤리프는 재빨리 안으로 들어서며 양손에 배틀 엑스를 나누어 들었다.

샤리프가 들어온 곳은 그의 짐작대로 사람이 살지 않는 창고와 같은 곳이었다. 각종 잡동사니들과 부서진 가구, 역시 파손된 조각상, 그리고 낡은 물건들이 즐비하게 늘어서 있었다. 잠시 주위를 둘러보던 샤리프는 곧 문을 향해 다가섰다.

그때였다.

"적이 더 있을지 모른다. 샅샅이 주위를 수색해라."

"공작 각하를 보호해라."

흥분한 사내들이 외치는 고함 소리를 들은 샤리프는 자신들의 침입이 발각되었음을 깨달았다. 마음이 급해진 샤리프가 막 문을 열고 그곳을 빠져나가려는 순간 어둠 속에서 무엇인가가 샤리프의 등을 향해 날아들었다.

슉!

소리를 듣자마자 샤리프는 몸을 돌림과 동시에 왼손에 들고 있던 배틀 엑스를 휘둘렀고, 연이어 오른손에 들고 있던 배틀 엑스를 던졌다.

탁!

휘익—

"큭!"

어둠 속에서 생을 마감하는 신음 소리가 들리자 샤리프는 오른손을 힘껏 잡아당기면서 소리가 들린 곳을 향해 달려갔다. 어둠 속으로 사라졌던 배틀 엑스가 다시 날아와 그의 오른손에 잡혔을 때 샤리프는 이마가 둘로 갈라진 시체 앞에 서 있었다.

샤리프가 시체를 살피고 있을 때 반쯤 부서진 소파 뒤에서 세 자루의 대거가 소리도 없이 날아들었다. 하지만 이미 대비를 하고 있던 샤리프는 몸을 공중으로 띄워 피함과 동시에 왼손에 들고 있던 배틀 엑스를 던졌다.

콰!

폭음과 함께 소파는 박살이 났고, 소파 뒤에서 기습을 했던 사내 하나는 자신의 심장에 박혀 있는 배틀 엑스를 바라보며 믿을 수 없다는 표정을 지은 채 세상을 하직했다. 뒤이어 마치 소파 박살나는 소리가 신호라도 됐는지 곳곳에서 사내들이 모습을 드러냈고, 샤리프를 바라보는 그들의 눈에는 강렬한 적개심이 가득했다.

조금씩 포위망을 좁혀오는 사내들을 바라보는 샤리프의 시선은 싸늘하기만 했다.

'이런 곳에서 시간을 보낼 수는 없는 일. 어떻게 하든 아르본 공작을 사로잡아야만 검은 달 교단에 대한 단서를 잡을 수 있다. 설사 이들 모두를 죽인다 하더라도 그만은 반드시 사로잡아야 한다.'

결심을 굳힌 샤리프는 양손에 나누어 든 배틀 엑스를 잡은 손에 힘을 주고는 자신을 포위한 10여 명의 사내를 쳐다보았다. 그들과 눈길이 마주치는 순간 샤리프는 그들을 향해 달려들었다. 그리고는 사정없이 배틀 엑스를 휘둘렀다.

본능적으로 옆으로 몸을 피한 렉스는 헐렁한 옷 속에 감춰두었던 클레이모어를 뽑아 들어 전면을 향해 힘껏 찔러 넣었다. 설마 상대가 반격할 줄은 몰랐는지 렉스를 공격했던 자는 황급히 뒤로 물러섰지만 반응이 조금 늦어 그만 옆구리를 스쳤다.

"크윽!"

비칠비칠 뒤로 물러서던 사내가 황급히 옆구리를 움켜쥘 때 소리도 없이 클레이모어가 날아들어 사내의 목에 틀어박혔다. 사내의 눈은 찢어질 듯 부릅떠지는 순간 그대로 굳어졌고, 사내는 마치 통나무가 쓰러지듯 그대로 쓰러졌다.

황급히 사내의 몸을 받아 든 렉스는 그를 재빨리 실내로 끌어들인 후 주위의 동정을 살폈다. 다행히 아무도 눈치 챈 사람은 없는 듯 보였다.

바로 그때 위층에서 퉁탕거리는 소리와 함께 비명 소리, 고함 소리가 들려왔다.

"적이다! 적이 침입했다!!"

"모두들 무기를 들고 나와라! 적이 침입했다!!"

순간 자신들의 잠입이 들켰다는 사실을 직감한 렉스는 지체없이 2층으로 달려갔다. 하지만 렉스의 발걸음은 곧 멈춰져야 했다. 복도에는 이미 10여 명의 사내들이 검을 뽑아 든 채 서 있었기 때문이다.

안색을 싸늘하게 굳힌 렉스는 조금의 망설임도 없이 그들을 향해 클레이모어를 휘둘렀다. 여태까지의 무지막지한 검술과는 달리 렉스의 공격은 짧고, 간결했으며, 또한 강력했다. 서너 자루의 쇼트 소드 사이로 파고든 렉스는 사내들의 목을 향해 사정없이 클레이모어를 휘둘렀다.

사내들이 클레이모어를 발견했을 땐 이미 그들의 목에 회생할 수 없는 깊은 상처를 남긴 후였다. 진저리 치는 피 냄새가 실내를 가득 메웠을 때 복도에 서 있는 사람은 렉스뿐이었다. 잠시 그들을 바라보던 렉스는 곧 2층을 향해 달려갔다.

그가 막 어슴푸레한 계단을 오르려고 할 때 계단 옆에서 누군가가 렉스를 덮쳐 왔다.

급한 마음에 황급히 달려가던 중이어서 이때만큼은 렉스도 깜짝 놀랐다. 황급히 몸을 비틀어 상대의 공격을 피하려고 했지만 그만 반응이 늦어 상대의 공격을 허용하고 말았다.

서걱—

섬뜩한 소리와 함께 잠입하면서 걸친 헐렁한 하인 옷이 간단하게 잘려 나갔다. 그와 동시에 렉스가 걸치고 있던 라이트 레더의 가슴 부분에도 깊은 상처를 남겼다. 몸을 회전시켜 상대의 공격을 피하던 렉스는 재빨리 계단의 난간을 박차고 몸을 날려서는 허공에서 몸을 뒤틀어 클레이모어를 그대로 내려쳤다.

자신의 공격이 성공했음을 의심하지 않았던 상대는 믿을 수 없는 렉스의 반격에 그저 눈만 크게 뜰 뿐 조금도 움직이지 못했다. 그런 사내의 머리를 클레이모어는 무심하게 가르고 지나갔다. 하지만 사내의 죽음을 확인할 사이도 없이 렉스는 2층을 향해 몸을 날렸다.

그가 2층에 도착했을 때 그의 눈에 들어온 사람은 안드레이와 막 한 사내의 목숨을 빼앗고 있던 샤리프뿐이었다.

"아르본 공작은?"

"보지 못했네. 혹시 이미 도망친 것은 아닌지 모르겠군."

"우리가 오늘 기습하는 것은 아무도 모르는 일이 아닌가?"

"부하들이 막고 있는 동안 도망을 친 것인지도 모르지."

"이곳을 감시하던 부하의 보고에 의하면 아르본 공작이 저택에 들어온 후 나간 적이 없다니까 틀림없이 이곳에……."

와장창~

우지직!

그때 아래층에서 무엇인가 부서지는 소리가 들렸고 그 소리를 듣는 순간 세 사람은 누가 먼저라고 할 것도 없이 몸을 날려 1층으로 향했다. 도착하고 보니 현관 옆의 창문이 깨져 있었고, 그곳을 통해 누군가가 성기사단의 단원들과 싸우는 것이 보였다.

"아르본 공작이다."

그를 발견하자마자 렉스는 몸을 날렸고 안드레이와 샤리프도 거의 동시에 몸을 날렸다.

비밀 집무실에서 이틀 후 있을 거사에 대해 고심하고 있던 레이너는 갑자기 들린 날카로운 금속성에 그 자리에서 벌떡 일어섰다. 집에서조차 검을 곁에서 떼어놓지 않는 레이너였기에 소리를 듣는 순간 검을 뽑아 들고 비밀 집무실을 빠져나왔다.

무조건 방에서 빠져나가려는 생각보다는 먼저 들려오는 소리에 귀를 기울였다. 싸우는 소리가 들리는 곳은 모두 세 곳. 침입한 자들의 수는 생각보다 적은 것 같았다. 그러나 그들의 실력이 보통이 아닌지 부하들의 고함 소리와 비명 소리가 끊이지 않고 들려왔다.

밖으로 나가 부하들과 함께 침입자들을 상대할 것인가? 아니면 이대로 몸을 피할 것인가를 한참 동안 고심하던 레이너는 결국 후자를 택하기로 결정을 내렸다. 만약 뜻하지 않은 상황이 발생한다면 지금까지 그가 계획해 왔던 모든 것이 사라짐은 물론 목숨마저 부지하기 힘들 것이기 때문이다.

결심을 굳힌 레이너는 지체없이 방을 빠져나가 1층으로 통로가 나 있는 비밀의 방으로 들어갔다. 그는 즉시 1층으로 향했고, 조심스럽게 문을 열고 나가보니 위층에서 싸우는 소리가 들렸다. 복도에는 누군가의 손에 목숨을 잃은 부하들의 시신이 즐비했다.

무심한 표정으로 시신을 헤치고 복도로 나선 레이너의 귀에 2층으로

부터 들리던 비명 소리와 함께 고함 소리가 급격하게 줄어드는 것을 느끼고는 조금의 망설임도 없이 현관 옆의 창문을 향해 몸을 날렸다.

와장창~

우지직!

창문 틀을 박살 내며 밖으로 몸을 날린 레이너는 재빨리 일어서서 주위를 둘러봤다. 그런 그의 눈에 보인 것은 황금색 플레이트 메일을 걸친 채 검을 뽑아 들고 있는 수십 명의 성기사들뿐이었다. 복장을 보니 자르츠 성기사단이 분명해 보였다.

잔뜩 긴장한 얼굴을 한 성기사들은 레이너를 향해 검을 겨누며 그를 포위했다.

"죄송하지만 공작 각하께서는 저희와 함께 가주셔야 하겠습니다."

"그대들은 누구인가?"

물론 황금색의 플레이트 메일을 이들처럼 집단으로 입고 있는 자들을 레이너가 모를 리 없었지만 왜 자르츠 성기사단이 자신의 집으로 출동한 것인지는 전혀 짐작도 가지 않았다. 짐작 가는 부분이 없는 것은 아니었지만 설마 하는 심정으로 주변을 두리번거리며 성기사단을 둘러봤다.

"저희들은 자르츠 성기사단의 단원들입니다. 공작 각하께서는 반란을 일으키려 했다는 혐의를 받고 계십니다. 저희와 함께 가서 조사에 협조해 주셨으면 합니다."

"내가 반란을 일으키려 했다고? 그게 무슨 소린지 이해가 안 되지만 나로서는 겁날 것이 없으니 순순히 조사에 협조를 하지."

"먼저 무기부터 넘겨주십시오. 그리고 저희를 따라……."

"알았네. 내 무기는 여기 있네."

순순히 손잡이를 잡아 검끝을 지면을 향한 채로 눈앞의 성기사에게 내밀었다. 잔뜩 긴장한 성기사가 막 검을 잡으려는 순간 레이너의 롱소드는 믿을 수 없는 속도로 회전을 하더니 가까이 다가온 성기사들의 목을 그대로 갈랐다.

그 속도가 얼마나 빨랐는지 성기사들이 번쩍 하는 빛을 발견했을 때 그들의 목에서 분수처럼 선혈이 뿜겨져 나왔다. 서너 명의 성기사들이 선혈을 쏟으며 그 자리에 주저앉자 곁에 있던 성기사들은 깜짝 놀라 검을 휘두르며 레이너에게 덤벼들었다. 하지만 어느 누구도 레이너의 공격을 단 한 차례도 막아내지 못했다.

순식간에 10여 명의 동료들이 맥없이 쓰러지자 성기사들은 그제야 자신들의 상대가 레트로니아 왕국에서 가장 강한 인물로 명성을 날리고 있는 레이너 폰 아르본 공작이라는 것을 떠올리고 황급히 뒤로 물러섰다. 레이너 주위로 순식간에 10여 파렌의 공간이 생겼다.

잠깐 숨을 돌린 레이너는 자신의 집으로부터 세 사람의 그림자가 엄청나게 빠른 속도로 다가오는 것을 발견하고는 흠칫 놀라지 않을 수 없었다. 특히 그의 눈길을 끈 사람은 세 사람 가운데 대머리에, 양손에 배틀 엑스를 들고 있는 인물이었다.

'저자가 마벡 단장이 이야기하던 시미니언이라는 잔가? 정말 듣던 대로 강함 그 자체인 인물이군. 게다가 곁에 있는 자들도 심상치 않아 보이고. 빌어먹을, 이틀만 더 있었다면 이 레트로니아 왕국은 내 것이 되었을 텐데… 정말 분하군. 그러나 아직 끝나지 않았다, 아리오 국왕. 곧 다시 오마.'

세 사람과의 거리가 순식간에 좁혀지려는 순간 레이너가 고함을 쳤다.

"멈춰라!'

갑자기 들린 고함 소리에 세 사람이 멈칫하며 걸음을 멈추자 레이너는 세 사람의 얼굴을 유심히 살폈다. 그리고는 믿을 수 없다는 표정을 지었다. 샤리프만 하더라도 반드시 이긴다고 장담할 수 없는 상황에서 그와 비슷한 실력을 가진 자가 두 명이나 더 있다니… 직접 자신의 눈으로 보고도 믿기 힘들었다.

"그대가 샤리프 델 시미니언 수석 기사장인가?"

"그렇다."

"제라스탄 왕국도 아닌 이곳에서 그대를 보게 될 줄은 몰랐군."

"마벡에게서 내 이야기를 들었는가?"

"그렇다."

"지금 마벡은 어디에 있는가?"

"아마도 검은 달 교단의 본부에 있을 것이다. 그의 딸과 함께 말이다."

"딸? 그럼 그가 결혼을 했단 말인가?"

"결혼을 했는지 안 했는지 알 수는 없지만 마벡 단장을 아버지라고 부르는 레이디가 있는 것은 사실이다."

레이너의 대답을 들은 샤리프는 갑자기 무슨 생각을 한 것인지 모르지만 부들부들 몸을 떨기 시작했다. 그런 샤리프의 행동이 이해가 되지 않는 안드레이와 렉스였지만 일단은 지켜보기로 했다. 물론 레이너의 퇴로를 차단했음은 말할 것도 없었다. 하지만 무슨 생각이 있는지 레이너의 태도는 너무나 태연했다.

"호, 혹시 그 레이디의 나이가 얼마나 되었는지 알 수 있는가?"

"왜 묻는 것인지는 모르지만 열일고여덟쯤 되었을까? 붉은 머릿결을 가진 참으로 아름다운 레이디이지."

"그 레이디의 이름이 혹시 페트리샤가 아닌가?"

"페트리샤? 아니다, 그녀의 이름은 카렌이다."

"카렌? 그럴 리가 없어. 절대 그럴 리가 없어. 그 아이가 틀림없어. 페트리샤야. 틀림없어."

마치 정신이 나간 듯 레이너의 대답을 부정하는 샤리프의 태도에서는 진한 부정이 실려 있었다. 그런 샤리프를 잠시 바라보던 레이너는 안드레이와 렉스를 바라봤다.

"그대들 같은 뛰어난 검술 실력을 가진 자들이 있었다니… 정말 놀라운 일이다."

"놀랍고 자시고 간에 순순히 무기를 버리고 체포에 응해라."

"넌 누구냐?"

"나? 별 볼일 없는 용병."

"용병 중에 너처럼 뛰어난 용병이 있었다는 것은 오늘 처음 알았다. 왕국 내 용병들 가운데 최강으로 알려진 블라슈보다 오히려 강한 것 같군."

"블라슈보다 강한 것 같다고? 그런 썩어 빠진 안목을 가졌으니 멍청하게 반란을 일으켜 보지도 못하고 실패를 했지. 그렇게 생각하지 않나?"

"자네를 실망시켜서 미안하군. 하지만 다음 기회에는 절대 실패하지 않겠네. 그럼 다음에 다시 보세."

"다음? 혼자서 이 많은 사람들을 뚫고 도망가는 것이 가능할 것 같아?"

"뚫을 수 없다면 사라지면 되지 않겠나?"

"뭐?"

"다음에 만났을 때는 부디 예의를 지켜주었으면 고맙겠네. 워프!"

"안 돼!"

시동어를 외치는 순간 레이너의 몸은 감쪽같이 사라졌고, 간발의 차이로 늦게 도착한 렉스의 클레이모어는 허무하게 허공을 가를 뿐이었다.

제 4 장

조사

조사

　석양이 질 무렵 포얀 시의 남동쪽 성문을 바쁜 걸음으로 통과하는 한 무리의 사람들이 있었다. 하지만 약 30여 명으로 이루어진 그들은 포얀 시가 처음인지 성문을 통과하자마자 걸음을 멈추고는 사방을 둘러봤다.

　특히 가장 앞쪽에 선 40대 초반쯤으로 보이는 사내는 사람들의 시선을 집중시키기에 충분했다. 붉은 머리, 붉은 눈썹, 짧게 다듬어진 붉은 콧수염과 턱수염, 그리고 전신에서 느껴지는 팽팽한 긴장감이 그의 인상을 더욱 강렬하게 만들어 그저 보기만 해도 숨이 막힐 것 같은 분위기를 자아내고 있었다.

　"로겐 후작의 집은 어디냐?"

　"북쪽 성문 근처에 있습니다, 단장님."

　"앞장서라."

"알겠습니다, 단장님."

부하의 대답과 함께 걸음을 떼어놓는 사람은 바로 사이나였다.

그가 이곳에 모습을 보인 이유는 이틀 전 정기적으로 보고를 해와야할 포얀 시의 모든 어쎄신들이 갑자기 사라져 버린 듯 보고가 끊겼기 때문이었다. 물론 대수롭지 않게 여길 수도 있는 문제였지만 대교황과 사이나는 그 보고를 듣는 순간 뭔가 불길한 생각이 드는 것을 감출 수 없었다. 게다가 포얀 시에 있는 검은 달 교단의 신도가 된 몇몇의 귀족들에게 마법 통신으로 연락을 취해봤지만 어느 누구도 연락된 사람은 없었다.

궁금함을 견디지 못한 대교황은 사이나에게 조사를 명했고, 사이나는 검은 달 교단 흑마법사들의 도움을 받아 몇몇의 부하들과 함께 장거리 워프를 해 포얀 시 근처에 도착할 수 있었다. 그런 다음 잠시의 쉴 틈도 없이 곧바로 말을 달려 이곳 포얀 시에 도착한 것이다.

하지만 막상 도착하고 보니 뭔가 이상했다.

도시 곳곳에 창과 갖가지 무기를 든 채 중무장한 병사들의 모습이 심심치 않게 보였고, 자신들이 레이노스 시로 잘못 온 것은 아닐까 의심할 정도로 많은 성기사들의 모습을 발견한 것이다. 게다가 도시 전체가 술렁거리는 것이 뭔가 큰일이 벌어진 듯 지나는 사람들의 얼굴에도 당황하는 기색이 역력했다.

물론 사이나도 그 큰일이라는 것이 무엇인지 궁금하기는 했지만 그보다는 연락이 끊어진 포얀 시의 비밀 지부들이 더욱 신경 쓰였다. 그래서 포얀 시의 실질적 책임자인 로겐 후작을 찾아가는 중이었다. 물론 그 역시 연락이 끊기기는 마찬가지였다.

사람들의 시선 끄는 것을 방지하기 위해 부하들에게 분산해서 따라

오라고 지시한 사이나는 조금 느린 속도로 걸음을 옮겨 거의 1시간 이상이 지나서야 로겐 후작의 저택에 도착할 수 있었다. 하지만 저택 안으로 들어갈 수는 없었다.

이유는 저택을 철통같이 지키고 있는 루안로바스의 성기사들과 중무장한 병사들 때문이었다. 자신의 눈을 믿을 수 없어 몇 번이나 확인해 보았지만 기사들의 은색 플레이트 메일의 왼쪽 가슴에 새겨진 것은 비를 뿌리는 폭풍의 모습이 분명했다. 그리고 그러한 문장을 쓰는 성기사들은 루안로바스를 믿고 따르는 루안로바스 교단의 성기사들밖에 없었다. 하지만 문제는 왜 그들이 이곳에 있느냐는 것이었다.

그들을 발견하는 순간 불길한 예감이 뇌리를 스치고 지나갔다. 즉시 곁에 있던 부하들에게 각각 몇 가지의 지시를 내렸다. 그리고는 자신이 직접 이유를 알아내고자 저택으로 다가갔다.

사이나의 모습을 발견한 병사들은 당장 그에게 포차드를 겨누며 멈출 것을 지시했다.

"멈추시오!"

순순히 병사들의 제지에 응한 사이나는 손을 들어 반항할 뜻이 없음을 나타냈다.

사이나가 순순히 자신들의 말을 따르자 병사들은 그를 아래위로 훑어보았다.

"이곳엔 무슨 일로 온 것이오?"

"지방에서만 살다가 난생처음 포얀 시를 구경하기 위해 왔는데 왜 이렇게 어수선한 것입니까? 뭔가 큰일이 벌어진 것 같은데······."

사이나의 대답에 병사들은 기가 막히다는 듯 그의 얼굴을 빤히 쳐다보았지만 사이나는 그저 어리둥절한 표정을 짓고 있을 뿐이었다. 병사들은 사이나가 정말 모른다고 판단했는지 그제야 포차드를 치우면서 입을 열었다.

"그럼 그대는 포얀에서 무슨 일이 생겼는지 정말 모른단 말이오?"

"방금 도착했기 때문에……."

"쯧쯧쯧, 하필이면 이렇게 위험한 시기를 택해 오다니… 귀하도 꽤 나 재수가 없는 사람이군 그래."

"무슨 말씀이신지……."

"지금부터 내가 하는 말을 잘 들으시오. 우리 레트로니아 왕국에 계신 두 분의 공작 각하 가운데 한 명인 아르본 공작이 국왕 폐하께 감히 반역을 일으키려 하다가 하이렌 전하께 발각된 사건이 그저께 일어났단 말이오."

"예?"

병사의 말에 사이나는 순간 정신이 멍해지는 것을 느껴야만 했다.

이게 무슨 소린가?

반역이라니? 게다가 아르본 공작이 애송이에 불과한 하이렌 따위에게 그 사실을 들키다니, 도저히 믿을 수 없는 일이었다. 자신도 몇 번인가 아르본 공작을 만나본 적이 있기에 그가 어떠한 성격을 가진 인물인지 확실히 파악하고 있었다. 대교황에게도 자신의 속마음을 털어놓지 않은 인물이 하이렌 같은 애송이에게 들킬 리 없다는 것은 누구보다 사이나가 잘 알고 있었다.

혹시 이 일이 검은 달 교단 지부의 연락 두절과 연관이 있는 것은 아닐까 하는 생각이 불현듯 들었다.

"그럼 아르본 공작은 어떻게 되었습니까?"

"나도 들은 이야긴데 어떤 사악한 마법사의 도움을 받아 기적적으로 도주하는 데 성공했다고 하오."

"도주를 했단 말입니까?"

"당연하지 않겠소? 자신의 수족이 모조리 잘려 나갔는데 도망을 가야지 무슨 수로 버틴단 말이오. 그가 단장으로 있던 로열 기사단은 물론 그와 친분이 있던 귀족들까지 모조리 잡혀갔단 말이외다."

"아~ 그래서 포안에 이렇게 무장한 병사와 성기사가 많은 거군요."

사이나는 애써 태연한 표정을 지으며 고개를 끄덕였다.

"그럼 루안로바스 교단은 앞으로 국왕 폐하로부터 많은 사랑을 받겠군요."

"그건 또 무슨 소리요?"

"그럼 루안로바스 교단의 성기사들이 반란을 진압한 것이 아니란 말입니까?"

사이나의 말에 병사는 고개를 돌려 거만한 표정으로 곳곳에 서 있는 성기사들의 모습을 흘낏 바라보곤 곧 고개를 저었다.

"아니오. 어찌 된 일인지는 모르지만 모든 교단의 성기사들이 이곳 포안에 몰려들었단 말이오. 사방에서 몰려든 성기사들 등살 때문에 오히려 우리가 살 수 없을 정도요."

예상 밖의 대답에 사이나는 머리 속이 너무나도 복잡해졌다.

"휴우~ 구경이고 뭐고 고향으로 내려가야겠군요."

"잘 생각했소. 괜히 이런 곳에서 얼쩡거리다가 반역에 가담했다는 오해라도 받게 된다면 목숨 부지하기도 쉽지 않을 것이오."

"말씀 감사합니다. 그럼 이만……."

"조심해서 가시오."

병사의 배웅을 받으며 돌아선 사이나는 아르본 공작이 무엇 때문에 반란을 일으키려 한 것인지 그것을 이해할 수 없었다. 게다가 각 교단의 성기사들이 포얀에 주둔하고 있는 것이 사실이라면 한시라도 빨리 이곳을 떠나야만 했다.

부하들과 만나기로 약속한 곳에 도착해 잠시 기다리니 자신의 지시를 받고 정보 수집하러 갔던 부하들이 돌아왔다.

"보고해라."

"그보다 아르본 공작이……."

"그 이야기는 나도 들어서 안다. 먼저 비밀 지부에 관한 보고부터 해라."

"예, 단장님. 포얀에 있던 지부 세 곳이 모두 저들에게 발각된 듯합니다."

"으음~ 계속해라."

"저희들이 그곳에 가봤을 때는 이미 성기사들과 중무장한 병사들이 그곳을 지키고 있었습니다. 무리를 해서라도 들어가 볼까 하다가 괜히 저희의 정체만 발각될 것 같아 그냥 물러섰습니다. 한 가지 더 이상한 것은 한곳은 자르츠 성기사들이, 또 다른 곳은 엘라하 교단의 성기사들이, 그리고 마지막은 에크네 교단의 성기사들이 지키고 있었습니다."

"경비 상황은?"

"너무나 엄중했습니다. 비밀 통로로 진입해 볼까 생각해 봤지만 만약 그곳마저 발각된다면 너무 위험한 일이라 포기하고 돌아왔습니다."

"잘했다. 다른 곳은?"

"아르본 공작과 친분이 있는 귀족들은 물론 그와 조금이라도 연관이 있는 귀족들은 가족까지 모조리 체포되어 감옥에 갇혀 있는 상황입니다. 그들의 저택 역시 성기사들과 무장한 병사들로 가득해 접근하기도 쉽지 않았습니다."

뜻하지 않은 상황에 사이나는 할 말을 잃었다.

설마 자신들도 모르는 사이 상황이 이렇게 급격하게 돌아가고 있을 줄은 꿈에도 생각지 못했기에 쉽게 판단을 내릴 수 없었다. 사이나가 고심하는 사이 부하 가운데 한 명이 조심스럽게 입을 열었다.

"저어~ 단장님, 드릴 말씀이 있습니다."

"무엇인가?"

"저희가 비밀 지부를 조사하기 위해 갔을 때 한 가지 이상한 점이 있었습니다."

"이상한 점이라니?"

"이곳 포얀 지부에 파견된 저희 형제들에게 연락이 두절된 날 세 곳 모두 저녁에 집결하라는 명령이 하달되었던 것 같습니다."

"집결? 누가 그런 명령을 내렸단 말인가?"

"그것은 알 수 없지만 지부의 간판에 집결하라는 표시가 되어 있었습니다. 저희 형제들의 실종, 집결 명령, 아르본 공작의 반역 사건들을 종합해 보면 혹시……."

"혹시 뭔가?"

"아르본 공작이나 그의 측근 가운데 누가 저희를 배신한 것이 아닌가 하는 생각이 듭니다만……."

"배신? 감히 우리를?"

"그렇습니다. 그렇지 않으면 저들이 어떻게 알고 우리 형제들이 집결했을 때를 기다려 기습할 수 있었겠습니까?"

"그러니까 자네의 말은 아르본 공작이나 그의 측근 가운데 누군가가 우리의 존재를 드러내게 했단 말인가?"

"그럴 것으로 사료됩니다."

부하의 대답에 사이나는 곰곰이 생각을 해봤지만 쉽게 결정을 내릴 수 없는 일이었다.

"포얀 시에 아직 체포되지 않은 우리 교단의 형제들은 없나?"

사이나의 질문에 품에서 작은 책자를 꺼낸 사내는 유심히 그 내용을 살폈다. 그리고는 곧 입을 열었다.

"저희 교단에서 이곳 포얀에 지부를 만들 때 저희를 도와준 분이 있습니다."

"누군가?"

"그린스노우 피어스 후작이십니다. 교단의 추기경으로 추대를 받으셨던……."

"아~ 그가 피어스 후작이었던가? 알았다, 일단 그쪽으로 가자."

사이나의 말에 부하들은 신속하게 이동을 했다.

잠시 사이나와 사내들은 그린스노우의 저택에 도착했다. 다른 곳이 성기사나 중무장한 병사들로 북적거리는 것과 대조적으로 저택은 어둠과 정적에 휘감겨 있었다.

사이나의 눈짓을 받은 몇몇의 사내들이 신속하게 저택의 담을 넘었고, 잠시 후 그들에게서 아무런 이상도 없다는 신호를 받고 사이나와 일행들은 저택 안으로 들어섰다. 그들이 막 저택의 현관으로 접근하려 할 때 건물 그림자 속에서 누군가가 사이나 일행을 기습했다.

채채채! 챙~

"큭!"

사이나의 부하들 가운데 한 명이 미처 상대의 공격을 막아내지 못하고 어깨에 심각한 부상을 입었지만 대부분의 사내들은 상대의 공격을 막아내며 황급히 뒤로 물러났다.

"누구냐?!"

사내들을 인솔하고 온 중년 사내가 앞으로 나서며 외치자 어둠 속에서 20여 명의 사내들이 모습을 보였다. 그들의 복장은 성기사들을 상징하는 은빛 플레이트 메일도 아니었고, 또 전부 제각각인 것을 확인한 사이나는 어째서 이들이 이곳에 있는 것인지, 그리고 그린스노우는 어디에 있는 것인지 의문이 아닐 수 없었다. 하지만 무엇보다 먼저 이들을 신속히 제압해야만 그 이유를 알 수 있을 것은 분명한 사실이었다.

"지금 즉시 저들을 신속하게 생포하라."

사이나의 말이 떨어지기가 무섭게 사내들은 자신들을 공격했던 사내들을 향해 자신의 무기를 휘둘렀고, 상대들도 자신의 무기를 휘두르며 공격했다. 두 무리 간의 싸움을 지켜보던 사이나는 상대들에 비해 부하들의 실력이 조금 더 낫다는 것을 확인하고는 조금 느긋한 마음으로 싸움을 지켜봤다.

사이나의 예상대로 30분도 안 되어 싸움은 끝이 났다. 사이나 일행들에게 기습을 했던 사내들은 하나같이 크고 작은 부상을 당한 채 지면을 뒹굴고 있었지만 사이나의 부하들도 상당한 부상을 입고 있었다. 특별히 선발해 온 부하들이 이렇게 다칠 정도라면 상대들의 검술 수준도 상당하다는 것을 깨달은 사이나는 지면에 쓰러져 있는 사내들을 유심히 살폈다.

"너희들은 누구냐?"

"그러는 네놈들은 누구냐?"

살기 가득 찬 눈으로 노려보는 사내를 사이나의 부하 가운데 하나가 발길로 걷어찼다.

퍽!

"크윽!"

퍽퍽퍽!

연이은 발길질로 사내의 얼굴은 금세 피투성이가 되었지만 발길질은 전혀 멈출 생각을 하지 않았다.

"그만. 입을 함부로 놀리지 마라. 너희들은 누구냐?"

"크윽… 우리는 황실 근위기사들이다. 네놈들은 누구냐?"

"근위기사? 근위기사가 왜 이곳에 있단 말이냐?"

"흥! 피어스 후작은 아르본 공작의 명령을 받아 패역 무도하게도 국왕 폐하와 황태자 전하를 암살하려다가 실패했다. 그러나 우리가 황태자 전하의 명령을 받아 피어스 후작과 그의 가족을 체포하러 이곳에 왔을 때 이미 그들은 어디론가 사라져 버린 후였다. 그래서 이곳에서 기다리면서 피어스 후작이나 그와 관계가 있는 자가 반드시 나타날 것이라 판단하고 매복하고 있었다."

비록 얼굴은 피투성이였지만 사내의 음성은 당당했다. 하지만 그의 말을 듣는 사이나의 머리 속은 혼란스러웠다.

이건 또 무슨 소란가?

검은 달 교단의 추기경인 피어스 후작이 왜 아무런 상관도 없는 아르본 공작의 명령을 받았다는 것이며, 또 무엇 때문에 국왕과 황태자를 암살하려고 했단 말인가? 아무리 생각해 봐도 어떻게 된 일인지 영문을 알 수 없어 미칠 것만 같았다.

"피어스 후작이 국왕과 황태자의 목숨을 노린 이유는?"

"정확한 것은 알 수 없다. 하지만 들리는 이야기로는 아르본 공작과 피어스 후작이 검은 달 교단이라는 사이비 교단의 광신도이기 때문이라는 소문이 포얀 시에 파다하다. 며칠만 지나면 사건의 내막이 자세하게 밝혀질 것이다."

사내의 대답에 사이나는 마음이 급해졌다.

이번 사건은 단순히 포얀 시의 지부가 괴멸된 것으로 끝날 문제가 아니었다. 교단의 장래와도 직결된 일이었다. 피어스 후작의 집에서 사건이 어떻게 진행되는 것인지 확인할 참이었는데 이제는 한시라도 빨리 교단으로 복귀해야만 했다. 그와 함께 왜 교단의 마법사들을 이번 길에 동행시키지 않았는지 정말 후회막급이었다.

결정을 내린 사이나는 몇 명의 부하들에게 지시를 내렸다.

"너희는 지금부터 이번 사건이 어떻게 발생했고, 그 파장이 얼마나 커질지 상세하게 조사해서 나에게 보고해라."

"알겠습니다, 단장님."

"보고는 가장 가까운 곳에 있는 우리 지부에서 마법 통신을 이용하라. 너희들이 얼마나 자세하게 알아내느냐에 우리 교단의 미래가 걸려 있다는 것을 명심해야 한다. 알겠느냐?"

"명심하겠습니다, 단장님."

"나머지는 나와 함께 교단으로 신속히 복귀한다."

"예, 그런데 이자들은 어떻게 해야 합니까?"

"우리의 존재를 적들에게 밝힐 셈이냐?"

"죄송합니다, 단장님."

말을 마친 사이나는 몸을 돌려 걸음을 옮겼고 사이나의 부하들은 무

자비한 학살을 벌였다. 근위기사들은 비명조차 남기지 못한 채 죽임을
당했다.

　일부의 부하는 사이나를 따랐고, 또 일부의 부하들은 어둠에 싸인
포얀 시를 향해 몸을 날렸다.

　　　　　　＊　　　　　＊　　　　　＊

　레트로니아 왕국의 국민들은 느닷없이 떨어진 날벼락 같은 소문에
경악을 금치 못했다.

　믿을 수 없게도 레이너 폰 아르본 공작이 반역을 일으켰다는 것이었
다.

　국왕의 절친한 친구이자 누구보다 충성스러운 신하였던 아르본 공
작이 검은 달 교단이라는 들어본 적도 없는 종교 단체를 등에 업고 감
히 국왕과 황태자를 시해하려 했다는 소문에 사람들은 깜짝 놀라면서
도 치미는 분노에 치를 떨었다. 그의 사주를 받은 피어스 후작이 국왕
과 황태자를 암살하려다가 실패했다는 것이었다.

　반신반의하던 사람들도 피어스 후작의 집이 텅텅 비어 있는 것과 아
르본 공작의 저택에서 수십 구의 시신이 나오는 것을 보았다는 사람들
의 증언으로 인해 믿지 않을 수 없었다.

　국왕은 즉시 반란을 일으키려 했다는 죄목으로 아르본 공작의 작위
를 박탈함은 물론 그의 영지로 대규모 군대를 파병시키고 왕국 전역에
수배령을 내렸다. 또한 그와 친분이 있거나 평소 가까이 지내던 사람
들을 모조리 잡아들였다.

　이러한 국왕의 명령에 발맞춰 각 교단의 교황들은 검은 달 교단을

이교(異敎)로 천명하고 검은 달 교단의 신도들이나 그들을 비호하는 자들을 이교도로 여겨 무조건 척살하겠다는 성명을 발표했다. 그와 동시에 각 교단에 소속된 엄청난 숫자의 성기사들이 왕국 전역으로 파견되었다.

국민들은 그러한 교황들의 결단에 열렬한 환호를 보내면서도 혹시 자신이 이교도로 몰리는 것은 아닌가 하는 불안을 느꼈다.

이렇게 어지러운 상황에서 이례적인 인사 조치가 있었는데, 그것은 베네스트 후작을 전격적으로 총리대신에 임명한 것이었다.

처음 어리둥절해하던 사람들은 아르본 공작의 반역을 최초로 발견해 왕실에서의 쿠데타를 사전에 막을 수 있도록 조치한 사람이 베네스트 후작이라는 것을 알고는 열렬히 그를 칭송했다. 총리대신에 임명된 베네스트 후작은 공석이 된 수도경비사단의 사령관에 베노아 공작을 추천했고, 각 교단의 교황들을 만나 사건 해결을 위해 협조를 구하는 등 정력적인 활동을 했다.

＊　　　　＊　　　　＊

"젠장, 그때 그 자식을 꼭 잡았어야 했는데… 멍청하게 방심하고 있다가 이게 무슨 꼴이야. 휴우~"

연신 푸념을 하던 렉스의 입에서 종내에는 긴 한숨이 흘러나왔다.

며칠 전에 있었던 일을 떠올리기만 하면 지금도 열이 머리끝까지 뻗쳐 참을 수가 없었다. 그런 렉스의 허리에는 이전에 본 적 없던 한 자루의 검이 걸려 있었다.

렉스의 한숨 소리를 듣던 도네가 렉스를 위로하듯 입을 열었다.

"그래서 이렇게 그 자식을 잡으러 가고 있잖아. 그러니까 진정하고 차라리 앞으로 할 일이나 고민하는 것이 더 좋지 않겠어?"

"해야 할 일?"

"그래, 우리가 가는 쪽에 검은 달 교단의 어쎄신 훈련 기관이 있다고 했잖아. 어차피 그것들과 만나게 되면 대결을 피할 수 없는데 우리 쪽의 피해를 줄이려면 준비할 것이 많잖아. 당연히 이들의 리더인 렉스가 할 일 아니야?"

"그거야… 당연히 내가 할 일이지만……."

"그러니까 지나간 일에는 그만 신경 쓰고 앞으로 할 일에 신경을 쓰는 것이 훨씬 낫다는 얘기지."

평소와는 달리 부드럽게 이야기하는 도네의 말에 렉스는 고개를 끄덕였다.

"그런데 웬일로 도네가 다른 사람들의 일에 신경 쓰는 거지?"

"신경? 렉스만 아니라면 하찮은 인간들 일에 내가 신경 쓸 이유가 없잖아. 지난 며칠 동안 렉스가 아르본인가 뭔가 하는 녀석을 놓친 것 때문에 무척이나 기분 나빠하는 것 같아 들먹인 거지, 실제로 그것들이 이번 싸움에서 모두 죽거나 말거나 나하고는 전혀 상관없는 일이야. 다만 렉스가 그것들에게 신경 쓰니까 그것들을 들먹이면 렉스가 기운 차리지 않을까 해서 거론한 것뿐이야."

도네의 대답에 렉스는 어이가 없었다. 역시 도네는 도네였다.

다시 생각해 보면 드래곤인 그녀로서는 당연한 대답일지 모르지만 한 가지는 분명히 깨달을 수 있었다. 그녀가 자신을 얼마나 소중히 여기는지 말이다. 하지만 그 마음이 고마우면서도 그런 그녀의 관심이 다른 사람에게도 좀 쏠렸으면 하는 생각을 버릴 수 없었다.

"대체 언제나 싸울 수 있는 거지?"

혹시나 하고 고개를 돌리고 보니 역시 메디안이었다. 그런 메디안 곁에는 게부레인이 골치 아프단 표정을 짓고 있었고, 조금 떨어진 곳에 있던 샤이베리아나 로제트 역시 황당하다는 표정으로 그녀를 바라보고 있었다.

마치 전생에 싸움을 하지 못해 죽은 조상을 두었는지 입만 열면 싸움 타령을 하니 곁에 있는 사람들이 그녀에게 질리지 않을 리 만무했다. 게다가 사람들을 더욱 불편하게 만드는 것은 그녀의 말이 말로만 끝나지 않는다는 것이었다. 타깃은 그래도 그녀보다 강한 자들뿐이라 큰 사고 없이 끝날 수 있었지만 요즘 그녀를 아는 사람들 대부분이 그녀의 그림자만 보여도 피하는 형편이었다.

그런 반면 크레이는 쉬는 동안에도 검술 수련을 하느라 잠시도 쉴 시간이 없었다. 비록 더위가 한풀 꺾였다곤 하지만 잠시 동안 검을 휘두른 것만으로도 크레이의 전신은 땀투성이가 되었다. 그런 크레이 곁에는 어설픈 동작으로 검을 휘두르고 있는 샤이베리아의 모습이 보였다. 언제부터인가 샤이베리아는 검술을 익히기 시작했는데 그녀가 왜 검술을 익히기 시작한 것인지 이유는 아무도 몰랐다.

조금 떨어진 곳에서 휴식을 취하고 있던 로제트와 몇 명의 사내들은 메디안의 말에 질렸는지 고개를 절레절레 흔들고는 얼굴을 돌려 아예 아는 척도 하지 않았다. 그들 가운데 정갈하게 머리를 다듬은 30대 초반의 사내가 로제트를 바라봤다.

살짝 벗겨진 머리에 살이 올라 장사꾼처럼 보이는 얼굴, 툭 튀어나온 아랫배를 봐서는 도저히 그를 기사라고 생각할 수 없었다. 하지만 그린 윙 기사단의 단원들이 그를 부단장이라 부르는 것을 보면 기사는 틀림없는 것 같았다.

자신이 안드레이를 숭배해 이곳까지 스스로 온 것은 사실이지만 설마 이런 장사꾼처럼 보이는 자의 지휘를 받게 될 줄은 상상도 하지 못했다.

마에스 반 루젤, 이 깔끔한 인상을 가진 청년의 이름이었다. 마에스가 블랙 이글 기사단에 투신했을 때는 안드레이가 단장으로 투르멘시아 제국 전역에 명성을 날리고 있을 때였다. 안드레이의 검술 실력도 물론 존경했지만 무엇보다 마에스가 존경한 것은 그의 인품이었다.

매사에 철두철미한 것은 물론 그동안 맡은 임무에서 단 한 번의 실패도 없었던 그 완벽성에 대해 무한한 존경심을 갖고 있었다.

그가 안드레이와 함께 이곳에 온 이유도 그를 도와 정체 불명의 적 검은 달 교단과 싸우기 위해서였다. 하지만 아무리 봐도 믿음이 생기지 않았다. 이런 장사꾼 같은 자와 실력도 알 수 없는 애송이 청년과 언제까지 같이 행동해야만 하는 것인지 알 수 없어 답답한 마음을 가눌 길이 없었다. 그냥 떠나 버릴까 하는 생각이 없는 것도 아니었지만 안드레이의 체면을 생각해서 아직 마음의 결정을 내리지 못하고 있었다.

물론 이들과 함께 행동하라는 안드레이의 지시가 있었기에 같이 오기는 했지만 도저히 이들에게 협력하고 싶은 생각이 들지 않았다. 게다가 혼자 검을 휘두르고 있는 청년만 해도 일행으로 같이 동행을 하기에는 실력이 상당히 떨어지는 것 같았다.

더 더욱 이해가 가지 않는 것은 목숨을 걸고 싸우러 가는 사람들 사이에 검술을 익힌 것 같지도 않고, 또 대마법사가 되기엔 너무나 나이가 어린 두 명의 여자와 함께 행동을 한다는 것을 아무리 생각해 봐도 이해가 가지 않았다.

무엇보다도 의문인 것은 과연 렉스에게 이들 무리를 제대로 이끌 만한 능력이 있느냐는 것이었다. 마에스의 성격이 원래 혈기왕성한 탓인지는 모르지만 렉스에 대한 불신은 좀처럼 수그러들 줄 몰랐다.

"저어… 물어볼 것이 있습니다."

"뭔가?"

"저 렉스라는 청년 말입니다."

"우리 단장? 대체 뭘 묻겠다는 것인가?"

"아직 나이도 어린 것 같은데… 대체 지금 나이가 얼마나 된 겁니까?"

"나이? 글쎄? 나도 물어보지 않아서 얼마나 되었는지는 모르겠는걸?"

로제트의 성의없는 대답에 마에스는 기가 막혔다. 부관이 되어서 자신이 모시고 있는 상관의 나이도 모른다니 한마디로 기가 막혀 한 마디도 할 수 없었다.

"상관의 나이도 모른다는 것은 부하로서 너무 소홀한 것 아닙니까?"

마에스는 질책에 장사꾼처럼 보이는 로제트는 어이가 없다는 표정을 지었다.

"자네는 상관의 나이가 충성심과 연관이 있다고 생각하나?"

"그, 그런 건 아니지만……."

"그럼 레티나 단장님의 나이를 묻는 것은 무슨 이유가?"

"다름이 아니라 하나의 단체를 이끌기에는 너무 나이가 어리지 않습니까? 물론 방금 말씀하신 대로 나이가 어리다고 능력까지 떨어지는 것이 아니라는 건 잘 알고 있지만 분명 나이가 드신 분들보다 아무래도 경험이 부족하지 않겠습니까?"

"그러니까 자네의 말은 단장님의 나이가 너무 어려서 왠지 불안하단 말인가?"

"꼭 그렇다는 것은 아니지만……."

"일단은 두고 보게. 믿음이라는 것이 강요한다고 생기는 것은 아니니 내 다른 말은 하지 않겠네. 하지만 세상에는 눈에 보이는 것만으로 판단할 수 없는 사람도 있다는 것을 아마 이번 여행에서 알게 될 것이네."

느긋하게 대답하는 로제트의 태도에 마에스는 잔뜩 인상을 쓰고 있는 렉스의 모습을 흘깃 쳐다봤다. 하지만 아무리 유심히 살펴봐도 철 딱서니없는 청년으로밖에 보이지 않았다.

"그건 그렇고… 지금 저희들은 어디로 가는 겁니까?"

"목적지 말인가?"

"그렇습니다. 어디로 가는지 알아야 미리 준비를 하든 대비를 하든 할 것 아닙니까?"

"그런 거야 단장님께서 걱정할 일이지 자네나 우리 같은 사람이 뭣 때문에 골치 아프게 그런 걱정까지 하나?"

별 우스운 인간 다 보겠다는 듯 표정을 짓는 로제트의 태도에 마에스의 눈초리가 당장 하늘로 치솟았다. 이렇게 사람의 감정을 순식간에 불쾌하게 만드는 인간은 난생처음 만나봤다. 말하는 한마디 한마디가 듣는 사람의 심사를 어쩌면 이렇게 실감나게 뒤틀리게 만들 수 있는 것인지 로제트의 입을 찢어서 확인하고 싶은 마음이 저절로 들 정도였다.

당연히 마에스의 얼굴은 누가 봐도 알 정도로 찌푸려져 있었지만 로제트는 신경도 쓰지 않았다.

조금 떨어져 있던 렉스가 뭔가를 떨쳐 버리듯 자리에서 일어서 자신을 바라보는 주위 사람들에게 별로 곱지 않은 음성으로 입을 열었다.

"뭣들 하고 있는 거야? 쉴 만큼 쉬었으면 출발할 준비를 해야 하잖아! 로제트!"

신경질적인 렉스의 음성과 달리 로제트의 대꾸는 느긋하기만 했다.

"뭡니까?"

"뭡니… 까?"

대꾸를 하는 렉스의 음성이 낮게 깔리는 것이 심상치 않다고 느낀 것인지 로제트는 나직하게 한숨 쉬며 고개를 돌렸다.

"왜 저를 부르신 겁니까? 여름은 지났다고 하더라도 아직 벌건 대낮에 이동하기에는 햇살이 따갑단 말입니다. 물론 알고 부르신 것이겠지만 말입니다만……."

오히려 왜 자신을 부른 것이냐고 따지는 듯한 로제트의 말에 렉스의 얼굴은 엉망으로 일그러졌다. 그런 렉스의 태도에서 뭔가 분위기가 상쾌하게 돌아가지 않는다는 것을 느끼는 로제트였다.

"로제트 제르지온."

"예, 단장님."

렉스에 대해 자세히는 모르지만 여태껏 쌓아온 경험에 따라 지금 상대의 기분이 상당히 좋지 않다는 것을 직감한 로제트가 제법 공손한 음성으로 대꾸를 한 것이다. 하지만 렉스의 얼굴은 여전히 펴질 줄 몰랐다.

"단원들은 지금 뭐 하고 있어?"

"단원들 말씀이십니까? 아마 식사 후에 휴식을 취하고 있을 겁니다."

"휴식?"

로제트의 대꾸에 렉스는 한심하다는 듯 그를 바라봤다.

"나참, 기가 막혀서 하품이 다 나오겠네."

"예?"

로제트의 대꾸에 렉스는 타는 듯한 눈길로 로제트를 무섭게 노려봤다. 그 눈길이 얼마나 살벌했던지 로제트는 자신도 모르게 고개를 숙일 정도였다.

"며칠이나 지났어?"

"예?"

"빌어먹을… 블랙 이글 기사단이나 레드 그리핀 기사단의 단원들에 비해 실력이 떨어진다고 이 갈며 분해했던 것이 얼마나 지났다고… 벌써 잊어버렸단 말이야?!"

렉스의 질책에 로제트의 얼굴에는 수치스러워하는 기색이 역력했다.

어떻게 그 일을 잊을 수 있단 말인가?

한평생 오직 그린 윙 기사단의 영광 재현을 위해 성심성의껏 수련을 해왔건만 남은 것은 남과 비교해 형편없는 실력을 증명하는 것밖에 안 되었다는 사실에 얼마나 괴로워했는지 말로는 설명도 할 수 없을 정도였다. 그런데 렉스에게 다시 한 번 지적을 받게 되니 속이 뒤집히는 것은 두말할 나위도 없었다.

"한마디로 말해서 자신의 목숨을 지켜줄 사람은 자신밖에 없어. 그런데 누군가와 비교해 분명하게 실력이 떨어지는 것을 알면서도 쉴 시간이 이렇게 많다니 정말 존경스럽지 않을 수 없구만. 정말 대단한 사람들이야. 나도 그 사람들처럼 쉴 것 다 쉬고 검술 실력이 팍팍 늘었으면 좋겠군."

한껏 비꼬는 렉스의 대꾸에 로제트는 할 말이 없는 건 아니었지만 자신들이 나태했던 것만은 분명한 사실이었기에 입을 꾹 다물었다. 그러나 로제트의 얼굴은 가슴속에서 터져 나오려 하는 불만으로 인해 잔뜩 일그러져 있었다.

"보기 싫어."

"뭐?"

"보기 싫단 말이야."

갑작스런 도네의 말에 렉스는 어리둥절한 표정을 지었다. 아니, 렉스뿐만 아니라 주위에서 렉스를 바라보던 사람들은 모두 도네의 말을 이해하지 못해 고개를 갸웃거리고 있었다.

자리에서 벌떡 일어난 도네는 주위에 있던 사람들을 살벌하기 이를 데 없는 눈길로 노려봤다. 그녀의 정체를 아는 사람들은 당연히 고개를 돌렸고, 그녀의 정체를 모르는 사람들은 처음 가소로운 눈길로 바라봤다가 눈이 마주치고는 자신도 모르게 고개를 숙이고 말았다.

"렉스가 왜 저 따위 별 볼일 없는 놈들에게 이렇게까지 신경 쓰는 것인지 난 도저히 이해하지 못하겠어. 물론 렉스가 주위 사람들에게 어리석다고 할 정도로 애정을 가지고 있다는 것은 내가 잘 알아. 하지만 아무도 그런 렉스의 마음을 모르고 있잖아? 그런 줄 알면서도 왜 아직까지 미련을 버리지 못하는 것인지 난 그 이유를 모르겠단 말이야."

물론 그녀의 말은 렉스에게 한 말이지만 그녀의 살벌하기 이를 데 없는 눈길은 주위 사람들에게 지울 수 없는 흔적을 남기고 있었다.

왜 목숨을 걸어야 할지도 모르는 싸움터에 여자를 데리고 온 것인지 그 이유를 궁금하게 생각했던 마에스는 살벌하기 이를 데 없는 도네의 모습에 자신도 모르게 스스로 움츠러드는 것을 발견하곤 치밀어 오르는 수치심 때문에 얼굴을 붉혔다. 하지만 다시 한 번 그녀의 눈길과 마주쳤을 때 거역할 수 없는 상대에게 반항하는 것만큼 어리석은 일은 없다는 것을 새삼스레 뇌리에 떠올려야만 했다.

"분명히 경고하겠는데 지금부터 렉스를 불편하게 만들지 마. 지금까지는 렉스의 부탁 때문에 그냥 지켜보고 있었지만 오늘, 지금 이 시간부터 렉스를 불편하게 만드는 것들은 설사 내 동족이라 하더라 그냥 두지 않을 테니까 명심하는 게 좋을 거야."

"이봐, 도네……."

"난 싫어! 싫단 말이야!"

도네의 말은 너무나도 싸늘했다.

"이기적이라고 해도 좋고, 이런 나를 미워해도 좋아. 하지만 이 시간 이후로 렉스가 다른 사람 때문에 괴로워하는 모습은 절대 보고 싶지 않아. 절대로……."

도네의 말이 너무나 단호했기 때문일까?

렉스는 도네에게 자신은 괜찮다고 말하려 했지만 그저 입만 몇 번 끔뻑거렸을 뿐 한마디도 대꾸하지 못했다. 물론 주위에 있던 사람들도 도네의 행동에 너무나 황당한 나머지 아무런 말도 하지 못했다.

어색한 분위기 때문에 누구도 입을 열 생각을 하지 못하고 있을 때 용감(?)하게 입을 연 사람은 역시 메디안이었다.

"이봐, 렉스. 방금 도네님께서도 말씀하셨으니까 넌 이제부터 모든 일에서 손을 떼고 뒤로 물러나 있어. 지금부터는 내가 몽땅 혼자 알아서 할 테니까 말이야."

"알아서 하다니, 대체 뭘 알아서 하겠다는 거야?"

"그야 앞으로 벌어질 싸움이지 뭐겠어. 하여간 앞으로 싸울 일이 생기면 몽땅 내가 맡을 테니까 너는 그냥 도네님 곁에서 푹 쉬어."

자신만만한 메디안의 말에 렉스는 어이가 없어 그저 고개만 흔들고 있었고, 다른 사람들은 입을 쩍 벌리고 그녀를 바라볼 뿐이었다.

조금 전 그녀가 한 말 가운데 엘프와 어울리는 말은 단 한 마디도 없었다. 평화를 사랑한다는 엘프답지도 않은 말이었고, 아름다운 얼굴과도 전혀 어울리지 않는 말이었다.

황당한 분위기에서 이번엔 어색한 분위기로 바꼈다.

사람들이 그저 자신을 바라볼 뿐 아무런 말도 하지 못하고 있자 메디안은 그들이 방금 자신이 한 말을 인정하는 것으로 생각했는지 득의만만한 표정을 지었다. 그리고는 사람들을 향해 지시를 내렸다.

"뭣들 하고 있어? 쉴 만큼 쉬었으면 이젠 출발해야 할 것 아냐. 빨리들 일어나!"

"단장님, 어쩌실 겁니까?"

"어쩌다니 뭘 어째?"

"그냥 저 엘프에게 단원들의 지휘를 맡기실 겁니까?"

"하겠다잖아. 일단 그냥 맡겨봐. 재미있을 것 같지 않아?"

로제트의 질문에 렉스는 재미있는 장난감을 발견한 어린아이처럼 싱긋 미소를 지었다. 그러나 로제트의 입장에서는 별로 환영할 만한 일이 아니었다. 어쨌든 메디안의 재촉으로 일행들이 이동 준비를 마쳤고, 그리 빠르지 않은 속도로 이동하기 시작했다.

그렇게 이동을 한 지 한 시간 정도 지났을까?

일행들은 산길에서 광활하게 펼쳐진 평야로 들어섰다. 길 양편에는 따가운 햇살을 받으며 곡식들이 익어가고 있었다. 푸른 농작물을 본 탓인지 사람들의 얼굴에 조금은 여유로운 표정이 지어졌다.

그렇게 500파렌쯤 전진했을 때 길 양편에서 갑자기 많은 사람들이 모습을 드러내며 렉스와 일행들을 포위했다. 일행들은 흥분한 말들을 진정시키며 자신들의 앞을 가로막은 사람들을 바라봤다.

중앙에는 풀 플레이트 메일을 걸친 채 말을 타고 있는 사람이 있었고, 주위에는 하프 플레이트를 걸친 기사들과 하드 레더를 걸친 300여 명의 병사들이 수중의 핼버드와 크로스 보, 파이크로 중무장을 하고 있었다.

일행들이 뭐라고 할 사이도 없이 메디안이 한 걸음 앞으로 나섰다. 그리고는 풀 플레이트 메일을 걸친 자를 바라보며 말을 건넸다. 그런데 그 말이란 것이…….

"야, 임마. 너 뭐야? 뭔데 감히 우리 앞을 가로막은 거야?"

메디안의 대답을 듣는 순간 사람들은 너무나 기가 막혀 등으로 식은 땀이 흐르는 것을 느껴야만 했다.

상대 역시 기가 막혔는지 한마디도 못하고 있었다. 그런 상대의 반응이 마음에 들지 않은 것인지 메디안은 잔뜩 인상을 썼다.

"뭐 하는 놈이냐고 묻잖아, 이 자식아!"

귓전을 자극하는 날카로운 음성에 정신이 든 것인지 그제야 사내는 대답을 했다.

"본인은 이곳 트레셔의 영주인 크로스 레이니얼 백작이다. 그대들의 정체를 밝혀라."

"호오~ 그러셔? 그런데 지금 우리 앞을 가로막고 이게 뭐 하는 짓거리지?"

메디안은 상대의 반응엔 신경도 쓰지 않으면서 자신이 하고 싶은 말만 떠들어댔다. 투구를 벗던 크로스가 열받아 얼굴이 빨갛게 된 것은 당연한 일이었다. 하지만 쉽게 행동하지 않는 것을 보면 정신 수양을 상당히 쌓은 것 같았다.

"다시 말하지만 본인은 이곳 트레셔의 영주로서 이 지역을 출입하는 자들의 신분을 조사해야 할 의무와 책임이 있는 사람이다. 지금 즉시 그대들의 신분을 밝혀라. 만약 불응하면 그대들 모두를……."

"아직 내 말에 대답을 하지 않았잖아. 왜 우리 앞을 가로막았느냔 말이야?"

초지일관 자신이 할 말만 하는 메디안의 모습에 크로스의 인내심도 한계에 다다른 것 같았다. 하지만 역시 함부로 발작하지는 않았다.

크로스는 우선 메디안 주위에 있는 사람들의 얼굴을 유심히 관찰했다. 하지만 시간이 지나면 지날수록 마음 한구석이 찜찜해지는 것을 느끼지 않을 수 없었다.

물론 전혀 긴장을 하지 않은 것은 아니었지만 일행들 대부분이 포위가 되었음에도 불구하고 너무나 태연한 표정을 짓고 있었다. 처음엔 그런 그들의 태도를 이해할 수 없었지만 곧 그것이 자신들의 실력을 믿기 때문에 나온 태도라는 것을 그들의 눈을 보니 쉽게 깨달을 수 있었다. 이만한 숫자의 병사들에게 포위가 되었음에도 불구하고 태연할 수 있는 사람들이라면 보통 사람들이라고 볼 수 없는 일이다. 하지만 크로스는 자신들의 숫자를 믿었다.

"얼마 전 국왕 폐하로부터의 공문이 전달되었다. 왕실에 반역죄를 저지른 아르본 공작과 조금이라도 연관이 있는 자들은 모조리 체포해 포얀으로 압송하라는 국왕 폐하의 명령이 있었다. 그대들이 만약 본인들의 신분 밝히기를 끝까지 거부한다면 그대들을 체포할 수밖에 없다. 그래도 신분을 밝히지 않겠는가?"

크로스의 말에 일행들을 포위하고 있던 병사들은 수중의 무기를 힘껏 움켜쥐고는 일행들을 향해 한 발 앞으로 나섰다. 소심한 사람이라면 그 모습만 보고도 기절할 만큼 살벌한 분위기였다.

그 모습에 메디안이 다시 뭐라고 대꾸하려 하자 그녀를 진정시킨 렉스는 곁에 있던 로제트에게 뭔가 귓속말을 했다. 조금은 못마땅한 표정을 짓던 로제트는 말을 몰아 앞으로 나서더니 크로스에게 입을 열었다.

"뭔가 서로를 오해한 듯싶은데… 우리는 하이렌 전하의 비밀 명령을 받고 모종의 임무를 수행하기 위해 포얀을 떠난 그린 윙 기사단의 단원들입니다."

"그린 윙 기사단? 정말이오?"

"그렇습니다. 제 가슴에 있는 이것은 오직 그린 윙 기사단의 단원들만이 가질 수 있는 문장입니다. 확인해 보십시오."

자랑스러운 듯 대답하는 로제트의 가슴을 본 크로스는 바래기는 했지만 그 문장이 틀림없이 그린 윙 기사단의 문장임을 확인했다. 하지만 의문은 여전히 가시지 않았다.

"그런데 어째서 엘프가 그린 윙 기사단에 있는 것이오? 나는 그린 윙 기사단에 이종족이 소속되어 있다는 말은 들어본 적이 없소. 설명을 부탁해도 되겠소?"

제 5 장

국왕의 검 자르니오스

국왕의 검 자르니오스

"나? 난 이 그린 윙 기사단의 명예 단장이야."

"명예 단장? 그린 윙 기사단에 언제부터 명예 단장이라는 직책이 생겼소?"

메디안의 대답에 크로스는 다시 질문을 했다. 메디안은 자신에 대해 꼬치꼬치 캐묻는 크로스가 상당히 못마땅했다.

"방금 얘가 말하는 것 못 들었어? 하이렌 황태자의 명령을 받고 비밀 임무를 수행하러 가는 길이라고 했잖아. 지금 이렇게 우리가 가는 길을 막는 것도 황태자에게 반역을 저지르는 것이라는 걸 몰라?"

메디안이 황태자를 다시 한 번 거론하자 일행들에게 무기를 겨누던 병사들은 찔끔하는 표정을 지으며 한 걸음 뒤로 물러섰다. 하지만 크로스나 기사들 가운데 일부는 조금도 움직이지 않았다.

"될 수 있으면 그대들의 말을 믿고 싶지만 지금으로서는 그대들의 말을 전부 믿을 수는 없는 일. 게다가 황태자 전하께서 그들에게 비밀 임무를 맡겼다는 것 또한 믿을 수 없소. 더더구나 지금은 유명무실한 존재가 되어버린 그린 윙 기사단에 그런 중임을 맡기다니… 난 믿을 수 없소. 그대들에 관한 것을 확인할 때까지 본인의 성에서 기다려 줘야겠소."

"이 인간 정말 꽉 막힌 인간이네. 하이렌 황태자에게서……."

"지금 즉시 무장을 해제하고 본인의 성까지 동행해 주어야겠소. 협조에 응한다면 불편함이 없도록 최대한 편하게 대접하겠지만 불응하는 자들은 그냥 두지 않겠소. 어떻게 하겠소? 무장을 해제하고 나를 따라 성으로 가겠소? 아니면……."

"백작님의 임무는 잘 알겠습니다. 하지만 우리는 하이렌 황태자께 직접 이번 임무를 맡도록 부탁받은 사람들입니다. 이렇게 시간을 지체할 틈이 우리에게는 없으니 백작님께서 이해해 주셨으면 고맙겠습니다. 그리고 우리의 말이 사실이라는 것은 이 검을 보면 믿을 수 있을 겁니다."

평소답지 않은 공손한 말과 함께 렉스가 앞으로 내민 검은 얼마 전부터 차고 있던 새로운 검이었다.

그 검은 롱 소드의 형태를 하고 있었는데 도저히 실전에서 사용할 수는 없을 듯했다. 검집이나 검의 손잡이가 온통 금과 보석투성이였기 때문이다. 특히 손잡이 끝의 폼멜 부분에는 메추리 알보다 조금 큰 루비가 눈부신 빛을 뿌리고 있었다. 하지만 그 검을 보는 크로스의 얼굴에는 의아해하는 빛뿐이었다.

"그 검이 뭔데 그대들의 말을 믿을 수 있다는 말이오?"

크로스의 말에 렉스의 눈썹이 꿈틀거렸다.

"백작님께서는 이 검이 어떤 검인지 정말 모른단 말씀이십니까?"

재차 질문하는 렉스의 눈빛이 이상했다. 동시에 오른손에 들었던 검을 왼손으로 옮기고는 오른손을 내려 클레이모어의 폼멜을 잡았다. 그리고 박차를 가볍게 걸어차 말이 앞으로 나서도록 했다.

"난 모르겠소. 그보다 그대들은 지금부터 무장을 해체하고……."

"이 검을 모르는 귀족이 있다니… 도저히 믿을 수 없군."

렉스의 눈에서는 싸늘한 빛이 흘러나오기 시작했다.

"이 검의 이름은 자르니오스라고 하오. 이제는 기억이 나오?"

검의 이름을 들은 크로스는 잠시 고개를 갸우뚱거리다가 곧 아차 하는 표정을 지었다. 이제야 기억이 났기 때문이다. 두 사람을 바라보던 샤이베리아는 뭔가 이해되지 않는 것이 있는지 고개를 갸웃거렸다.

"자르니오스라는 검이 뭔데 저 인간이 우리를 믿는다는 거지?"

"지금 렉스님께서 들고 계신 저 검은 국왕 폐하의 검으로 레트로니아 왕국의 초대 국왕이셨던 뮤레이님 때부터 왕실에서 사용하던 검입니다. 의장용으로 제작된 것으로, 특히 귀족들에게 작위를 수여할 때 사용되던 검입니다. 그런데 저자가 진짜 레이니얼 백작이라면 국왕께 작위를 수여받는 자리에서 저 검을 보았을 겁니다. 그럼에도 불구하고 저 검을 알아보지 못했다는 것은 저자가 귀족이 아니거나, 아니면 레이니얼 백작으로 누군가가 변장을 했다는 말이지 않겠습니까?"

"그러니까 뭐야, 저 자식이 가짜다 그거야?"

"그렇습니다, 샤이베리아님."

샤이베리아와 크레이의 대화를 들은 사람들의 시선이 일제히 크로스에게로 향했다.

재빨리 안색을 굳힌 크로스는 부하들에게 큰 소리로 명령을 내렸다.

"너희들은 이자들의 말을 믿는 것이냐? 자르니오스가 어떤 검인데 이자들이 가지고 있을 수 있겠느냐? 이자들은 틀림없이 반역자 아르본

공작과 연관있는 자들이다. 뭣들 하는 것이냐? 어서 이자들의 무장을 해체시키고 성으로 압송해라!'

크로스의 명령에 병사들이 우왕좌왕할 때 기사 가운데 몇 명이 검을 뽑아 들고는 부하들에게 명령을 내렸다.

"공격하라!"

"와~"

기사들의 말에 움찔하던 병사들은 누가 먼저라고 할 것도 없이 렉스 일행들을 향해 무기를 휘두르며 달려들었다. 렉스는 재빨리 일행들에게 주의를 주었다.

"부상은 입혀도 되지만 절대 죽이지는 마. 아무것도 모르는 사람들이니까."

그 말과 함께 렉스는 클레이모어를 뽑아 들고 크로스를 향해 말을 몰았다.

그 모습을 발견한 크로스 역시 롱 소드를 뽑아 들고는 렉스를 향해 말을 몰았다. 이 애송이만 아니었으면 지난 10여 년 동안 숨겨왔던 자신의 정체가 발각되는 일은 없었을 것이란 생각이 들자 더욱 열이 뻗쳤다.

챙~

클레이모어와 부딪치는 순간 크로스는 손목에 엄청난 충격이 전해지는 것과 동시에 자신의 몸이 허공으로 붕 뜨는 것을 느꼈다. 그리고…

쾅!

"큭! 어, 어떻게……."

충격으로 인해 손목이 부러진 것인지 머리가 쭈뼛 설 만큼 극심한 고통이 밀려왔다. 손목을 움켜쥔 채 일어선 크로스는 고통과 불신의 빛이 가득한 눈으로 자신을 향해 걸어오는 렉스를 바라봤다.

물론 렉스의 체격이 왜소하거나 가냘프다는 건 아니지만 로어 캐넌 오브 더 뱀브레이스로 보호되어 있는 자신의 손목을 부러뜨리고, 플레이트 메일을 입고 있는 자신의 몸을 단번에 날려 버릴 정도의 힘을 가졌다고는 믿을 수 없었다.

1파렌 앞으로 다가선 렉스는 멍하니 자신을 바라보고 있던 크로스의 턱을 향해 사정없이 주먹을 휘둘렀다.

픽~

쿵!

피하고 말고 할 시간도 없이 크로스는 지면에 쓰러졌고, 그의 가슴에 올라앉은 렉스는 크로스의 입 안을 샅샅이 뒤졌다. 역시 안쪽 어금니 부근에 작은 주머니 하나가 매달려 있었다.

그것을 제거한 렉스는 자신을 노려보는 크로스를 향해 의미를 알 수 없는 미소를 지었다.

"왜? 나에게 당한 것이 억울하신가? 검은 달 교단의 스파이 양반."

"검, 검은 달 교단의 스파이라니… 무, 무슨 소리냐?"

상당히 당황한 듯한 크로스의 태도에는 신경도 쓰지 않은 채 크로스의 가슴을 짚고 일어선 렉스는 일행들이 있던 곳을 바라봤다.

도네는 샤이베리아와 함께 허공으로 떠서 한창 구경을 하고 있는 상태였고, 제각기 기사와 병사들을 상대로 열심히 싸우고 있었다. 가장 신이 난 사람을 꼽으라면 당연히 메디안이었다. 플랑베르주를 뽑아 든 메디안은 자신을 공격하는 사람들 가운데 기사들만을 상대하고 있었는데, 비록 기사들이 하프 플레이트 메일을 걸치고 있다곤 하지만 메디안의 상대는 아니었다.

벌써 몇 명의 기사들은 지면을 뒹굴고 있었고, 하프 플레이트 메일은 그들이 흘린 피로 붉게 물들어 있었다.

병사들의 공격을 피함과 동시에 그들의 어깨나 팔에 어김없이 상처를 내던 마에스는 절도있는 동작으로 상대하면서 속으로는 종잡을 수 없는 렉스의 행동에 혀를 찼다.

지금처럼 다수의 적을 맞이했을 땐 일단 일행들을 둥글게 포진시켜 적을 상대하는 것이 정석이지 않은가? 그럼에도 불구하고 일행들이야 어떻게 되든 말든 크로스를 잡으러 가는 렉스의 행동은 지휘관으로서 있을 수 없는 행동이었다. 게다가 마법사로 보이는 저 두 여자는 일행들을 도울 생각은 하지 않은 채 자신들만 안전한 곳으로 몸을 피한 것이 아닌가? 더 이상한 것은 그녀들에게 도움을 청하지 않는 다른 사람들이었다.

하여튼 이렇게 엉망이고 엉터리 같은 파티는 본 적도, 들은 적도 없었다.

"멈춰!"

치열하게 싸우던 사람들은 렉스의 고함 소리에 일제히 손을 멈췄다.

마치 맹수를 포획한 사냥꾼처럼 의기양양한 표정으로 크로스의 가슴에 발을 올린 채 사람들을 바라보는 렉스의 모습은 너무나도 늠름하고 의젓해 보였다. 지금까지 렉스의 능력을 의심하던 사람들조차 그런 렉스의 모습을 보고는 자신도 모르게 감탄을 터뜨릴 정도로 너무나 멋있게 보였다.

"여기 있는 이자는 검은 달 교단의 스파이다. 이자의 말을 따르는 자는 이자와 같은 검은 달 교단의 스파이로 간주해 모조리 죽일 것이다. 검은 달 교단의 스파이가 아닌 자들은 지금 즉시 무기를 버리고 한 발 뒤로 물러서라. 분명히 경고하겠는데, 지금 우리들에게 반항하는 자는 아르본 공작이 일으킨 반란 사건과 관련된 자라고 판단하고 본인은 물론 가족까지 모조리 체포하겠다."

렉스의 말에 그를 쳐다보던 병사들은 움찔하고 켕기는 표정을 짓기는 했지만 렉스와 크로스를 쳐다만 볼 뿐 좀처럼 움직일 생각을 하지 않았다. 그 모습을 지켜보던 렉스는 표정을 싸늘히 굳히고 자르니오스를 왼손에 움켜쥐며 번쩍 치켜들었다.

"국왕의 검 자르니오스의 이름으로 명한다. 스스로를 레트로니아 왕국의 국민이라고 생각하는 자들은 지금 즉시 무기를 버리고 뒤로 물러서라. 불응하는 자들은 반역자로 규정하고 모조리 처단하겠다. 어떻게 하겠는가?!"

렉스의 고함 소리는 마치 신의 음성처럼 주위로 퍼져 나갔다.

그의 음성을 들은 사람들은 누구나 하나같이 자신의 몸이 저절로 떨리는 것을 느껴야만 했다. 성스러운 후광에 둘러싸여 있는 것 같은 렉스의 모습에 가슴속 깊은 곳으로 솟구치는 이 감정을 뭐라고 표현해야 할지 모르겠지만 그의 말에서, 또 그의 모습에서 사람들은 하나같이 가슴 떨리는 감동을 받았다. 누가 먼저라고 할 것도 없이 무기를 내려놓고는 일제히 뒤로 물러섰다.

병사들이 무기를 내려놓고 뒤로 물러서자마자 어디서 나타났는지 100여 명의 갖가지 복장을 한 사내들이 나타나 병사들의 무기를 한곳으로 모으고는 부상당한 사람들을 치료해 주었다. 동시에 몇몇의 병사와 기사들은 치료와 동시에 어딘가로 신속하게 사라졌지만 그러한 기색을 눈치 챈 사람은 렉스 일행을 제외하고는 아무도 없었다.

신속하게 크로스의 플레이트 메일을 벗긴 로제트는 가지고 있던 가죽 끈으로 크로스의 손과 발을 솜씨있게 묶었다. 그리고는 크로스의 몸을 일으켜 주었다.

"이봐, 검은 달 교단의 스파이 양반. 자네의 뜻대로 되지 않아 안됐군 그래."

로제트의 말에 크로스는 매서운 표정으로 로제트를 노려봤다. 하지만 상인처럼 보이는 로제트의 얼굴은 조금의 변화도 보이지 않았다.

"레이니얼 백작을 제외하면 누구의 작위가 가장 높은가?"

렉스의 말에 40대 후반으로 보이는 사내가 앞으로 나섰다. 그의 하프 플레이트 메일은 곳곳이 훼손되어 있었고 밖으로 드러난 팔에 난 상처는 응급 처치가 되어 있었다. 렉스 앞으로 나선 사내는 아직까지도 지금 상황이 이해가 되지 않는 듯 보였다.

"귀하는 누구인가?"

"본인은 레이니얼 백작을 모시고 있는 휴고스 자작입니다."

"레이니얼 백작이 언제부터 바꼈는지 알고 있었는가?"

"저, 전혀 짐작도 못했습니다."

"검은 달 교단이 어떤 단체인지는 알고 있는가?"

"소문에서 전해지는 정도밖에 모릅니다."

"흐음~ 알겠다. 레이니얼 백작의 성은 어디에 있나?"

"여기서 3엠파렌 정도 떨어진 곳에 있습니다만……."

"일단 백작의 성으로 가자. 그곳에서 내 자세히 설명해 주겠다."

"알겠습니다. 그럼 제가 모시겠습니다. 저를 따라오십시오."

휴고스 자작의 말에 렉스는 고개를 끄덕였고 일행들은 그의 뒤를 따라 말을 몰았다.

*　　　　　*　　　　　*

"단장님, 드릴 말씀이 있습니다."

"뭔가?"

"며칠 전부터 저희들의 뒤를 쫓는 자들이 있습니다."

부관 케블레의 말에 샤리프는 자세를 바로 하고는 상대의 얼굴을 바라봤다. 근처에 있던 듀오네와 라그나, 그린스노우, 그리고 크리샨트 역시 고개를 돌려 케블레를 쳐다봤다. 샤리프와 비슷한 덩치에 면도까지 한 머리, 똬리를 틀고 있는 독사 문신이 환상의 조화를 이뤄 저절로 눈을 피하고 싶을 정도로 살벌해 보였다.

"우리의 뒤를 쫓는 자들이 있단 말인가?"

"그렇습니다."

"숫자는 얼마나 되던가?"

"알아본 바로는 약 10여 명 정도였습니다. 몸놀림이 제법 날렵한 것이 훈련이 상당히 잘된 자들이었습니다. 한 명을 사로잡아 그들의 정체를 알아볼까 하다가 괜히 그들의 경각심만 자극할까 봐 일단 그냥 두었습니다만 이대로 뒤에 달고 다니기엔 은근히 신경 쓰이는 자들입니다. 어떻게 하시겠습니까, 단장님?"

곰곰이 생각을 하던 샤리프는 뭔가 생각난 듯 다시 케블레를 쳐다보았다.

"혹시 검은 달 교단의 어쎄신처럼 보이지는 않던가?"

"글쎄요? 모두 평범한 복장을 하고 있어서 검은 달 교단과 연관이 있는지는 알 수 없었습니다."

케블레의 대답에 샤리프는 고개를 끄덕였다.

"지금 저희의 뒤를 쫓을 만한 자들은 검은 달 교단의 어쎄신들뿐이지 않습니까?"

"그건 그렇지. 그들을 제외하곤 우리를 감시할 만한 자들이 없으니까."

"그럼 케블레님 말씀처럼 저희의 안전을 위해 그들을 제거하는 것이 어떻겠습니까?"

"제거?"

듀오네의 말에 샤리프는 무심한 표정으로 그를 쳐다봤다.

샤리프와 눈이 마주친 듀오네는 순간 숨이 막히는 것 같은 충격을 받았다. 무슨 이유로 그런 것인지는 모르지만 이렇게 가끔씩 눈이 마주칠 때면 숨이 꽉 막히는 것 같은 충격과 함께 주눅이 드는 자신을 발견하는 것이다. 단순히 상대의 실력이 자신보다 뛰어나거나 경험이 많기 때문에 이런 것은 아니었지만, 이런 샤리프의 눈길을 대할 때마다 듀오네는 자신이 뭔가 실수를 저지른 건 아닌가 하는 생각이 들어 자신의 행동과 말을 곰곰이 다시 한 번 생각하게 되었다.

"그들을 제거한 다음에는……?"

"예?"

"그들을 제거한 다음에는 어떻게 할 건가?"

샤리프의 질문이 갑작스러웠을까? 듀오네는 말문이 막히는 것을 느꼈다.

"물론 우리의 안전을 위해서 저들을 제거하는 것도 좋은 방법이네. 하지만 문제는 저들을 제거한 다음에 어떻게 할 것인가가 더 중요한 것 아닌가? 아무런 대처 방법도 없이 무조건 저들을 제거한다면 오히려 우리의 행적을 저들에게 알려주는 것밖에 안 될 것 같은데… 자네의 생각은 어떤가?"

무표정한 얼굴과 달리 샤리프의 음성은 낮고 부드러웠다. 그린스노우나 크리샨트는 과연 듀오네의 입에서 어떤 대답이 나올 것인지 궁금해했다.

'호오~ 결과보다는 일단 과정이 더 중요하다는 것인가? 생각을 유도하는 것도 그렇고 태도도 그렇고… 가르치는 방법이 상당히 독특하군.'

크리샨트는 샤리프의 빛나는 대머리를 유심히 바라봤다. 그렇기는 그린스노우 역시 마찬가지였다.

'상황에 대해 설명해 주는 것이나 무조건 윽박지르기는 쉽다. 하지만 스스로 생각하게 만들기는 쉽지 않다. 과거 레드 그리핀 기사단을 이끌었던 경험이 있어서일까? 상대의 대답을 유도하는 방법이 절묘하군.'

잠시 생각에 빠져 있던 듀오네가 조심스럽게 입을 열었다.

"일단 저들의 신원을 파악한 뒤 검은 달 교단의 어쎄신들이 아니라면 좀 더 사태를 지켜보도록 하고, 만약 검은 달 교단의 어쎄신들이라면 저들의 은신처를 알아내 신속히 제거해야만 합니다."

"신속하게? 꼭 그래야만 할 이유가 있을까?"

"저희의 안전을 위해서라도 추적자들을 제거해야 하지만 저들의 이목을 저희에게 집중시키기 위해서라도 그렇게 해야만 합니다. 검은 달 교단의 이목이 저희에게 집중되면 안드레이님이나 렉스님께서 움직이시기가 훨씬 편할 겁니다. 저들이 두 분의 존재를 알기 전까지는 무방비 상태일 것이고, 그럼 더욱 큰 타격을 입힐 수 있게 될 겁니다. 물론 그때가 되면 저희뿐만이 아니라 자신들을 공격하는 다른 사람이 있다는 것을 알게 되어 저희에게 쏠리는 이목도 분산시킬 수 있으니 앞으로 저희 움직이기도 편할 겁니다. 게다가 지금 저희들이 가려는 곳은 검은 달 교단의 어쎄신들을 훈련시키는 곳. 거리상으로 불과 반나

절 정도 떨어져 있는 만큼 어떻게든 꼬리를 제거해야만 합니다."

듀오네의 대답이 마음에 들었는지 샤리프는 희미하게 미소 지었다.

"대답 잘 들었네. 물론 자네의 말이 모두 맞다고 볼 순 없지만 지금 상황에선 최선의 방법일 수도 있겠지. 그럼 이번 일은 자네가 직접 맡아보게. 케블레."

"예, 단장님."

"지금부터 자네가 듀오네 군을 도와주도록 하게."

"알겠습니다, 단장님."

인사를 한 케블레는 듀오네와 함께 여관을 빠져나갔다.

"도와주지 않아도 되겠습니까? 위험할지도 모르는데……."

"경험이 많은 케블레가 함께 갔으니 그리 위험한 일은 없을 겁니다."

샤리프의 대답에 그린스노우는 고개를 끄덕이며 빙그레 미소 지었다.

"샤리프님은 저 듀오네란 청년이 꽤나 마음에 드시나봅니다."

"하하하, 그렇게 보이셨습니까?"

"제가 보기에도 경험만 좀 쌓는다면 훌륭한 지휘관이 될 수 있을 것 같습니다."

"제 생각도 그렇습니다. 처음보단 많이 침착해졌고, 또 어느 정도의 경험만 쌓는다면 한 사람의 기사로서도 충분한 자격을 갖추게 될 겁니다."

그린스노우가 고개를 끄덕일 때 크리샨트가 자리에서 갑자기 일어섰다.

"조금 있으면 저녁 식사 시간입니다. 그런데 어딜 가시려고……."

"식사 시간이 되려면 아직 시간이 있잖아. 멍청하게 앉아서 기다리느니 듀오네란 녀석이 어떻게 하는지 구경이나 하지 뭐."

"그렇게 하시겠습니까? 그럼 부탁드리겠습니다."

"부탁은 뭐……. 잠깐 다녀오겠네."

"잘 다녀오십시오."

샤리프의 배웅을 받으며 여관을 빠져나온 크리샨트는 주위를 두리번거리다가 200파렌 정도 떨어진 곳에 사람들을 헤치며 걸음을 옮기는 듀오네와 케블레를 발견할 수 있었다. 그들의 뒤를 따라가던 크리샨트는 어느 순간 두 사람의 모습이 감쪽같이 사라진 것을 발견했다.

빠른 걸음으로 두 사람이 사라진 곳에 도착해 보니 꺾어진 골목 안으로 막 사라지는 두 사람의 뒷모습을 발견했다. 뛰다시피 해서 골목 안으로 들어가 보니 이미 지면에 두 사람이 쓰러져 있었고, 그들을 미리 준비한 가죽 끈으로 묶고 있는 듀오네와 케블레를 발견할 수 있었다. 크리샨트는 입맛을 쩝쩝 다셨다.

"쩝, 벌써 끝났나?"

"아니, 크리샨트님께서 여기엔 어쩐 일이십니까?"

"어쩐 일은? 자네들이 싸우는 것을 구경하려고 왔지. 그런데 벌써 끝난 모양이군."

"예, 일단 이곳에 있던 자들은 제압했지만 적들은 이들만이 아닙니다."

"그래? 그럼 나에게는 신경 쓰지 말고 자네들 할 일이나 하게."

크리샨트의 말이 끝났을 때 골목 입구에 한 대의 마차가 섰다. 사내들을 어깨에 둘러멘 케블레와 듀오네는 그들을 신속하게 마차에 태웠다. 마차가 사람을 뚫고 이동하자 아무 일도 없었다는 듯 골목을 빠져

나왔다. 그리고는 이미 목적지를 정했는지 거침없이 발걸음을 옮겼다.

크리샨트가 고개를 돌려 그곳을 바라보니 두 사람을 발견하고 깜짝 놀란 표정을 짓고 있는 서너 명의 사내들이 허둥대며 황급히 고개를 돌리는 모습을 발견했다. 20대 후반쯤으로 보이는 청년들이었는데 왠지 그들의 행동은 어색하게만 보였다.

슬쩍 그들의 모습을 쳐다본 케블레와 듀오네는 미처 그들을 발견하지 못한 사람처럼 태연한 표정으로 스치고 지나가다 툭 하고 어깨를 부딪쳤다.

"뭐야, 왜 시비야?"

케블레의 신경질적인 말에 상대 청년들은 순간적으로 사태 파악이 되지 않아 멍한 표정을 짓지 않을 수 없다.

"뭐, 뭐라고? 누가 시, 시비를 걸었다는 거야?"

"그럼 곱게 길을 가던 내가 시비를 걸었단 말이야?"

케블레의 고함 소리가 커지자 주위를 지나던 사람들이 하나둘씩 모여들었다. 그들은 하나같이 흉악하게 생긴 케블레에게 걸린 곱상한 인상의 청년들의 불운에 진심으로 동정했다. 하지만 세상일이라는 것은 모르는 일. 혹시 고운 인상의 청년들이 저 악당처럼 생긴 사내를 혼내주는 일이 생길지도 모르는 일이라 구경꾼들은 숨죽이고 그들을 지켜봤다.

"맞아, 내가 보기에도 시비는 당신들이 거는 것 같더군. 이 친구 인상은 이래도 누구보다 착한 사람이거든. 아무에게나 시비 걸 사람이 아니라는 것을 내가 증명하지."

'단, 자네들이 검은 달 교단의 어쎄신이 아니라면 내 반드시 사과하지.'

듀오네가 케블레를 거들고 나오자 주위에서 구경하던 사람들은 고개를 갸웃거렸다.

흉악한 얼굴을 가진 케블레와는 달리 듀오네는 금발에 건장한 체격을 가진 상당히 정상적인(?) 용모의 청년이었기 때문이다.

한쪽은 상당히 충격적인 용모와 정상적인 용모를 가진 사내 둘이었고, 다른 쪽은 곱상한 인상의 청년 넷. 수적으로는 청년들이 앞섰지만 케블레의 얼굴이 워낙 충격적이었는지라 쉽게 승패를 결론지을 수 없었다.

시간이 지날수록 구경꾼들의 수는 늘어났고 케블레들이 싸울 수 있도록 공간을 자연스럽게 만들어주었다.

"더 이상 우리를 모욕하는 것은 참을 수 없다! 검을 뽑아라!"

"후회할 텐데……."

케블레의 말에 청년들은 얼굴을 굳힌 채 검을 뽑아 들었다. 조금 전까지 당황하던 모습은 조금도 찾을 수 없었다. 침착하고 신중한 자세로 자신의 무기를 뽑아 든 청년들은 즉시 케블레와 듀오네를 포위했다.

청년들이 긴장한 모습을 보이는 반면 케블레와 듀오네는 여유있는 태도로 검을 뽑아 들고 상대들과 대치하고 있었다. 대치하는 것도 잠시, 청년들 가운데 두 명이 뛰어나와 케블레와 듀오네를 공격했다.

채채채! 챙!

귓전을 찢을 듯한 요란스러운 금속음이 들려왔다. 구경꾼들의 눈이 휘둥그레질 정도로 청년들의 공격은 눈부시게 빨랐고 매서웠지만 케블레와 듀오네는 여유있게 상대의 공격을 막아냈다. 공격을 하는 쪽이나 방어를 하는 쪽 모두 비슷한 또래였지만 실력은 누가 봐도 확연하게 차이가 났다.

청년들의 공격을 막아내던 듀오네와 케블레는 잠시 눈빛을 교환한 후 몸놀림이 판이하게 달라졌다.

"차앗!"

기합을 지른 듀오네는 몸을 바싹 낮추고는 정면에서 공격하던 청년을 향해 빠르게 뛰어나갔다. 청년의 롱 소드가 듀오네의 금발을 아슬아슬하게 스쳐 지나갔고, 재빨리 청년의 측면으로 돌아간 듀오네는 롱 소드를 휘둘러 청년의 뒷덜미를 사정없이 내려쳤다.

퍽!

공격을 당한 청년은 비명을 남길 사이도 없이 통나무 쓰러지듯 지면을 뒹굴었고, 듀오네는 지체없이 몸을 비틀어 뒤에서부터 날아오는 롱 소드를 피했다. 그리고는 그대로 팔꿈치를 휘둘러 상대의 콧등을 가격했다.

퍽!

청년의 얼굴이 피로 물들며 뒤로 날아가는 순간 구경꾼들은 그 모습에 자신도 모르게 몸을 부르르 떨었다. 마치 자신이 당하는 것 같다는 생각이 들었기 때문이다.

듀오네가 청년 둘을 기절시키는 데 성공했을 때는 케블레가 이미 두 명의 청년을 모두 기절시키고 난 후였다. 자신도 상당히 빠르게 제압했다 생각했는데 케블레가 이미 상대를 모두 제압한 것을 발견하고는 은근히 오기가 생기는 것을 느꼈다.

"자자~ 싸움은 다 끝났소. 그러니 이만 각자 일들 보시오."

듀오네의 커다란 음성에 구경꾼들은 일제히 주위로 흩어졌고, 그들 가운데 몇 사람은 케블레와 듀오네의 모습을 유심히 살피곤 흩어지는 구경꾼들 사이로 모습을 감추었다.

네 청년의 손발을 포박한 두 사람은 곧 이어 다가온 마차에 그들을 실었고 시 외곽을 향해 마차를 몰았다.

저녁 시간이 다되었기 때문인지 통행하는 사람들은 한 사람도 찾아볼 수 없었고, 길 양쪽에 늘어선 나무들이 불어오는 바람이 나뭇잎을 흔들고 있었다.

시 경계를 나타내는 나지막한 돌담이 늘어서 있는 곳에 도착한 듀오네와 케블레는 마차에서 내려 야영할 준비를 했다. 두 사람 모두 야영 경험이 풍부한 탓인지 야영 준비는 순식간에 마쳐졌다. 불 위에 올려놓은 냄비에서 음식이 익어가며 구수한 냄새를 풍길 때까지 케블레와 듀오네는 각자 생각에 빠진 채 모닥불만을 바라보고 있었다.

케블레는 이 금발 청년이 자신과 비교해 별로 떨어지지 않는 검술 실력을 가지고 있다는 사실에 속으로 감탄하고 있던 중이었다. 조금 전 청년들과의 결투 때에도 자신의 예상으로는 훨씬 시간이 더 걸릴 것으로 생각했었는데 겨우 숨 한두 번 내쉴 정도의 차이밖에는 나지 않았기 때문이다.

자신은 이미 상당한 기간 동안 근접 전투를 경험했고, 또 레드 그리핀 기사단에서 혹독한 훈련을 쌓았기 때문에 그러한 전투에 익숙하지만 상대는 분명 자신보다 경험이 훨씬 못 미칠 것이 분명했다. 그렇게 따지고 보니 샤리프가 이 청년에게 관심을 두는 것도 이해가 갔다. 하지만 이 금발 청년이 어디까지 성장할지는 재질보다 그의 노력에 따라 크게 좌우될 것이 분명했다. 케블레가 그런 생각을 하고 있을 때 듀오네가 입을 열었다.

"그렇게 훔쳐보지 말고 함께 식사라도 하지 그러시오?"

갑자기 들려온 듀오네의 말에 정신을 차린 케블레는 재빨리 자신의 쇼트 소드를 움켜쥐고 주위를 둘러보았다. 정확하게 파악할 수는 없었지만 주위에 늘어선 나무들 사이에서 날카로운 기운이 느껴졌다.

듀오네의 말이 끝나자마자 커다란 느티나무 뒤에서 40대 중반쯤으로 보이는 중년 사내 하나가 걸어나왔다. 전체적으로 평범해 보이는 얼굴이었지만 눈동자가 보이지 않을 정도로 가늘게 뜨고 있는 눈이 왠지 신경을 자극하는 사내였다.

두 사람 앞으로 다가온 중년 사내는 일단 그들을 찬찬히 살폈다. 가벼운 웃음이 걸린 얼굴과 달리 상대에게서는 팽팽한 긴장감밖에 느껴지지 않았다.

갑자기 출현한 중년 사내를 발견하고는 마부석에 앉아 있던 청년도 신속하게 뛰어내려 혹시 있을지 모를 적의 공격에 대비했다.

"자네들의 정체는 뭔가?"

"난데없이 나타나 자신의 소개도 하지 않은 채 남의 정체를 묻다니… 귀하는 상당히 무례한 사람이구려."

가벼운 미소를 지은 채 대답하던 듀오네는 자신의 말투가 점점 누군가를 닮아간다는 생각이 들었다. 하지만 적어도 겉으로 드러난 그의 모습은 너무나 자연스러워 여유마저 느껴졌다.

"이거 실례했군. 본인은 이곳에서 용병 길드를 운영하고 있는 미켈로라고 하는 사람이네."

"그렇소? 난 듀오네라고 하오. 그리고 여기 있는 이 사람은 케블레라고 하오."

케블레의 인상을 유심히 살피던 미켈로는 고개를 갸웃거렸다.

"제라스탄 왕국 사람이 왜 이곳에 있는지 이유를 모르겠군. 그것도 레드 그리핀 기사단의 단원이 말이야."

"호오~ 내가 제라스탄 왕국 출신이란 것은 어떻게 알았소? 그리고 왜 레드 그리핀 기사단의 단원이라고 생각하는 것이오?"

"그대의 복장과 가슴의 문장, 근접전에서 사용하는 무기, 마지막으로 머리의 문신."

마치 상대가 그러한 질문을 할 것이라 생각하고 대답을 준비했는지 미켈로의 대답은 거침이 없었다.

"성급한 판단이라 생각하지 않소?"

"내가 잘못 본 것은 상관없지만 왜 우리 길드의 길드원을 납치한 것인지 그 이유는 알아야겠네."

"길드원? 지금 귀하가 길드원이라고 말한 사람이 조금 전 우리와 싸웠던 청년들을 말하는 것이오?"

"그렇네. 성의있는 답변을 기대하겠네."

"마치 우리들의 대답에 성의가 없다면 그냥 두지 않겠다는 협박 같소이다."

"그럴 수도 있겠지."

딱!

중년 사내가 손가락을 퉁기자 나무 뒤에 모습을 감추고 있던 10여 명의 사내들이 모습을 드러냈다. 그리고는 신속하게 두 사람을 향해 무기를 뽑아 들었다.

"자네들이 조금 전 손을 쓴 청년들은 바로 이들의 동료들이네. 지금 이 친구들은 동료들이 당한 것에 상당히 화가 난 상황이니 현명하게 처신하는 것이 좋지 않겠나? 자네들의 생각은 어떤가?"

"이거야 참 뭐라고 해야 좋을지 모르겠군. 그보다 마차 안의 청년들이 이 사람들의 동료가 확실하오?"

"틀림없이 이들의 동료가 분명하네."

"그리고 당신은 이들을 이끌고 있는 길드의 대표가 확실하고 말이오?"

"그것 역시 자네 말이 맞네."

"그럼 귀하나 이들 모두 검은 달 교단의 어쎄신들이겠군."

"뭐, 뭐라고? 지, 지금 무슨 소리를 하는 건가?"

"그들의 어깨에 새겨진 검은 달 교단의 문신을 봤거든. 초승달인 것을 보니 2급 어쎄신들 같았는데… 내 말이 맞소?"

듀오네의 빈정거리는 듯한 말에 중년 사내는 얼마나 놀랐는지 순식간에 실눈이 보통 사람들 눈만큼 커졌다. 안색마저 창백해진 중년 사내는 한동안 말이 없다가 싸늘하게 안색을 굳혔다. 그리고는 부하들에게 재빨리 수신호를 보냈다.

부하들의 공격 준비가 끝난 것을 발견한 중년 사내는 두 사람을 노려보며 입을 열었다.

"방금 네가 한 말은 나를 정말 놀라게 했다. 네가 어떻게 그러한 사실들을 알고 있는 것인지 그 내막을 알려면 너희들을 제압해 우리·아지트로 데려가야겠다."

말을 마친 중년 사내는 신속하게 부하들에게 명령을 내렸다.

"저들의 머리와 심장만 남겨두면 된다. 공격!"

중년 사내의 말에 검은 달 교단의 어쎄신들은 일사불란한 동작으로 공격을 해왔다.

한 사람이 상체를 공격하면 다른 한 사람은 하체를 공격했다. 또 한 사람이 왼쪽을 공격하면 다른 사람은 반대쪽을 공격했다. 그들의 공격은 철저히 반대쪽을 공격했고, 상대의 주위를 철저하게 분산시켰다.

물론 케블레나 듀오네도 상대의 공격이 시작되는 걸 보며 긴장을 풀고 있던 것은 아니었지만 상대들의 공격이 이렇게 조직적이고 빠를 줄은 미처 예상하지 못했다. 황급히 상대의 공격을 막다 보니 도저히 반격할 틈을 찾을 수 없었다.

상대들은 분명 자신보다 실력이 떨어졌지만 동시에 두 곳을 공격하는 작전으로 두 사람을 정신없이 몰아쳤다.

부하들이 싸우는 모습을 지켜보던 중년 사내는 듀오네와 케블레의 검술 실력이 자신의 예상을 훌쩍 뛰어넘는 걸 발견하고 그냥 지켜볼 수만은 없었다. 롱 소드를 뽑아 든 중년 사내는 일단 케블레를 먼저 공격했다.

중년 사내의 롱 소드가 허공을 가르는 순간 케블레는 황급히 뒤로 물러서며 상대의 공격을 피했다. 케블레의 발걸음이 멈추는 순간 기다렸다는 듯 어쎄신들 가운데 한 명이 그 틈을 노려 힘껏 롱 소드를 휘둘렀다.

허를 찔린 케블레에게는 쇼트 소드를 들어 막을 만한 시간이 없었다.

챙~

"큭!"

날카로운 금속음과 함께 누군가의 짧은 신음이 흘러나왔다. 뒤로 물러서는 케블레의 눈에 케블레에게 날아오는 공격을 막아내느라 정작 자신에게 날아오는 공격은 막지 못해 옆구리에 상처를 입은 듀오네의 모습이 보였다. 그의 옆구리는 당장 붉게 물들었고, 잠시 듀오네가 멈칫하는 사이 주위에 있던 어쎄신들이 일제히 공격을 퍼부었다.

듀오네가 위험하다는 판단이 드는 순간 케블레는 자신의 안전은 아랑곳하지 않고 몸을 날려 어쎄신들을 공격했다.

챙! 스윽―

두 명의 검을 날리고 곁에 있던 한 명에게 부상을 입히는 데는 성공했지만 어쎄신들의 공격을 모두 막아낼 수는 없었다. 어쎄신들의 검은 듀오네의 어깨와 등에 깊은 상처를 남겼다. 재차 부상을 입은 듀오네는 어쎄신들의 공격을 겨우 막아내며 뒤로 물러섰다.

그리곤 자신들을 향해 검을 겨누는 검은 달 교단의 어쎄신들에게서 눈을 떼지 않은 채 케블레가 물었다.

"부상은 어떤가?"

"차, 참을 만하오."

"잠시만 기다리게."

딱!

케블레가 손가락을 퉁겨 소리를 내자 숲에서 20여 명의 독특한 머리 모양을 한 사내들이 걸어나왔다. 딱딱하게 얼굴을 굳힌 사내들의 얼굴은 보기만 해도 전신을 저미는 것 같은 살기를 확실하게 느낄 수 있었다. 그들을 발견한 검은 달 교단의 어쎄신들은 자신도 모르게 고개를 돌려 케블레를 바라봤다. 사내들에게서 느껴지는 독특한 분위기와 케블레에게서 느껴지는 분위기가 너무나 흡사했기 때문이었다.

"서, 설마 레드 그리핀 기사단의 단원들?"

중년 사내의 중얼거림이 끝났을 때 사내들은 검은 달 교단의 어쎄신을 완벽하게 포위한 상태였다. 사내들을 발견한 듀오네는 긴장이 풀렸는지 그 자리에 주저앉았고, 그 모습을 안쓰럽게 바라보던 케블레는 싸늘한 표정으로 사내들에게 지시를 내렸다.

"최대한 빠른 시간에 제압한다. 반항하면 중상을 입혀도 좋다. 저자는 반드시 생포하라. 생포 요령은 이전과 동일하다."

케블레의 말이 끝나자마자 레드 그리핀 기사단의 단원들의 공격이 시작되었고, 근접 전투의 최강자라는 명성에 걸맞게 싸움은 순식간에 끝이 났다. 검은 달 교단의 어쌔신들은 모두 생포되었고, 생포되는 순간 그들의 입 안을 조사해 자살용 독약은 발견 즉시 제거했다. 중년 사내 역시 예외는 아니었다.

그사이 케블레는 듀오네의 상처에 가지고 있던 힐링 포션을 뿌려주고는 상처를 깨끗한 붕대로 감아주었다. 하지만 창백해진 듀오네의 안색은 좀처럼 돌아올 줄 몰랐다.

"자네에게 신세를 졌군."

"아니오, 누구라도 그 순간에는 나처럼 행동했을 것이오."

듀오네의 말에 케블레는 그저 고개만 저었다. 목숨을 잃을지도 모르는 순간에 자신의 안전을 돌보지 않고 상대의 목숨을 구하기 위해 몸을 날린다는 것이 어떻게 간단한 일이겠는가? 또 그럴 수 있는 사람이 과연 얼마나 되겠는가?

"언젠가는 오늘의 신세를 갚을 날이 꼭 올 것이네."

케블레의 말이 끝났을 때 느긋한 표정을 지으며 크리산트가 다가왔다. 그는 안색이 창백해진 듀오네의 얼굴을 바라보곤 가볍게 혀를 찼다.

"쯧쯧쯧, 자네 몸이 강철이라도 되는 줄 아는가, 날아오는 검을 몸으로 막게?"

"그, 그러게나 말입니다.

크리산트의 말에 듀오네는 어색한 미소를 지었다.

"내가 치료해 줄까?"

"아닙니다, 크리산트님."

"왜, 다친 걸 자랑하기라도 하겠다는 것인가?"

"그게 아니라… 제가 너무 경솔했던 것 같습니다. 그래서 상처가 낫는 동안 시간을 두고 반성하려 합니다."

듀오네의 대답에 비록 고개를 끄덕이기는 했지만 크리샨트는 듀오네의 말이나 행동을 전혀 이해하지 못하고 있었다.

남을 위해 자신을 희생한다?

드래곤이 인간을 이해하지 못하는 것 가운데 가장 많은 부분을 차지하는 것이 바로 이것이었다. 물론 상대에 대한 지극한 애정을 가졌다면 또 모르겠지만 듀오네와 케블레처럼 만난 지 얼마 되지 않은 사람이 조금 전과 같은 경우에서 자신의 안전은 뒤로하고 상대를 구하기 위해 몸을 날리는 경우를 살아오면서 심심찮게 보아온 크리샨트였다.

그 순간의 선택이 어쩌면 자신이 살아 있으면서 내린 마지막 선택일지도 모르는데 어떻게 그런 판단을 할 수 있는 것인지 도저히 알 수 없는 일이었다. 게다가 더 이해가 가지 않는 것은, 그런 행동을 한 당사자는 왜 자신이 그런 행동을 했는지 설명하지 못한다는 것이었다.

두 사람이 대화를 나누는 동안 철저히 포박당한 검은 달 교단의 어쎄신들을 마부가 마차에 태우고 있었다. 특히 중년 사내 같은 경우 가죽끈에 마나를 봉인하는 마법 도구까지 이용해 꼼짝도 못하게 만들었다.

"자네는 크리샨트님과 함께 여관으로 돌아가도록 하게. 우리는 이자들을 심문해 이들의 은신처를 알아내도록 하겠네."

케블레의 말에 두 명의 레드 그리핀 기사단의 단원이 다가와 듀오네를 부축해 주었다.

"그럼 수고해 주십시오."

제6장

본부는 어디지?

본부는 어디지?

"제기랄, 도저히 눈꼴서서 못 봐주겠군."

전면을 바라보던 제로스는 눈살을 잔뜩 찌푸리고는 고개를 돌렸다. 하지만 제로스의 얼굴은 더욱 일그러졌다. 그의 눈길이 향한 곳에는 바르미아의 손을 잡고 자세를 교정해 주는 모네스의 모습이 보였다.

제로스의 치료가 절반 정도 성공(?)을 한 후 모네스의 성격은 많이 변했다. 비록 새벽마다 남들 모르게 면도를 해야 하는 불편은 있지만 치료 전에 비해 훨씬 사교적으로 변했고, 게다가 성장기의 소년처럼 키도 조금씩 자라고 있었다. 한 가지 더 변한 것은 이전에도 바르미아에게 호감을 드러냈지만 지금은 과거보다 더욱 확실하게 자신의 감정을 표현한다는 것이었다. 그리고 어느 순간부터인가 바르미아도 그의 감정을 받아들이고 있었다.

아직까지 모네스에 대한 감정은 사랑이기보다는 막연한 호감에 가까웠지만 모네스는 그런 바르미아의 변화에도 만족했다. 처음에 비하면 지금의 변화도 엄청나게 변한 것임을 알기 때문이었다. 그리고 앞으로 그녀가 자신을 사랑할 것이라고 틀림없이 장담할 수 있었다. 그런 탓인지 바르미아를 대하는 그의 태도는 한결 여유가 있어 보였다.

제로스가 처음 쳐다본 곳에는 안드레이와 로자린이 저녁 식사 후 휴식을 취하고 있었는데 로자린은 안드레이의 가슴에 머리를 기대고 있었고, 안드레이는 그런 아내의 머리를 지그시 눈을 감은 채 쓰다듬고 있었다.

조금 떨어진 곳에 있던 얀은 그런 연인들의 모습을 아예 못 본 척하고 있었기에 제로스를 제외하면 그들 연인에게 신경 쓰는 사람은 아무도 없었다. 이런 모습이 며칠씩, 또 매일매일 보아왔던 제로스는 도저히 참을 수 없었다. 자리에서 발딱 일어선 제로스는 신경질적으로 시동어를 외쳤다.

"워프!"

순간 제로스의 모습이 사람들의 시야에서 감쪽같이 사라졌다.

갑작스런 제로스의 행동에 사람들은 어리둥절함을 감추지 못했다.

"제로스님이 어딜 가신 거지?"

안드레이의 말에 검술 훈련을 하고 있던 모네스와 바르미아도 어리둥절해하기는 마찬가지였다.

"글쎄요? 며칠째 계속해서 안색이 좋지 않으셨던 걸 보면 기분 상한 일이 있으셨던 것 같습니다. 그것이 뭔지는 모르겠지만 말입니다."

"얀, 혹시 자네는 뭔가 알고 있는 것이 없나?"

"글쎄요? 조금 전 단장님이나 저 친구를 잠시 바라볼 때도 잔뜩 인상을 쓰고 계셨습니다만……."

"우리를 보고 인상을 쓰다니? 그게 무슨 말인가?"

"제로스님께서 말씀을 안 하셨는데 제가 어떻게 그걸 알 수 있겠습니까? 혹시 단장님이나 저 친구가 그분께 실수한 것이 있을지도 모르지요. 제 생각은 그렇습니다만……."

얀의 대답에 안드레이는 포얀 시를 떠난 후의 일을 곰곰이 생각해 보았지만 제로스에게 실례나 실수를 저지른 일은 전혀 기억나지 않았다. 하지만 자신이 느끼지 못하는 사이 실수를 저지를 수도 있는 일이기에 안심할 수는 없는 일이었다.

만약 자신이 저질렀을지도 모를 실수 때문에 제로스가 자신들 일행을 떠난다면 그거야말로 큰일이 아닐 수 없었다. 자신들 일행에서 제로스나 다른 드래곤들이 차지하는 비중은 너무 컸다. 당장 포로들을 슈틸러 분지로 이동시키는 문제만 하더라도 그들이 드래곤이었기에 간단히 워프를 시킬 수 있었지만 만약 자신들이 포로를 처리했다면 그들을 이동시킬 때마다 일행을 분산시켰어야 하고, 또 그들을 안전하게 슈틸러 분지까지 이동시킬 수 있다고 장담할 수도 없는 일이었다.

제로스가 나타나면 자신의 잘못이 무엇인지는 모르지만 무조건 사과를 해야겠다고 안드레이가 결심할 때 근처의 공간이 일그러지더니 두 사람의 모습이 보였다. 제로스와 한 번도 본 적이 없는 여자였다. 그런데 머리카락 밖으로 튀어나온 여자의 귀가 상당히 컸다. 틀림없는 엘프였다. 하지만 제로스가 왜 그녀와 함께 나타났는지 그 이유를 도무지 짐작할 수 없었다.

여자 엘프는 제로스 곁에서 불안한 얼굴을 하고 있었는데 그 모습이 너무나 연약해 보여 저절로 연민의 정이 느껴질 정도였다. 진한 녹색의 긴 머리나 커다란 귀, 슬림한 체형, 눈부시게 아름다운 모습은 보는 사람의 모든 정신을 쏙 빼앗을 만큼 매력적이었다.

　가장 먼저 입을 연 사람은 안드레이였다.

　"어딜 다녀오셨습니까?"

　"내 와이프를 데려오려고 잠시 다녀왔지."

　"그, 그럼 저분이……."

　"그래, 내가 100여 년 전에 맞이한 와이프지. 보다시피 엘프야."

　제로스의 대답에 사람들의 시선은 일제히 엘프에게로 향했다.

　"이렇게 만나게 돼서 영광입니다. 저는 투르멘시아 제국의 안드레이 반 휘나가르트라고 합니다. 그리고 이 사람은 제 아내인 로자린 디아 휘나가르트입니다."

　"반가워요. 저는 이분의 아내인 로자린이라고 해요. 이렇게 만나게 돼서 영광이에요."

　로자린의 인사에 곁에 서 있던 바르미아도 입을 열었다.

　"저는 바르미아 디 데포리스라고 해요."

　"전 모네스 디 포르샤라고 합니다. 이렇게 아름다운 분을 만나게 되어 영광입니다."

　"저는 안드레이님의 부관인 얀 그렌이라고 합니다. 이렇게 인사드리게 되어 영광입니다."

　사람들의 인사에 엘프는 부끄러운 듯 얼굴을 붉히며 고개를 숙였다.

　"저는 하이 엘프인 페트리오스 모르나가 셀리온이라고 해요. 이렇게 여러분을 만나게 되어 영광이에요."

　공손하게 고개를 숙이는 페트리오스의 모습에 사람들은 숲 속에서 불어오는 한줄기 향긋한 바람을 느끼며 마음에 평온이 찾아듦을 깨달았다. 그야말로 페트리오스의 모습은 평화 그 자체였다.

사람들은 그녀의 모습을 보면서 자신들이 알고 지내왔던 어떤 엘프와는 전혀 다른 모습에 어느 쪽이 진짜 엘프의 모습인지 고개를 갸우뚱하지 않을 수 없었다. 하지만 사람들은 아마도 이쪽이 평화를 사랑한다고 알려진 진짜 엘프의 모습이 아닐까 생각했다.

"앞으로 같이 지내는 동안 잘 부탁드리겠어요."

페트리오스의 인사에 사람들은 답례를 하면서도 제로스의 모습에서 눈을 떼지 않았다. 하지만 제로스는 그런 사람들의 반응에는 신경도 쓰지 않으면서 페트리오스의 손을 잡아끌어 나무 밑으로 데리고 가서는 그녀를 앉힌 후 무릎을 베고 누웠다. 그리고는 지극히 만족한 미소를 짓는 것이었다.

그 모습을 지켜보던 안드레이는 사람들에게 손짓해서 그들을 보내고 조심스럽게 입을 열었다.

"저어… 제로스님, 제가 제로스님께 뭔가 실수한 것이 있습니까?"

"그게 무슨 소리야?"

제로스의 반문에 안드레이는 여전히 조심스러웠다.

"며칠 전부터 제로스님께서 불편해하시는 것 같아서 드리는 말씀입니다."

"불편? 아~ 그거?"

그제야 제로스는 뭔가 알겠다는 듯한 표정을 지었다.

천천히 제로스가 몸을 일으키자 페트리오스는 조심스럽게 그의 옷차림을 매만져 주었다.

"내가 불편해했던 것은 바로 너희들 때문이야."

"저희들 때문에 제로스님께서 불편하셨다니 죄송합니다. 어떤 것 때문에 불편하셨는지 말씀해 주시면 고치도록……."

"그럼 헤어질래?"

"예? 무슨 말씀이신지……."

"너와 로자린, 모네스와 바르미아가 너무 사이가 좋아 기분이 나빴단 말이야. 그래서 페트리오스를 데리고 온 거야."

제로스의 대답에 안드레이는 어이가 없었지만 적어도 겉으로 그런 내색할 만큼 미숙하지는 않았다. 하지만 모네스와 바르미아는 도저히 속마음을 감추지 못해 황당하다는 표정을 역력하게 지었다.

두 사람도 제로스가 갑자기 워프했을 때 얀의 대답을 듣고 혹시 자신들 때문은 아닐까 걱정을 하고 있었다. 제로스가 혹시 자신들 때문에 기분이 상했다면 그의 기분을 어떻게 풀어주어야 하나 하는 걱정도 했었다. 그런데 자신들의 실수가 아닌 바르미아나 로자린과의 사이가 너무 좋아 기분이 나빴다니… 너무나 황당해 할 말이 없었다.

"더 할 말 있어?"

"어, 없습니다."

제로스의 뻔뻔스러움에 침착하기 이를 데 없던 안드레이조차 말을 더듬을 수밖에 없었다. 안드레이의 대답을 들은 제로스는 태연한 표정을 지으며 다시 페트리오스의 무릎을 베고 누웠다. 그리고는 눈을 감으며 입을 열었다.

"참! 알고 있어?"

"무슨 말씀이십니까?"

"지금 이곳으로 80명 정도의 무장한 인간들이 몰려오고 있다는 것 말이야."

"예? 무장한 사람이라면?"

"그거야 누군지 난 모르지."

제로스의 대답에 안드레이의 표정은 단번에 굳어졌다. 그리고는 즉시 지면에 귀를 대었다.

모든 신경을 귀로 집중해 들어보니 상당히 먼 거리였지만 상당한 숫자의 말들이 한꺼번에 달리는 소리가 분명히 들렸다. 정확하게는 알 수는 없지만 대략 50명 이상은 확실하다고 판단됐다.

"얀."

"부르셨습니까, 단장님?"

"지금 즉시 단원들에게 전투 준비를 시키도록."

"알겠습니다, 단장님."

대답을 한 얀은 어딘가로 순식간에 모습을 감추었고, 그런 얀의 행동에 모네스와 바르미아는 어리둥절함을 감추지 못했다. 단순히 무장한 사람들이 다가온다는 것만으로 전투 준비를 시키는 것은 너무 성급한 판단이라고 생각했기 때문이었다.

태연하기 누워 있는 제로스와 무릎을 빌려주고 있는 페트리오스는 여전히 그 모습을 유지하고 있었지만 로자린과 안드레이는 즉시 전투 준비를 하고 있었다. 그들의 표정은 지금 다가오는 사람들이 적이라고 확신하고 있는 것 같았다.

물론 전투 준비라고 해봐야 가지고 있는 무기를 손보는 것밖에 없어 바르미아와 모네스는 자신의 무기를 손보았다. 그러면서 궁금함을 감추지 못한 바르미아가 입을 열었다.

"단장님, 지금 몰려오는 자들이 적입니까?"

"글쎄? 그거야 알 수 없지."

"예?"

안드레이의 대답에 바르미아가 어리둥절한 표정을 짓자 안드레이는 고개도 돌리지 않은 채 말을 이었다.

"하지만 조심해서 나쁠 것은 없지 않은가? 그리고 검은 달 교단 때문에 혼란스럽기 이를 데 없는 지금 같은 상황에서 수십 명이나 되는 사람들이, 아니, 제로스님의 말처럼 80명 이상 되는 자들이 무리를 지어 몰려다닌다는 것은 아무리 생각을 해봐도 의심스러운 일이지. 게다가 제로스님께서는 그들이 성기사나 병사들이라고 말씀하지는 않으셨지 않은가?"

안드레이의 대답에 바르미아와 모네스는 자신들이 제로스의 대답을 너무나 허술하게 듣고 있었다는 것을 깨달았다. 동시에 자신들의 경험이 얼마나 부족한지 절실히 깨달을 수 있었다.

그들이 무장을 갖추고 5분도 안 되어 한 무리의 사람들이 모습을 드러냈다. 인원은 약 7, 80명 정도 되어 보였고, 전원 말을 탄 채 대열을 맞추어 이동하고 있었다. 전체가 검은색으로 통일된 복장을 하고 있었고 대열을 이룬 채 이동하는 모습은 얼핏 봐서 기사단이나 귀족가의 사병 집단처럼 보였다.

안드레이 일행을 발견한 행렬은 갑자기 속도를 줄였다.

행렬 가운데 가장 앞쪽에 서 있던 중년 사내는 안드레이의 얼굴에서 시선을 떼지 않았다. 그런데 그 시선이라는 것이 보는 사람의 온몸을 저절로 움츠리게 만들 정도로 보통 서늘한 것이 아니었다.

강렬한 적대감이 서린 시선. 안드레이는 중년 사내의 시선에서 그것을 느꼈다.

행렬의 속도가 급격히 줄어들더니 안드레이 일행들과 5파렌 정도 떨어진 곳에서 완전히 멈췄다.

"잠깐 말 좀 묻겠소."

"말해 보시오."

"혹시 그대의 이름이 안드레이가 아니오?"

중년 사내는 그 말과 함께 품에서 한 장의 초상화를 꺼내 안드레이에게 내밀었다. 그 초상화에 그려져 있는 인물은 틀림없이 안드레이의 얼굴이었다. 찬찬히 초상화를 살펴보던 안드레이는 고개를 끄덕였다.

"틀림없는 내 얼굴이고, 이름도 내 이름이 맞소. 그런데 그걸 묻는 이유는?"

안드레이의 대답에 중년 사내와 그들 일행에게서 일제히 싸늘한 기운이 뿜어져 나왔다. 그와 동시에 사내들은 일제히 말을 몰아 안드레이와 일행들을 포위했다.

"그것은 우리가 검은 달 교단의 교도들이기 때문이다. 우리 교단을 적대시했다는 그 사실만으로도 그대가 죽을 이유는 충분하다."

챙~

중년 사내의 말에 어쎄신들은 일제히 자신의 무기를 뽑아 들었다.

석양의 빛을 받아 어쎄신들의 무기는 붉게 물들어 있었다. 그런 그들의 모습을 바라보던 안드레이와 일행들도 신속하게 검을 뽑아 들었다.

일곱, 아니, 제로스와 페트리오스는 여전히 나무 밑에서 꿈쩍도 하지 않고 있으니 두 사람을 제외하면 다섯 명이 80명을 상대해야 될 상황이었다.

"지메로스님, 저 사람들을 도와주지 않아도 되나요?"

"도와? 그럴 필요 없어, 페트리오스."

페트리오스의 무릎을 베고 누운 제로스는 다리를 까딱거리며 두 무리가 대치하고 있는 것을 재미있다는 듯 보고 있었다. 걱정스러운 표정으로 안드레이와 일행들을 지켜보던 페트리오스는 순간 많은 숫자의 뭔가가 자신들에게 다가오는 것을 발견하고는 재빨리 매직 미사일의 스펠과 매직 실드의 스펠을 동시에 캐스팅했다.

푸르스름한 마나가 당장 두 사람의 몸 주위를 감쌌고, 그 외곽에 20여 개의 매직 미사일이 공중에 뜬 채 혹시 있을지 모를 기습에 대비했다. 그리고 얼마 지나지 않아 100여 명의 사내들이 모습을 보이더니 안드레이 일행을 포위한 어쎄신들의 외곽을 다시 포위했다.

갑작스런 사내들의 출현에 움찔하며 놀라던 중년 사내는 나타난 자들의 모습을 유심히 살폈다. 대부분 단정한 용모에 나이는 20대 후반에서 40대 중반쯤으로 보였는데 무엇보다 사람의 눈길을 끄는 것은 그들의 복장이었다. 상하의 모두 투박한 옷감이었는데 가슴 부분에 반짝이는 검은 실로 하늘을 힘차게 날고 있는 한 마리 독수리가 수놓여 있었다.

"서, 설마 블랙 이글 기사단? 블랙 이글 기사단이 왜 이곳에……?"

"모조리 생포하도록 해라. 하지만 저항이 심한 자들은 죽여도 좋다."

중년 사내의 말이 끝나기 전에 안드레이의 힘찬 고함 소리가 터져 나왔다. 안드레이의 명령이 떨어지자 블랙 이글 기사단과 그린 윙 기사단의 단원들은 일제히 공격을 개시했다. 그린 윙 기사단의 단원들은 먼저 어쎄신들이 타고 있는 말들을 공격했고, 공격을 받은 말들이 우왕좌왕하는 틈을 타 블랙 이글 기사단의 단원들이 공격을 퍼부었다. 또한 안드레이 일행도 일제히 어쎄신들을 공격했다.

단연 눈에 띄는 사람은 로자린과 바르미아였다. 여자가 둘뿐이기도 했지만 두 사람의 공격 스타일이 판이하게 달랐기 때문이다. 로자린은

네 자루의 대거를 손가락 사이에 낀 채 상대의 턱밑까지 파고들어 온 몸 곳곳에 깊은 상처를 남기고 있었고, 바르미아는 남자들도 다루기 힘들다는 투 핸드 소드를 목검 휘두르듯 휘두르며 사정없이 상대를 몰아치고 있었다.

숫자나 실력 면에서는 블랙 이글 기사단이 앞서는 게 확실했지만 그렇다고 검은 달 교단의 어쎄신들도 그냥 당하고 있지만은 않았다. 자신의 몸을 내던지다시피 해서 설사 상처를 입는다 하더라도 꼭 상대에게 크고 작은 흔적을 남겼다. 하지만 시간이 지나면 지날수록 불리해지는 것은 검은 달 교단 쪽이었다.

깊은 부상을 입고 하나둘 쓰러지는 부하들의 모습을 지켜보던 중년 사내는 이를 부드득 갈았다. 설마 안드레이가 블랙 이글 기사단과 함께 있을 줄은 상상도 못했던 일이었다. 왜 블랙 이글 기사단이 그와 함께 있는 것인지 그 이유가 궁금하기도 했지만은 그보다는 어떻게든 교단의 적인 안드레이를 죽여야만 했다. 그런 중년 사내의 눈에 부하들을 일방적으로 몰아붙이고 있는 안드레이의 뒷모습이 보였다.

안드레이의 모습을 발견한 순간 중년 사내의 검은 뽑혀졌고, 날카로운 검은 소리도 없이 안드레이의 등을 향해 휘둘러졌다.

안드레이의 등에 막 깊은 상처가 생기려는 순간 그의 몸은 마치 누가 잡아당기기라도 한 듯 앞으로 쭉 밀려 나갔다. 갑자기 안드레이가 피하는 바람에 중심을 잃은 중년 사내는 미처 검을 회수할 시간도 없이 안드레이의 반격을 받아야만 했다.

휘익!

날카로운 소리와 함께 중년 사내는 그 자리에 주저앉듯 납작하게 몸을 낮춰 안드레이의 공격을 피했지만 그의 공격은 끝난 것이 아니었다.

상대의 머리를 스치고 지나갔던 롱 소드가 믿을 수 없는 속도로 되돌아왔던 것이었다.

중년 사내는 너무도 급한 나머지 자신이 검을 들고 있다는 사실조차 잊었는지 황급히 뒤로 물러서려고 했다. 하지만 롱 소드의 움직임은 더욱 빨랐다.

스윽—

기분 나쁜 소음과 함께 중년 사내는 자신의 오른팔에 뜨거운 무엇인가가 닿는 것 같은 격렬한 통증을 느껴야만 했다. 터져 나오려는 신음을 억지로 참기는 했지만 그사이 안드레이는 롱 소드로 중년 사내의 목을 지그시 누르고 있었다.

"그대가 진 것 같군."

안드레이의 말에 부상당한 팔을 잡고 있던 중년 사내는 잠시 망설이다가 입 안에 있는 자살용 독약을 어금니 사이로 밀어 넣고는 힘껏 깨물었다. 아니, 그렇게 하려고 했다. 하지만 상대가 자살하는 것을 구경만 하고 있을 안드레이가 아니었다.

중년 사내의 행동을 유심히 바라보고 있던 안드레이는 중년 사내의 표정이 심상치 않다고 느끼는 순간 지체없이 주먹을 휘둘러 상대의 턱을 강타했다. 저절로 몸이 움츠러드는 소리와 함께 중년 사내의 머리가 돌아갔고, 상대가 정신을 차리지 못하는 사이 재차 사내의 턱을 가격했다.

중년 사내가 쓰러지자 그가 잠시 정신을 차리지 못하는 사이 그의 입 안에서 씨클루를 찾아 제거했다. 그리고는 가지고 있던 가죽 끈으로 상대의 손과 발을 사정없이 묶고 그의 입에 재갈까지 물리고서야 몸을 일으켰다.

검은 달 교단의 어쎄신들과 블랙 이글 기사단과의 싸움은 종반전으로 치닫고 있었다. 주위는 부상을 입고 쓰러진 사람들의 입에서 흘러나오는 신음 소리와 격전을 벌이면서 사람들이 피워 올린 흙먼지, 갖가지 기합 소리와 호통 소리로 도저히 정신을 차릴 수 없을 정도로 혼란스러웠다.

처음 느긋한 표정으로 구경을 하던 제로스는 시간이 지날수록 귓전을 자극하는 금속음에 얼굴을 잔뜩 일그러뜨리더니 마침내 자리에서 벌떡 일어나 버럭 고함을 질렀다.

"이 빌어먹을 놈들, 적당히 하란 말이야, 적당히! 안드레이, 애들을 불러. 매직 미사일!"

"단원들은 지금 즉시 뒤로 물러서라!"

안드레이의 다급한 고함 소리에 블랙 이글 기사단의 단원은 신속하게 뒤로 물러섰고, 순간적으로 일어난 일에 검은 달 교단의 어쎄신들은 어리둥절함을 감추지 못했다. 단원들이 물러서자마자 그들에게 수백 발의 매직 미사일이 우박처럼 쏟아졌다.

퍼퍼퍼~ 펑~

자욱하게 일어나는 흙먼지 속에서 사람들의 신음 소리가 끊이지 않고 들려왔다. 하지만 제로스의 얼굴은 여전히 펴질 줄 몰랐다.

제로스의 양손이 허공으로 들리는 순간 그의 손에서 푸른색의 마나가 엄청나게 쏟아져 나왔고, 뿜어져 나온 마나는 지면을 마구 헤집으며 수십 파렌에 달하는 거대하기 이를 데 없는 마법진을 만들었다. 검은 달 교단의 어쎄신들을 감싸듯 마법진이 완성되는 순간 제로스의 외침이 들렸다.

"코울션 워프!"

눈이 멀 것 같은 섬광과 함께 검은 달 교단의 어쎄신들은 사람들의 시야에서 감쪽같이 사라졌다.

"별것도 아닌 것들이 정신 사납게 만들고 있어."

말을 마친 제로스는 다시 페트리오스의 무릎을 베고 벌러덩 드러누웠고, 사람들은 제로스가 방금 보여준 어마어마한 마법에 너무나 놀란 나머지 벌어진 입을 다물지 못하고 있었다. 물론 그들 가운데에는 제로스의 정체를 알고 있었던 사람들도 있지만 대부분의 사람들은 어린애에 불과한 제로스가 왜 자신들과 함께 다니는 것인지 궁금하게 생각했었다. 하지만 조금 전 제로스가 거대한 마법진을 만들 때 사방에서 몰려들었던 마나의 양을 떠올리면서 온몸이 자신도 모르게 떨리는 것을 느끼지 않을 도리가 없었다. 그나마도 그들이 검술에 상당한 조예가 있기에 느낀 것이지 보통 사람이었다면 무슨 일이 벌어진 것인지 짐작도 못했을 일이었다.

"2시간 후에 이동한다. 그때까지 주위를 경계하며 충분한 휴식을 취하도록."

안드레이의 말에 단원들은 신속하게 주위로 흩어져 모습을 감추었다. 물론 자신들이 싸웠던 곳의 흔적 지우는 것도 잊지 않았다.

단원들이 모두 사라지자 안드레이는 시선을 돌려 지면을 뒹굴고 있는 중년 사내를 바라봤다. 그 시선이 얼마나 싸늘했는지 눈을 마주치는 순간 중년 사내는 자신의 몸이 얼음에 빠진 것 같은 착각이 들었다. 그가 왜 자신에게 저렇듯 격렬한 증오심을 보이는 것인지 그 이유가 도저히 짐작이 가지 않았다.

잠시 심호흡해 마음을 진정시킨 안드레이는 일단 일행들의 부상 여부부터 확인했다.

"다친 사람 있나?"

"마침 단원들이 제시간에 나타나는 바람에 무사할 수 있었습니다."

얀의 보고에 고개를 끄덕인 안드레이는 다시 중년 사내에게 고개를 돌렸다.

"지금부터 귀하에게 몇 가지 질문을 할 것이오. 만약 귀하의 대답이 미흡하다 생각되거나 우리를 속이려 한다는 판단이 서면 귀하에게 상당한 불이익이 돌아갈 것이오. 우리는 귀하에게서 무슨 수를 쓰든 알아내야 할 정보가 있소. 부디 귀하의 협조를 기대하겠소."

안드레이가 말을 마치자 곁에 있던 얀이 중년 사내의 입을 막고 있던 재갈을 풀어주었다. 그리고는 그의 몸을 일으켜 나무에 기대어주었다.

중년 사내는 깊게 숨을 몇 번 들이켰지만 안드레이를 매섭게 노려보던 눈길을 거두지는 않았다. 하지만 그런 눈길에 꿈쩍할 안드레이가 아니었다.

"묻겠소. 귀하의 이름과 소속은?"

안드레이와 일행들은 중년 사내의 대답을 기다렸지만 시간이 지나도 중년 사내의 입은 좀처럼 열릴 줄 몰랐다. 그의 입이 열린 것은 한참의 시간이 흐른 뒤였다.

"부하들은 지금 어디에 있는가?"

"그대가 우리가 원하는 대답을 하기 전까지는 절대 알려줄 수 없소."

"그럼 이렇게 하도록 하지. 당신의 질문에 내가 원하는 대답을 하면 나 역시 귀하에게 질문할 기회를 주시오."

"흥! 자신이 포로란 사실도 모르는 작자로군."

중년 사내의 대답에 기가 막혔는지 바르미아가 어이없다는 표정을 지었다. 다른 사람들도 마찬가지인지 기가 막히다는 얼굴을 하고 있었다. 하지만 중년 사내는 자신의 뜻을 꺾을 생각이 없는지 요지부동이었다.

"거절이오?"

안드레이가 잠시 생각에 빠져 있는 동안 그것을 거절이라 생각했는지 중년 사내는 조금의 망설임도 없이 자신의 혀를 깨물었다. 일행들이 발견했을 때 사내의 입에서는 샘물처럼 피가 흘러내렸고, 잘린 혀가 사내의 옷 위에서 꿈틀거리고 있었다.

황급히 지혈을 하려 해도 사내가 입을 다물고 벌리지 않아 힐링 포션을 쓸 수도 없었다. 사람들이 당황해 어쩔 줄 몰라 할 때 안타까운 표정을 짓고 있던 페트리오스가 재빨리 치료 마법을 캐스팅했다.

"스팁틱(지혈)!"

페트리오스의 손을 떠난 푸른색의 마나가 중년 사내를 감싸는 순간 사내의 입에서 흘러내리던 피는 즉시 멈춰졌다. 하지만 잘린 혀는 여전히 자신이 살아 있음을 증명이라도 하듯 계속해서 꿈틀거렸다.

"지금이라도 혀를 봉합해 치료하면 다시 말을 할 수 있어요. 하지만 시간이 늦어지게 된다면 다시는 말을 할 수 없게 될 거예요. 그러니 어서 입을 여세요."

안타까운 표정으로 페트리오스가 말을 했지만 중년 사내는 여전히 굳은 표정으로 입을 다물고 있었다. 안타까워하는 페트리오스를 지켜보던 제로스는 짜증스런 표정을 짓더니 신경질적으로 손을 휘둘렀다.

"슬립!"

짙푸른색의 마나가 중년 사내의 몸을 휘감자마자 중년 사내는 맥없이 쓰러졌고, 재빨리 다가간 페트리오스는 잘린 사내의 혀를 집더니 그의 입에 넣고 스펠을 캐스팅했다.

"봉합!"

혀를 집은 페트리오스의 손에서 푸른색의 빛이 번쩍 하며 상처를 감싸더니 곧 상처가 아물기 시작했다. 몇 번 숨을 내쉴 시간이 지나자 혀는 완전히 붙었고, 그 모습에 제로스는 다시 중년 사내를 깨웠다. 몇 번인가 눈을 끔뻑이던 중년 사내는 주위의 사람들이 자신을 쳐다보고 있다는 것을 발견하곤 자신도 모르게 침을 삼켰다. 동시에 잘려 나간 줄 알았던 혀의 존재를 확인할 수 있었다.

중년 사내는 잠시 망설이는 표정을 짓다가 재차 혀를 이빨 사이에 집어넣었다. 다시 혀를 깨물려는 중년 사내의 모습을 발견한 안드레이가 다급하게 입을 열었다.

"잠깐!"

안드레이의 제지에 중년 사내는 행동을 멈추고 안드레이를 쳐다보았다. 하지만 중년 사내의 눈에는 이미 상대에 대한 증오나 적개심은 사라져 보이지 않았다.

중년 사내를 바라보던 안드레이는 그가 결코 협박이나 위협에 굴복할 인물이 아님을 깨달았기에 그에게 원하는 정보를 얻기 위해서는 그가 원하는 대로 하는 수밖에 없었다.

"귀하의 조건을 받아들이겠소. 하지만 귀하가 거짓말하지 않는다는 것을 우리가 어떻게 믿을 수 있겠소?"

"그렇기는 나 역시 마찬가지가 아니겠소?"

"좋소, 우선 귀하의 이름과 소속부터 밝혀주시오."

"난 어쎄신 타격대를 맡고 있는 벤 호른이오."

"어쎄신 타격대? 그것이 뭔지 말씀해 주시겠소?"

"이번엔 귀하 차례요. 그러는 귀하의 정체는?"

"내 이름은 안드레이 반 휘나가르트요. 한때 블랙 이글 기사단에 있었던 적이 있었소."

"블랙 이글 기사단? 블랙 이글 기사단의 단원들을 봤을 때만 하더라도 설마 했었는데… 역시 그랬어."

조금 전 블랙 이글 기사단을 발견했을 때 혹시나 하는 불안한 생각이 들었던 것이 들어맞자 벤은 가슴이 덜컥 내려앉는 것을 느껴야만 했다. 자신들이 맥도 못 써보고 당한 것을 생각하면 자신의 예감이 맞았다는 것을 깨달았다. 그런 벤의 표정을 바라보던 안드레이가 질문을 계속했다.

"귀하와 귀하의 부하들이 이곳에 나타난 이유는?"

"포얀 시에서 일어난 일을 조사하라는 명령을 받고 출동하던 중이었소. 이번엔 내 차례요. 블랙 이글 기사단의 단원들이 무슨 일로 이곳에 있는 거요?"

"그들은 나를 돕기 위해 이곳에 온 것이오. 그런데 우리를 갑자기 공격한 이유가 단순히 내가 검은 달 교단을 적대시하는 인물이기 때문이오?"

"물론 그런 이유도 있지만 그대가 마벡 단장님의 원수인 샤리프란 인물을 돕기 때문이오. 마벡 단장님께서 그대와 샤리프란 자는 발견 즉시 죽이라는 특별한 지시를 내리셨소. 지금 교단의 모든 형제들은 그대와 샤리프란 자의 얼굴을 그린 초상화를 가지고 다니고 있소. 비록 오늘은 무사할 수 있었지만 앞으로는 어림도 없을 것이오."

하지만 그 말을 한 벤의 얼굴은 그리 밝지 않았다.

조금 전 안드레이를 상대했을 때 느낀 것이지만 안드레이를 상대할 수는 있는 자는 교단 내에서 몇 명 되지 않는다는 것을 알고 있기 때문이었다. 게다가 지금 안드레이의 주변에는 뮤즈 반도에서 1, 2위를 달리는 최강의 기사단 가운데인 블랙 이글 기사단의 단원들이 철통같이 지키고 있기 때문에 더욱 안드레이를 상대하기 어려울 것이다.

그런 벤을 쳐다보는 안드레이의 얼굴이 조금 굳어졌다. 지금 자신이 진정 묻고 싶었던 것을 물으려 하기 때문이었다.

"묻겠소. 검은 달 교단의 본부는 어디에 있소?"

안드레이의 질문에 벤은 의미를 알 수 없는 미소를 지을 뿐 입을 열지 않았다. 그 모습을 발견하는 순간 안드레이와 일행들은 답답해져 옴을 느꼈지만 함부로 벤을 재촉하지는 못했다. 협박이나 위협으로 입을 열게 할 수 있는 인물이 아니라는 것은 조금 전 모습으로 충분히 깨닫고 있었기 때문이다.

"그 웃음의 저의는?"

"믿을지 모르겠지만… 난 모르오."

"거짓말!"

벤의 대답에 어디선가 날카로운 음성이 들려왔다. 깜짝 놀란 사람들이 고개를 돌려보니 로자린이 부들부들 몸을 떨고 있었다.

"로자린."

"거짓말을 하는 거예요! 저자는 틀림없이 알고 있을 거예요!"

제 7 장

피비린내 나는 싸움

"알았으니까 그만 진정하도록 하시오."

안드레이는 격한 감정으로 몸을 떠는 로자린을 안고 등을 가볍게 두드려 주며 그녀를 진정시키려 했지만 로자린은 좀처럼 흥분한 마음을 진정시키지 못하고 있었다.

"레이님. 전, 전⋯⋯."

"내가 왜 당신의 마음을 모르겠소? 내가 알아서 처리할 테니 날 믿고 잠시만 기다려 주겠소?"

고개를 들어 남편의 얼굴을 잠시 바라보던 로자린은 곧 고개를 끄덕이곤 힘없이 한 걸음 뒤로 물러섰다.

로자린이 조금 진정한 모습을 보이자 안드레이는 고개를 돌려 엷은 미소를 짓고 있는 벤의 얼굴을 바라봤다. 그의 미소를 처음 보았을 때는 자신들을 조롱하기 위해 그런 미소를 지었다고 생각했다. 하지만 지금은 왠지 그 미소 속에 씁쓸한 기운과 회의, 자책, 자괴감이 담겨 있는 것 같다는 생각이 들었다.

"정말… 모르오?"

"내 말은 분명히 사실이오."

벤의 대답에 안드레이는 그의 얼굴을 유심히 바라봤지만 그의 말이 사실인지 아닌지는 도무지 확인할 방법이 없었다.

안드레이나 일행들이 답답한 마음을 감추지 못하고 있을 때였다.

"비켜봐."

갑자기 제로스가 나서더니 벤의 머리 위에 손을 올렸다. 그리고는 시동어를 외쳤다.

"서치 포 메모리!"

제로스의 손에서 푸른 빛이 번쩍였다. 그런 제로스의 행동에 잠시 멈칫하던 벤은 곧 담담한 표정을 지었다.

"이 자식 진짜 모르고 있어."

"예?"

"검은 달 교단의 본부에 가본 적도 없단 말이야. 만약 한 번이라도 가본 적이 있다면 틀림없이 기억되어 있을 텐데 이 자식이 기억하고 있는 것이라고는 검술 수련에 대한 기억, 동료들에 대한 생각, 교단에 대한 충성, 아모데우스와 카오스에 대한 무조건적인 충성심밖에 없단 말이야."

제로스의 퉁명스러운 말에 안드레이의 표정이 잔뜩 굳어졌다.

"내 부하들은 모두 어디로 보낸 것이오?"

"그대들만을 위해 마련한 감옥으로 보냈소."

"감옥?"

"그렇소. 그리고 귀하 역시 그곳으로 보내질 것이오."

"그곳이 어디요?"

"슈틸러 분지."

"슈틸러 분지? 지금 농담하는 거요? 여기부터 슈틸러 분지까지 얼마나 떨어져 있는지 알고나 하는 소리요?"

"물론이오. 하지만 귀하의 부하들이 슈틸러 분지에 있는 것만은 사실이오. 그리고 잠시 후 그대가 그곳에 가면 직접 확인할 수 있을 것이오."

"끝났어?"

"예, 제로스님."

"코울선 워프!"

벤의 몸 밑으로 작은 마법진이 모습을 드러냈다 사라지는 순간 벤의 몸도 함께 사라졌다. 그가 사라질 때까지 말없이 바라보던 모네스는 잠시 고심을 하더니 조심스럽게 입을 열었다.

"제로스님, 혹시 아까 그자의 기억을 살피실 때 검은 달 교단의 아지트나 본부의 위치를 알 수 있는 단서는 없었습니까?"

"단서? 단서는 모르겠고, 그 녀석의 기억이 틀림없다면 여기서 수십 엠파렌쯤 떨어진 곳에 그놈들의 아지트가 있어. 어떻게 할 거야? 내가 안내해 줄까?"

"그렇게 해주시겠습니까? 그럼 부탁드리겠습니다, 제로스님."

"좋아."

모네스의 공손한 태도가 마음에 들었는지 제로스는 흔쾌히 고개를 끄덕였다. 그리고는 자신의 말에 올라타고 페트리오스를 향해 손을 내밀었다. 제로스의 도움을 받아 말 위에 오른 페트리오스는 제로스의 허리를 꼭 잡았다. 하지만 어린 소년의 모습을 하고 있는 제로스보다 페트리오스의 키가 더 컸기에 그녀가 제로스를 안고 있는 모습은 마치 어머니가 어린 아들을 안고 있는 듯 보였다.

두 사람을 지켜보던 사람들은 웃음이 터져 나오는 것을 억지로 참아야만 했다. 만약 여기서 웃음을 터뜨렸다간 길 안내는커녕 목숨마저 조심해야 한다는 것을 누구보다 잘 알고 있었기 때문이다.

일행들은 웃음 참는 얼굴을 감추기 위해 전원 고개를 숙인 채 말을 몰아 제로스의 뒤를 따라갔다.

*　　　*　　　*

"저곳인가?"

"그렇습니다, 샤리프님.

샤리프의 말에 케블레가 고개를 끄덕였다.

지금 샤리프와 일행들은 가파른 협곡 위에서 아래를 내려다보며 대화를 나누고 있었다.

그들이 바라보고 있는 협곡의 깊숙한 곳에는 절반쯤 부서진 성이 있었는데 파손된 지 상당한 시일이 지났는지 무너진 건물의 잔해를 담쟁이덩굴이 덮고 있었다. 하지만 아무리 봐도 사람이 살 만한 곳은 아니었다.

"저곳이 검은 달 교단의 아지트가 확실한가요? 도저히 사람이 살 만한 곳이 아닌데……."

가녀린 라그나의 말에 케블레가 고개를 돌렸다. 케블레가 갑자기 자신을 쳐다보자 라그나는 움찔하며 커다란 눈만 깜빡였다. 겁을 먹은 모습이기는 하지만 과거와 달리 정신도 잃지 않았고, 눈물을 흘리지도 않았다.

"척후가 철저하게 조사를 한 것이니 확실합니다, 레이디."

"그, 그렇군요. 확실히 조사를 하셨다면… 하지만 겉으로 봐서는 사람이 살 만한 곳이 아닌 것 같아서……."

"며칠 전부터 은밀히 감시했는데 야간을 틈타 저곳에 출입하는 자들을 몇 번인가 목격했습니다. 그리고 저들이 비밀리에 어쎄신들을 훈련시키는 장소를 찾았습니다."

"그곳이 어딘가?"

"여기에서 2엠파렌 정도 떨어진 곳입니다. 그런데……."

"그런데? 왜, 문제라도 있나?"

샤리프의 반문에 웬일인지 케블레는 선뜻 대답을 하지 못했다.

"척후가 조사한 바에 따르면 그곳이 바로 어쎄신들을 훈련시키는 곳이랍니다. 그런데 훈련을 받고 있는 사람들이 모두 나이 어린아이들뿐이란 보고였습니다."

"어린아이?"

"그렇습니다. 제 생각에는 아마도 그 아이들이 실종되거나 납치되었다고 알려진 아이들이 아닌가 생각됩니다만……."

"아이들의 수는 얼마나 되는 것 같던가?"

"확실하지는 않지만 대략 300명이 조금 넘는 것으로 짐작됩니다. 그리고 교관들과 경비 병력도 150에서 200명 정도 되는 것 같았습니다. 하지만 저희가 모르는 장소가 있을지도 모르니 인원은 더 늘어날 수 있습니다."

"상당한 숫자로군."

케블레의 대답에 샤리프는 고개를 끄덕이고는 생각에 잠겼다.

적의 숫자는 최소 450에서 최대 500명이 넘는 숫자였다. 현재 이곳에 있는 사람들의 수는 전부 다 해봐야 120명 정도이니 숫자상으로는 비교도 되지 않는 것이다. 하지만 근접 전투의 달인들로 구성된 레드 그리핀 기사단의 단원들이 함께 있으니 수적으로 열세에 처해 있다고 하더라도 충분히 상대할 자신이 있었다.

하지만 문제는 케블레가 말한 어린아이들이다.

그곳에서 얼마나 오랫동안 훈련을 했을지 모르지만 만약 그 아이들이 검은 달 교단에게 철저히 세뇌되어 자신들에게 검을 들이댄다면 그들을 어떻게 상대해야 좋을지 결론을 내릴 수 없었다. 상대가 성인이고 또한 어쌔신들이라면 그들을 향해 한 치의 망설임도 없이 무기를 휘두를 수 있겠지만 아무리 적이라고 할지라도 어린아이에게 무기를 휘두를 수는 없는 일이었다.

그렇다. 어린아이에게 무기를 휘두르다니…… 그런 일은 어떤 경우에라도 절대 있을 수 없는 일이다.

"어떻게 하시겠습니까? 교관이나 어쌔신들이라면 모르겠지만 어린아이들에게 검을 휘두를 수는 없는 일 아닙니까? 샤리프님께서 명령을 내리신다면 모르겠지만 저희들이 어린아이를 죽이기 위해서 죽을 고생을 해 검술을 익힌 것은 아니라는 걸 누구보다 잘 알고 계실 겁니다. 솔직히 말해 어린아이를 상대하는 것은 전혀 내키지 않습니다. 동료들도 모두 저와 마찬가지일 거고요."

"알고 있네."

"그렇다면 아이들 문제는 어떻게 처리하시겠습니까?"

"자네 생각은 어떤가?"

"어쎄신과 교관들은 모르겠지만 아이들과는 절대 싸우고 싶지 않습니다."

"그렇겠지. 다른 사람들의 생각은 어떤가?"

"저 역시 절대 아이들과는 싸우고 싶지 않습니다."

"저도 듀오네 군과 마찬가지요. 나 역시 자식을 키우는 부모의 한 사람으로 어떻게 아이들에게 무기를 휘두를 수 있겠소. 아이들을 상대하는 것만은 피하고 싶소."

듀오네와 그린스노우의 대답에 근처에 있던 사람들은 고개를 끄덕였다.

그 모습을 지켜보던 크리샨트는 쓴웃음을 지었다.

물론 드래곤들이 모든 종족을 초월해 헤츨링을 보호하는 것처럼 인간들이 어린아이들을 보호한다는 것은 이미 알고 있는 사실이었다. 하지만 그런 반면에 이들이 상대하고 있는 검은 달 교단과 같이 어린아이들을 납치하는 사람들도 있고, 납치한 아이들을 노예로 팔아먹는 인신매매 조직도 있다. 또, 많지는 않지만 어린아이들을 학대하는 자들 또한 없지 않다는 것도 잘 알고 있었다.

물론 인간이란 생물만 그런 것은 아니지만 인간만큼 극과 극인 종족도 없는 것 같았다. 자기들이 만든 법이라는 것을 지키는 쪽과 그것을 어기는 쪽으로 나뉘어 팽팽하게 대립하는 것을 오랜 세월 동안 지켜보았기에 잘 알고 있었다. 하지만 지금처럼 서로 팽팽하게 대립하게 되면 머리가 어지러울 정도로 복잡한 상황이 새롭게 발생하는 것이었다.

법을 지키는 자들을 싫어하는 자, 불법을 저지르고자 하는 자들을 돕는 자들, 법을 지키는 자들을 돕는 자들, 불법을 싫어하는 자들, 이것도 아니고 저것도 아닌, 어떻게 상황이 되든 상관 않하는 자들 등등 인간들의 행동 패턴은 너무나 다양해 도저히 종잡을 수 없었다. 하지만 지키려고 하는 사람이 많은 것만은 확실했다.

"크리샨트님, 드릴 말씀이 있습니다."

"말해 보게."

"크리샨트님께서 저희를 지금까지 많이 도와주신 것은 잘 알고 있습니다. 하지만 지금부터 벌어지는 상황은 저희에게 맡겨주시면 고맙겠습니다."

"호오~ 그러니까 나더러 손 떼라는 말인가?"

"꼭 그런 것은 아니지만 지금부터는 저희들의 힘으로 벌어지는 사태를 어떻게든 처리하려고 합니다. 크리샨트님, 죄송하지만 저희를 지켜봐 주시겠습니까?"

그런 말을 하는 샤리프의 얼굴은 조금의 표정 변화도 없었다. 하지만 크리샨트를 바라보는 그의 눈길은 가볍게 떨리고 있었다.

"자신있는가?"

"후우~ 믿으실지는 모르겠지만 검술을 익힌 후부터 전 단 하루도 마음을 놓고 지낸 적이 없습니다. 하지만 아무리 고통스럽고 괴로워도 피하고 싶지 않습니다. 다시 말씀드리겠지만 지금부터 일어나는 일은 저희들의 힘으로 처리하고 싶습니다."

"후후후! 자네들의 뜻이 그렇다면 자네들 뜻대로 하게."

"죄송하지만… 부탁이 있습니다."

"부탁? 후후후, 자네가 부탁을 하다니 뜻밖이군. 그래, 뭔가?"

"모든 일은 저희가 알아서 처리하겠습니다만 크리샨트님께서는 저들이 도망치지 못하도록 외곽을 막아주셨으면 고맙겠습니다. 그렇게

만 해주신다면 나머지는 저희가……."

샤리프는 평상시처럼 말했지만 크리샨트는 그의 표정에서 뭔가 느껴지는 것이 있었다.

희미하게 미소 지은 샤리프의 모습에서 크리샨트는 오기라든가, 고집이라든가 하는 인간의 특징을 그도 분명히 가지고 있다는 것을 느낄 수 있었다.

"그래? 알았네. 자네가 원하는 것이 그것이라면……. 충분히 알겠네."

크리샨트의 대답에 샤리프는 자리에서 일어나 그에게 고개를 숙이고 오른손을 가슴에 댄 인사를 했다. 물론 크리샨트의 입장에서 그런 인사는 난생처음 보는 것이었지만 상대의 진정은 분명히 느낄 수 있었다.

크리샨트에게서 더 이상의 말이 없자 자리에서 일어난 샤리프는 신중한 표정을 지었다.

"레드 그리핀 기사단과 그린 윙 기사단은 들어라. 우선 검은 달 교단의 아지트를 먼저 신속하게 점령한다. 적의 무장 해제는 물론 주요 지점을 점령한다. 다시 한 번 말한다. 적을 무력화시키는 것이 우선이겠지만 상황이 허락지 않는다면 본인의 안전을 위해 살인을 허락하겠다."

샤리프의 말에 일행들은 고개를 끄덕였지만 정작 자신들이 답답하게 생각해 왔던 문제에 대한 설명이 없었기 때문에 답답한 심정을 감출 수 없었다. 그런 일행의 마음을 느낀 것인지 샤리프가 입을 열었다.

"물론… 무리라는 것을 모르는 것은 아니지만 우리의 상대는 검은 달 교단의 어쎄신들이다. 물론 그들에게 훈련을 받고 있는 아이들이 우리를 공격할지도 모른다. 그들을 어떻게 상대할 것인지는 그대들에게 맡기겠다. 하지만 그대들의 실력으로 이 정도도 상대하지 못할 것이라고는 생각지 않는다. 적어도 내가 그렇게 어설프게 그대들을 훈련시키지는 않았다고 생각하기 때문이다."

"저도 그렇게 생각합니다."

샤리프의 말에 케블레가 공손하게 허리를 숙이며 대답했다. 그런 케블레의 얼굴에는 만족스럽다는 웃음이 떠올라 있었다. 역시 기대했던 레드 그리핀 기사단의 기사단의 수석 기사장을 지냈던 사람의 대답이었다.

"단원들을 주위에 배치했는가?"

"아직, 하지만 지금 즉시 단원들을 배치하겠습니다."

케블레의 대답에 고개를 끄덕인 샤리프는 자신들의 모습을 지켜보고 있던 그린스노우에게 말을 건넸다.

"피어스 후작님, 저희 단원들을 인솔해 후방을 지원해 주시겠습니까?"

"물론입니다, 샤리프님. 저에게 이런 임무를 맡겨주셔서 감사합니다. 적들의 퇴로는 목숨을 걸고서라도 분명히 차단시키겠습니다."

그린스노우의 대답에 샤리프는 가벼운 미소를 지으며 허리를 숙였다. 물론 그의 행동이 무슨 뜻인지 모를 그린스노우는 아니었다. 하지만 그런 샤리프의 행동이 너무나도 고맙게 느껴졌다.

"케블레, 절반의 인원을 이끌고 피어스 후작님의 명령을 따르도록. 알겠나?"

"명심하겠습니다, 샤리프님."

"피어스 후작님, 부탁드리겠습니다."

"맡겨주십시오, 샤리프님. 여러분께 실망을 드리지 않도록 최선을 다하겠습니다."

그린스노우의 대답에 샤리프는 그저 가벼운 미소를 지으며 고개를 끄덕일 뿐이었다.

"케블레 군, 지금부터 단원들을 데리고 내 뒤를 따라오도록 하시오."

"아, 알겠습니다, 피어스 후작님."

그린스노우의 말에 케블레는 대답하면서 다시 한 번 그의 모습을 유심히 살폈다.

그의 원래 성격이 어떤지는 알 수 없지만 요즘 들어 가끔씩 벌어지는 검은 달 교단과의 접전 때 누구보다 앞장서서 검을 휘두르는 사람이 그라는 걸 그와 함께 있던 사람이라면 깨닫고 있었기 때문이다. 무자비하게 검을 휘두르는 모습은 마치 지옥에서 뛰쳐나온 피에 굶주린 악마처럼 잔인하기 이를 데 없었다.

그린스노우와 케블레가 사라지고 난 후 샤리프는 천천히 자신이 애용하던 두 자루의 배틀 엑스를 꺼내 들고는 천천히 손질하기 시작했다. 시간이 있을 때마다 손질을 했기 때문에 특별히 손질할 것도 없었지만 배틀 엑스를 만지는 샤리프의 모습은 너무나 엄숙해서 마치 예식을 치르는 듯 보였다. 깨끗한 천으로 몇 번 더 배틀 엑스를 닦고 허리에 건 샤리프는 이번엔 건틀릿을 꺼내 닦기 시작했다.

너무나 깨끗해 더 이상 손질할 것도 없었지만 샤리프의 눈에는 너무나도 선명한 선혈이 묻어 있는 것만 같아 닦고 또 닦았다.

곁에 있던 듀오네가 그런 샤리프를 제지하려 했지만 라그나가 듀오네의 팔을 잡고 고개를 저었다. 샤리프를 바라보는 라그나의 눈에는 안타까운 빛뿐이었다.

　손질 끝낸 건틀릿을 낀 샤리프는 두 자루의 배틀 엑스를 양손에 나누어 들었다.

　건틀릿을 낀 채 배틀 엑스를 늘어뜨리고 있는 샤리프는 이미 전투 모드에 돌입했는지 팽팽한 긴장감을 풍기고 있었다.

　폐성을 한 번 바라본 샤리프는 숨을 크게 한 번 내쉬고는 폐성을 향해 걸음을 떼어놓았다.

　"듀오네 군, 가세. 그리고 레이디 라그나는 크리샨트님 곁에서 떠나지 않도록 하게. 크리샨트님 곁이야말로 지상에서 가장 안전한 곳이니까."

　미처 라그나가 대답도 하기 전 이미 샤리프는 멀어져 갔고, 잠시 라그나의 얼굴을 바라보던 듀오네는 곧 샤리프의 뒤를 향해 달려갔다.

　폐성의 크기는 협곡 위에서 보았을 때와 달리 상당한 규모였다.

　하지만 성벽은 모두 허물어져 있고, 본성의 절반 정도는 원형을 유지하고 있었다. 싸움이나 화재가 있었는지 보이는 건물 벽에 검게 탄 흔적이 보였다. 잔해를 덮고 있는 담쟁이덩굴이 일부를 가리고 있었지만 화재의 흔적을 모두 감추지는 못했다.

　무슨 사연이 있어 사람들의 발길이 끊어진 이런 깊은 협곡 안에 성을 세운 것인지 이유는 알 수 없지만 그것도 이미 오래전 일인 것 같았다.

　샤리프와 듀오네가 폐성에서 약 100파렌 정도 떨어진 곳에 도착했을 때 숲에서 검은 복장을 한 세 명의 사내들이 모습을 드러냈다.

　"걸음을 멈추시오."

사내들의 제지에 두 사람은 걸음을 멈췄고, 세 사람은 즉시 두 사람을 포위했다.

"이곳은 외인들이 함부로 출입할 수 없는 곳인데 귀하들은 이곳에 무슨 일로 온 것이오?"

"그대들이 검은 달 교단의 어쎄신들인가?"

"어, 어떻게 그대가 그걸……?"

챙~

샤리프의 말에 깜짝 놀란 세 사람은 거의 동시에 검을 뽑아 들었다. 그리고는 한마디 말도 없이 두 사람을 향해 검을 휘둘렀다.

상대의 공격이 시작되자마자 앞으로 달려나간 샤리프는 날아오는 검을 건틀릿으로 쳐냈고 다른 검 하나를 배틀 엑스로 막아냈다. 듀오네 역시 한 사람의 공격을 간단히 막아냈다.

샤리프는 두 사람을 상대하고 있었지만 여유가 있었다. 그러나 상대를 죽일 의사가 없는 사람처럼 결정적인 순간에 몇 번이나 손이 멈칫거려 상대에게 방어를 하거나 피할 수 있는 시간을 주는 것이었다.

듀오네 역시 샤리프에게 뭔가 주의를 받았는지 연습을 하듯 상대를 몰아붙일 뿐 역시 상대를 죽일 생각은 없는 듯 보였다.

샤리프를 공격하던 두 사람 가운데 한 명이 공격을 하는 동안 뒤로 물러선 다른 한 명은 재빨리 품에서 꺼낸 호각을 힘차게 불었다.

삐이익~

그러자 마치 이들의 호출을 기다리기라도 했다는 듯 10여 명의 사내들이 숲에서 모습을 드러냈다. 그들은 장내의 모습을 발견하자마자 동료들을 돕기 위해 샤리프와 듀오네를 공격하기 시작했다.

일부는 두 사람의 퇴로를 차단하기 위해 뒤로 돌아갔고, 나머지 인원들은 즉시 샤리프와 듀오네를 공격하기 시작했다. 살의에 가득 찬 검들이 자신들에게 쏟아지자 두 사람도 대처하던 스타일을 버렸다. 공격보다는 방어에 치중했던 검술을 모두 공격에 치중한 것이다.

채채채~ 챙~

귀청을 찢을 듯한 소음이 사방에서 들려왔고, 배틀 엑스가 상대의 무기를 쳐내면 건틀릿을 낀 왼손이 어김없이 상대의 턱이나 복부, 옆구리를 강타했다. 공격당한 사내들은 예외없이 지면에 주저앉았고, 때로는 배틀 엑스가 사내들의 어깨와 허벅지에 즉각적인 치료를 해야 할 정도로 깊은 상처를 남겼다.

듀오네도 상대의 목숨을 단숨에 빼앗을 정도로 잔인하게 검을 휘두르지 못해 상대의 어깨나 다리를 공격했다. 그러나 자신의 검에 상처를 입은 사내들이 피를 뿌리며 지면을 뒹구는 모습을 보면서 듀오네는 자신의 검술이 상당히 많이 변했다는 것을 느끼고 있었다.

과거 자신의 검술은 화려하면서도 동작이 상당히 컸었다. 그랬던 검술이 변한 것은 정확하게 말해 라그나의 뒤를 따라 세상에 나오면서부터였다. 렉스를 만나고, 안드레이를 만나 그들의 검술을 부러워하기는 했지만 검술이 변하지는 않았다. 그러나 지금 곁에 있는 샤리프는 달랐다.

자신도 모르는 사이 그의 강함을 부러워하는 동안 검술이 바뀐 것이다. 동작은 간결해지고, 화려함보다는 속도에 치중하게 되었다. 샤리프의 검술에 비하면 과거 자신의 검술은 검술이라기보다는 춤이나 무용에 가깝다는 생각을 버릴 수 없어 부끄러운 생각뿐이었다.

그런 생각이 들어서인지 듀오네의 검은 더욱 빠르고 간결하게 움직이며 어쌔신들을 공격해 깊은 상처를 입혔다.

검은 달 교단의 어쎄신들이 두 사람을 공격한 지 30분도 채 되지 않아 부상을 입지 않은 어쎄신은 한 사람도 없었다. 지혈도 제대로 못한 상태에서 움직인 탓인지 어쎄신들은 전원 피투성이였지만 마치 자신의 생명에 아무런 미련도 없는 사람처럼 그저 두 사람을 공격할 뿐이었다.

듀오네가 차마 검을 휘두르지 못하는 동안에도 샤리프는 무표정한 얼굴로 어쎄신들을 공격해 그들의 전신에 상처를 하나둘씩 늘려갔다. 결국 몇 명의 어쎄신들이 지면에 주저앉았고 그들 가운데 한 명이 다시 한 번 힘껏 호각을 불었다.

삐이익~ 삑~ 삐이익~

길게 한 번, 짧게 한 번, 다시 길게 한 번 묘한 음률로 호각 소리가 울려 퍼졌다. 호각 소리가 들리자마자 폐성으로부터 검은 복장을 한 70명 정도의 사내가 쏟아져 나왔다. 성에서 나온 사내들은 심한 부상을 입은 채 쓰러져 있는 동료들을 발견하곤 그대로 샤리프와 듀오네를 향해 달려들었다. 그와 동시에 몸을 감추고 있던 50여 명의 레드 그리핀 기사단의 단원들이 나타나 사내들을 향해 달려들었다.

지면에서 자욱하게 흙먼지가 일었고 쉴 새 없이 사방으로 붉은 선혈이 뿌려졌다. 비명 소리가 끊이지 않고 들려왔고, 강렬한 적의를 가진 갖가지 무기가 적을 향해 휘둘러졌다.

싸움터에서 한 걸음 뒤로 물러선 샤리프는 단원들이 검은 달 교단의 어쎄신들과 싸우는 모습을 지켜봤다. 확실히 검은 달 교단의 어쎄신에 비하면 뛰어난 실력을 가지고 있었지만 수적인 열세를 금세 뒤집을 수는 없었다. 하지만 근접전에 대한 훈련이나 경험이 상대에 비해 월등하기 때문에 조만간 전세를 역전시킬 수 있을 것이다.

단원들과 함께 어쎄신들을 상대하고 있는 듀오네를 바라보던 샤리프는 그의 검술이 과거에 비해 상당히 실전적으로 변했다는 것을 느낄 수 있었다. 물론 상대의 목숨을 빼앗을 정도로 심하게 손을 쓰진 못하고 있었지만 그것은 듀오네의 마음이 약해서라기보다는 사람을 죽여본 경험이 없기 때문이라는 것을 잘 알고 있었다. 아마 누구보다 듀오네 스스로가 잘 알고 있을 것이다.

전황은 역시 샤리프가 예상한 대로 레드 그리핀 기사단의 단원들이 검은 달 교단의 어쎄신들을 거세게 몰아붙이고 있었다. 비록 목숨을 잃은 어쎄신들은 없었지만 많은 수의 어쎄신들이 극심한 상처를 입은 채 지면에 쓰러져 신음을 토하고 있었다. 그들이 쓰러져 있는 곳은 예외없이 상처에서 흘러내린 선혈로 지면이 붉게 물들어 있었다.

"크윽!"

극심한 고통을 느끼며 토해진 신음 소리를 마지막으로 주위는 갑자기 정적에 싸였다.

롱 소드를 휘둘러 검에 묻어 있던 선혈을 털어낸 듀오네는 검을 들고 있는 사람이 자신뿐이라는 것을 깨닫고는 머쓱한 표정을 짓더니 곧 검집에 검을 집어넣었다. 이렇게 대규모 전투에서 상처 하나 없이 끝냈다는 것에 만족스러운 미소를 짓던 듀오네는 부상을 입은 채 신음을 흘리고 있는 어쎄신들을 보고는 얼굴이 곧 어두워졌다.

자신이 언제부터 부상을 입고 피 흘리는 자들을 보고 웃을 수 있게 된 것인지 갑자기 자신에게 혐오감이 드는 것을 감출 수 없었다.

듀오네가 잠시 안색을 굳히고 있을 때 레드 그리핀 기사단의 단원들은 즉시 부상 정도에 따라 사람들을 구분해 한곳에 모으고 있었다. 될 수 있으면 상대의 생명을 빼앗지 않으려고 했지만 순간의 실수가 운명을 좌우하는 전투에서 내가 죽지 않으려면 어쩔 수 없이 상대의 생명을 취할 수밖에 다른 방법이 없었다. 부상이 심한 사람들 가운데에서도 출혈이 너무 심해 이미 목숨을 잃은 사람도 꽤 여러 명 되었다.

그 모습을 지켜보던 듀오네는 갑자기 자신이 왜 이들과 목숨을 걸고 싸워야 하는 것일까 하는 생각이 들었다. 상처에서 전해지는 고통으로 얼굴을 일그러뜨리고 있는 어쎄신들 가운데에는 자신과 비슷한 또래의 청년들의 모습도 심심치 않게 보였다.

만약 이런 일로 만난 것이 아니었다면 어쩌면 여행에서 만나 목숨을 맡길 친구 사이가 됐을지도 모르는 일이었다. 목숨을 걸고 싸우는 사이가 아니라 장래를 이야기하며 가슴을 열고 우정을 쌓아갔을지도 모른다는 생각이 들자 이 모든 일의 발단이 누구 때문인지 다시 한 번 생각하게 되었다.

레드 그리핀 기사단의 단원들은 경상자들은 상처를 치료함과 동시에 밧줄로 묶었고, 중상자들은 비록 묶지는 않았지만 고작 상처에 힐링 포션을 뿌리는 정도일 뿐 별다른 치료는 할 수 없었다.

부상자에 대한 응급 치료가 어느 정도 완료되었을 때 폐성으로부터 두 사람이 걸어나왔다. 새로운 적의 출현이라고 생각한 듀오네는 잔뜩 긴장한 얼굴로 상대를 바라봤지만 레드 그리핀 기사단의 단원들은 그저 무표정한 얼굴로 전면을 바라볼 뿐 무기를 움켜잡은 사람은 한 명도 없었다.

"이곳의 상황도 모두 종결된 것 같군요. 샤리프님, 성안의 상황도 깨끗이 종결되었습니다."

"수고하셨습니다, 피어스 후작님."

샤리프가 그린스노우의 말에 답례를 하자 곁에 있던 케블레가 보고를 했다.

"성안을 지키고 있는 자들은 모두 74명이었습니다. 사망 7명에 중상자가 19명 나머지는 모두 경상입니다. 저희 측 피해는 5명이 경상 2명이 중상을 입었습니다. 피어스 후작님께서 도와주신 것과 기습 공격이 효과가 있었던 것 같습니다."

"치료는 마쳤는가?"

"예, 샤리프님."

"좋다, 그럼 잠시 휴식을 취한 다음 아이들이 있는 훈련장으로 출동한다."

"명심하겠습니다."

샤리프의 지시에 대답한 케블레는 주먹을 머리 위로 들었다 손을 쫙 펴서는 가볍게 몇 번 흔들었다. 그러자 레드 그리핀 기사단의 단원들은 즉시 어쎄신들의 무기를 수거해 한곳에 두고는 뿔뿔이 흩어져 휴식을 취했다.

"내가 도와줄 필요도 없었던 것 같군."

"어서 오십시오, 크리샨트님."

몸을 돌려보니 크리샨트와 라그나가 어느샌가 모습을 드러내고 있었다.

크리샨트는 평상시와 별로 달라진 것이 없었지만 라그나는 조금 창백한 안색을 하고 있었다. 크리샨트와 함께 이곳으로 워프하자마자 공기 중에 퍼져 있는 비릿한 피비린내를 맡았기 때문이다.

피비린내와 함께 신음을 토해내는 부상자들, 상처 사이로 보이는 내장들, 그리고 붉게 물든 지면……

과거 같았으면 기절을 해도 벌써 여러 번 했을 상황이었다. 그러나 가출 이후 여러 가지 경험이 그녀를 강하게 만든 것인지 비교적 괜찮아 보였다. 하지만 듀오네는 라그나의 창백한 안색, 크게 떠진 커다란 두 눈, 꼭 쥐어진 주먹, 떨리는 팔을 보면서 그녀가 결코 괜찮지 않다고 생각했다. 일단 이곳에서 그녀를 데리고 벗어나야겠다는 생각에 말을 건넸다.

"레이디 라그나, 잠깐 할 말이 있소."

"뭐, 뭔가요?"

"잠시 저리로 가서 이야기를 합시다."

라그나의 팔을 꼭 잡아쥔 듀오네는 그녀를 싸움터에서 조금 떨어진 곳으로 데리고 갔다. 그리고는 그녀를 바위에 앉혔다.

그 모습을 지켜보던 크리샨트가 고개도 돌리지 않은 채 입을 열었다.

"훈련장에 있는 아이들 문제는 어떻게 처리할 건가?"

"쉽지는 않겠지만 불가능한 것도 아니니 조금은 힘에 부치더라도 처리할 수 있을 겁니다. 제가 걱정하는 것은, 혹시 저들이 불리한 상황에서 아이들을 방패막이로 삼거나 인질로 삼지 않을까 그것이 걱정스러울 뿐입니다."

"음~ 그럴 수도 있겠군. 만약 그런 상황이 발생한다면 어떻게 할텐가?"

"내키는 일은 아니지만 더 많은 아이들을 구하기 위해서라면……."

"몇 명은 희생시킬 수밖에 없다는 말인가?"

"절대 그런 일이 생기지 않도록 해야겠지요. 그렇지만 만약 그런 경우가 생긴다면 저는 망설이지 않고 더 많은 아이들을 구하는 쪽을 택하겠습니다. 그것이 저의 최선일 테니까요."

샤리프는 여전히 무표정한 얼굴을 하고 있었지만 그의 눈만은 희미하게 떨리고 있었다. 지금 그는 모습조차 아련해진 딸의 얼굴을 떠올리고 있었다.

"페트리샤……."

샤리프의 주먹이 부서질 듯 움켜쥐어졌다.

*   *   *

쾅—

"뭐라고?!"

마치 화산이 터지듯 외치는 크리스토퍼의 음성이 내실을 울렸다. 분노에 떠는 크리스토퍼의 모습에 회의실에 모여 있던 사람들은 하나같이 고개를 들지 못했다. 단 한 사람만 제외하면. 그리고 그 한 사람이 입을 열었다.

"틀림없소. 국왕과 황태자의 배후에 누군가가 있소. 그리고 이 모든 일은 그자가 꾸민 것이 틀림없소. 으드득~"

이를 갈면서 분노에 떠는 이는 다름 아닌 레이너 아르본이었다. 그런 레이너를 바라보는 크리스토퍼는 황당하다는 표정을 감추지 못했다.

'저 병신 같은 작자가 무슨 소리를 하는 거야? 그거야 세 살짜리 어린아이도 알 수 있는 일이잖아. 그 배후라는 것이 누군지도 모르면서 떠들기는……. 그건 그렇고 대체 어떤 놈이야? 대체 어떤 놈들이 우리 교단의 지부를 파괴하는 거지?'

그런 크리스토퍼의 시선을 느꼈는지 레이너는 뒤통수가 따끔거리는 것을 느꼈다. 고개를 돌린 레이너는 크리스토퍼와 눈이 마주쳤고, 이

내 눈살을 찌푸렸다.

'아니, 저 늙은이가? 흐흐흐, 불청객인 내가 마음에 들지 않는 모양
인데… 그렇지만 날 함부로 대하면 큰코다친다는 것을 알아야지. 아직
까지 내 명령 한마디면 잘 훈련된 병사들을 이끌고 이곳까지 올 부하
들이 상당히 있으니 말이오. 그것보다 대체 어떤 자식들이 국왕과 황
태자를 돕는 거지?'

"좀 더 자세히 말해 주겠소?"

"뭘 말이오?"

"방금 말한 국왕과 황태자의 배후 말이오. 그러니까 국왕과 황태자
의 배후에 있는 자들이 공작을 포안에서 몰아냈다는 말이오?"

크리스토퍼의 말에 레이너의 눈썹이 꿈틀거렸다.

"그런 것… 같소. 그리고 아마도 그자들이 어쎄신들의 아지트를 공
격해 파괴한 것 같소. 흔적도 찾을 수 없도록 깨끗하게(?) 처리한 것을
보면 절대 평범한 자들이 아니오."

이번엔 크리스토퍼의 눈썹이 치켜 올라갔다.

불편한 심기를 감추지 못하는 두 사람의 모습에 다크 베트를 맡고
있는 마이야 린네가 다시 조심스럽게 입을 열었다.

"벌써 왕국 전역에 비밀리에 마련되어 있던 수십 개의 아지트가 파
괴되었고, 그곳에 소속되어 있던 본 교단의 형제들 또한 감쪽같이 실종
된 상황입니다. 시급한 조치가 필요합니다, 대교황 각하."

마이야의 보고가 끝나자 이번엔 사이나가 입을 열었다.

"좋지 않은 소식입니다."

사이나의 말에 크리스토퍼의 눈썹이 다시 한 번 하늘로 치켜 올라갔
다.

"좋지 않은 소식?"

"그렇습니다, 대교황 각하. 국왕과 황태자를 생포하기 위해 급파했던 특급 어쎄신 전원이 사망한 것 같습니다."

"사망한 것 같다니? 그게 무슨 소린가, 마벽 단장?"

"포안에 집결했던 성기사단이 왕국 전역으로 출동한 틈을 타 국왕과 황태자를 생포하기 위해 왕궁에 잠입시켰던 특급 어쎄신 15명이 감쪽같이 사라졌습니다. 새벽에 잠입해 날이 밝기 전 왕궁을 탈출하기로 되어 있었는데 제가 아침까지 기다렸지만 복귀한 형제가 하나도 없습니다. 이상함을 느껴 몰래 잠입해 봤는데 국왕은 자르츠 성기사단과 로열 기사단이, 황태자는 하이얀 브로넨스 교단의 성기사단과 풀 플레이트 메일을 걸친 정체 불명의 사내가 지키고 있었습니다. 특히 그 풀 플레이트 메일을 걸치고 있던 자는 정말 강한 자였습니다."

"마벽 단장, 누가 국왕과 황태자를 생포하라고 했나?"

"그건… 교단을 위해 아르본 공작과 상의해 제 스스로 벌인 일입니다."

"크음……."

사이나의 대답에 크리스토퍼는 못마땅하다는 표정이 역력했지만 사이나에게 뭐라고 말을 하지는 않았다. 그가 비록 절실한 검은 달 교단의 교도는 아니지만 누구보다 교단을 위해 충성을 바치는 사람이라는 것만은 분명했기 때문이었다. 하지만 문제는 그가 왜 레이너 같은 작자와 상의를 하고 일을 벌였느냐 하는 것이었다.

"조금 전 국왕과 황태자를 자르츠와 하이얀 브로넨스의 성기사단, 그리고 로열 기사단이 지키고 있었다고 했나?"

"그렇습니다, 대교황 각하."

"다른 교단의 성기사단은 왕국 전역으로 출동을 했는데 그들은 왜 왕궁을 지키고 있다는 거지? 게다가 정체를 알 수 없는 자와 로열 기사단의 단원들까지 국왕과 황태자를 지키고 있었단 말인가?"

"틀림없습니다. 제 눈으로 직접 확인을 했습니다."

"대체 뭐가 어떻게 돌아가는 일인지 알 수가 없군."

"저어… 대교황 각하, 드릴 말씀이 있습니다."

"뭔가, 린네 단장?"

"공격당한 어쎄신들의 아지트를 조사하다 한 가지 알게 된 사실이 있습니다."

마이야의 말에 크리스토퍼와 사이나의 눈이 반짝였다.

"그것은 파괴된 저희의 아지트들이 일정한 방향을 유지하고 있다는 겁니다."

"좀 더 자세히 이야기해 보게."

"포얀 시를 기점으로 해서 남동과 남서, 그리고 북동쪽으로 퍼져 나가고 있습니다. 대략 거리로 따져 보면 사방 150엠파렌쯤 되는 지점 사이에 있는 거의 모든 아지트가 파괴되었습니다. 그 세 방향으로 움직이는 자들을 어렵게 포착했는데 틀림없이 그들이 저희 교단을 적대시하는 자들일 것입니다. 하지만 지금 저희 교단의 실정으로는 그들의 소재를 파악하는 데 적지 않은 어려움이 있습니다, 대교황 각하."

"어려움? 당장, 지금 당장 모든 신도들과 어쎄신들에게 교시를 내려 그놈들의 정체를 알아내도록 하란 말이다! 뭣들 하느냐, 당장 그놈들을 쫓지 않고?!"

마이야의 말에 크리스토퍼는 당장 분노부터 터뜨렸다.

"린네 단장은 당장 그놈들의 위치부터 파악하고 마벡 단장은 특급 어쎄신들을 모아 그놈들의 머리를 베어 내 앞에 대령하도록 하라. 그리고 다크 스파이더에 소속되어 있는 아이들도 데려가도록 하라. 아모데우스님의 은총을 거부하는 그놈들에게 그분의 무서움을 보여주도록 하란 말이다! 즉시 출발해라!"

"명심하겠습니다, 대교황 각하!"

공손하게 허리를 숙인 몇 명의 사내들이 회의실을 빠져나가자 그때까지 곰곰이 생각에 빠져 있던 레이너가 자리에서 일어났다.

"나도 잠시 밖에 다녀와야겠소, 대교황."

"밖에? 무슨 볼일이라도 있소?"

"흩어져 있는 부하들의 소식도 궁금하고 포얀의 소식도 좀 알아봐야겠소."

"그렇다면 다녀오시구려. 멀리 나가진 않겠소."

시큰둥한 크리스토퍼의 대답에 레이너는 속으로 이를 부드득 갈았지만 신세를 지고 있는 입장이라 내색할 순 없었다.

쾅~

아마도 부서져라 문을 닫은 것만이 레이너가 할 수 있는 유일한 감정 표시일지도 몰랐다.

"흥! 쥐뿔도 없는 놈이 자존심만 살아서… 그나저나 앞으로 어쩐다?"

크리스토퍼는 턱을 매만지며 생각에 빠졌다.

제8장

비비 꼬인 렉스

비비 꼬인 렉스

레트로니아 왕국은 지금 두 가지 소문으로 떠들썩했다.

첫째는 아르본 공작에 관한 것이었다.

국왕이 아르본 공작을 역적으로 선언한 지도 벌써 한 달이 지났다. 공식적으로 반역을 일으킨 아르본 공작은 실종으로 처리되었지만 레트로니아 왕국 전역으로 출동했던 성기사단이나 병사들은 암암리에 아르본 공작을 찾고 있었다.

귀족이나 성기사단은 물론이고 일반 시민까지 동원되어 아르본 공작의 행방을 쫓고 있었지만 마치 투명 인간이라도 되는 양 감쪽같이 사라져 전혀 행방을 찾을 수 없었다. 그렇기에 처음 10만 골드의 현상금은 한 달도 지나지 않아 곧 50만 골드로 금액이 올랐고, 얼마 전부터는 현상금이 폐지되는 대신 평민은 남작의 작위를, 귀족들에게는 무조건 한 직급 더 높은 작위를 수여하겠다는 황제의 특명이 있었다.

왕국의 거의 모든 사람들이 혈안이 된 채 레이너를 찾았지만 한 달이 지난 지금도 그를 보았다는 사람은 단 한 명도 없었다.

둘째는 왕국 전체로 출동을 했던 성기사단이 곳곳에서 몰살당하는 일이 벌어져 국민들에게 커다란 충격을 안겨주고 있다는 것이었다.

정체를 알 수 없는 자들의 습격을 받았다는 것이었는데 그들이 누군지 단서를 찾을 수 없어 각 교단은 전전긍긍하지 않을 수 없었다. 성기사단이 몰살당한 곳에 당장 추가 기사단을 파견했지만 이미 흉수들은 사라져 버린 후였다.

다만 조사 과정에서 성기사단을 공격했던 자들이 공통적으로 검은 복장을 하고 있었다는 제보가 있어 기습 공격을 했던 자들이 검은 달 교단의 어쎄신일 가능성이 높다는 증언이 있었긴 했지만 그들의 소재를 찾는 일은 여전히 미궁에 빠져 있었다.

성기사단을 파견했던 각 교단은 자신들의 예상과는 다른 결과에 놀라움을 감추지 못했고, 소문이 퍼지지 못하도록 단원들과 신도들의 입을 단속시켰지만 그들에 관한 소문이 퍼지는 데는 그리 많은 시간이 걸리지 않았다. 하루가 멀다 하고 들려오는 성기사단의 습격, 몰살 소식에 국민들은 불안한 마음을 감추지 못했다.

그렇게 왕국의 하루가 또 저물어가고 있었다.

"렉스, 왜 그런 표정을 짓고 있는 거지?"

"응? 내가 뭘?"

풀밭에 누워 있던 렉스는 도네를 올려다보며 퉁명스럽게 대꾸했다.

"뭔가에 잔뜩 싫증난 듯한 표정을 짓고 있잖아."

"싫증? 그럴지도 모르지. 요즘 생활이 검은 달 교단의 아지트를 찾아내고, 어쎄신들과 싸우고, 그들을 죽이거나 포로로 잡아 슈틸러 분지로 보내… 아니, 이건 도네가 하는 일이고, 다시 검은 달 교단의 아지트를 찾아내고, 싸우고……. 다람쥐 쳇바퀴 돌아가듯 매일매일이 똑같은 일들뿐이잖아. 슬슬 지겹다는 생각이 들어."

"그래? 나로서는 좀 이해가 가지 않는데?"

"뭐가 이해가 안 된다는 거지?"

"내가 렉스를 지켜본 것이 벌써 14년이 넘었어. 그렇게 어린 시절부터 렉스는 단 하루도 거르지 않고 그 고되고 힘든 훈련을 매일매일 반복했잖아. 그게 거의 14년이야. 하지만 검은 달 교단과 싸우기 시작한 것은 겨우 몇 달밖에 되지 않았어. 그런데 벌써 지쳤을 리가 있겠어? 내가 보기엔 다른 것에 이유가 있을 것 같아."

도네의 말에 렉스는 고개를 돌려 그녀의 얼굴을 바라보았다. 도네의 얼굴은 여전히 화려했고 아름다웠다. 또한 당당했고, 도도했으며, 우아하기 이를 데 없었다. 한 사람의 얼굴에서 이렇게 다양한 느낌을 받는다는 것은 정말 신기한 일이었다.

"내가 보기에 이전의 렉스에게는 목표가 있었어. 죽은 부모의 원수를 갚기 위해 스스로의 몸을 단련해야만 한다는 그런 목표 말이야. 그때 내가 도와주겠다는 걸 렉스는 분명히 거절했잖아. 스스로 복수를 하겠다고 말이야. 하지만 어느 순간부터인가—아마 내 생각에는 레이노스 시에 들른 후부터인 것 같아—본인은 모르겠지만 렉스는 조금씩 변해 왔어. 안드레이를 만나고, 샤리프를 만나고, 다른 일행들을 만나면서 계속해서 변해가다가 하이렌을 만난 후 무엇 때문인지 알 수는 없지만 렉스는 완전히 변해 버렸어. 우선 목표가 없어진 것 같아. 전에 비해 한결 부드러워진 것은 환영할 일이지만 문제는 너무 부드러워져 목표

의식마저 희미해졌다는 거야. 모든 일을 혼자 알아서 해야 하는 이전과는 달리 도와줄 동료가 생겼기 때문인지, 아니면 국왕과 하이렌이란 녀석을 용서했기 때문인지는 모르지만 말이야."

"요, 용서하다니 누가 누굴 용서했다는 거야?"

렉스의 대꾸에 도네는 그의 얼굴을 똑바로 바라보며 다시 물었다.

"정말 용서하지 않은 것이 확실해? 그럼 국왕과 황태자에게 복수하겠단 말이야?"

도네의 반문에 렉스는 몇 번이나 입을 열려고 했지만 결국 아무 대꾸도 하지 못했다.

어쩌면 도네의 지적이 사실일지도 몰랐다. 동료들을 만나고, 특히 하이렌을 만난 후부터는 복수를 해야겠다는 생각이 왠지 시간이 지날수록 점점 희미해지고 있다는 것을 스스로도 이미 느끼고 있었다. 이래서는 안 된다고, 억울하게 목숨을 잃은 부모의 원수를 갚아야 한다고 스스로에게 다짐을 하면서도 하이렌을 볼 때마다 과거 누구보다 다정하고 가까웠던 그와의 기억을 떠올리지 않을 수 없었다. 하지만 절대 아리오 부자를 용서한 것은 아니었다.

만약 이전에 아리오 국왕을 만났다면 무조건 검부터 휘둘렀겠지만 지금은 자신이 어떻게 행동할지 자신할 수 없다는 점이 렉스를 괴롭히고 있었다. 그런 탓에 오히려 검은 달 교단의 어쎄신들과의 싸움에 전력을 다하고 있지만 그때마다 보아야 하는 피가 지겹다는 생각이 드는 것만은 피할 수가 없었다.

"내가 아는 넌 누군가를 미워할 사람이 못 돼. 일전에 검은 달 교단의 신도들과의 싸움이 있은 후 그 일 때문에 며칠 동안이나 괴로워했잖아. 안 그런 척해도 내 눈까지 속일 순 없어. 물론 내가 인간인 렉스를 모두 이해할 수 있다는 것은 거짓이겠지만 적어도 렉스가 괴로워하는 모습만큼은 보고 싶지 않아. 알겠어?'

"설마 도네가 나에게 이렇게까지 신경 쓰고 있을 줄은 상상도 못했는데? 하지만 난 괜찮아. 도네의 말을 듣고 이젠 멀쩡해졌어. 나쁜 놈들을 싹 쓸어버리고 마음 편하게 여행이나 했으면 좋겠다. 그러려면 일단 검은 달 교단 녀석들부터 끝장내야겠지. 다들 기운 내. 조금만 더 노력하면 금세 끝날 테니까 말이야."

"너만 기운 차리면 돼. 조금 전까지 풀이 죽어 삶아놓은 채소처럼 축 늘어져 있던 녀석이 대체 누굴 보고 기운 차리란 거야?"

렉스의 말에 메디안이 당장 한소리를 했다.

"뭐? 귀탱이, 방금 뭐라고 했냐?"

"귀탱이? 그게 뭐야? 설마 내 이 우아한 귀를 가리키는 말은 아니겠지?"

"우아? 놀고 있네. 네가 우아하다는 말과 쥐꼬리만큼이라도 연관이 있다고 생각하냐?"

"열흘 동안 곪은 강아지처럼 비실비실거리는 꼴이 불쌍해서 좋게 봐주려고 해도 넌 워낙 싸가지가 없어서 도저히 좋게 봐줄 수가 없어."

"강아지? 비실비실? 야, 귀탱이! 말이면 다 말인 줄 알아? 어디서 덜떨어진 엘프가 감히 이 렉스님께 뭐라고 그러는 거야?"

두 사람이 말다툼을 시작하자 곁에 있던 사람들은 한숨과 함께 고개를 흔들었지만 왠지 평상시로 돌아왔다는 느낌이 들었다. 그러면서도 도네의 눈치를 보는 것을 잊지 않았다.

열심히(?) 메디안과 입씨름을 하던 렉스가 갑자기 손을 들어 메디안을 제지했다.

"잠깐만 기다려, 조금 있다 실컷 상대해 줄 테니까."

그리고는 품에서 손바닥만한 거울을 꺼내 들고는 즉시 거울에 붙어 있는 붉은 보석에 마나를 주입했다.

—렉스님! 제가 보이십니까?

"샤리프님이시군요. 어쩐 일이십니까?"

—이쪽에 작은 문제가 생겼습니다. 그래서 이렇게 연락을 하게 된 겁니다.

거울 안에는 샤리프와 그의 뒤에 일행들의 모습이 보였다. 일견하기에 모두 별일은 없어 보였다.

"문제라니… 어떤 문제를 말씀하시는 겁니까?"

—다름이 아니라 제가 맡은 곳이 어쎄신들의 훈련 기관이었습니다. 어쎄신들과 납치된 아이들을 훈련시키던 교관을 생포하는 데는 성공을 했습니다만, 문제는 그들에게 훈련을 받고 있던 아이들을 어떻게 처리해야 좋을지 몰라 이렇게 연락을 한 것입니다.

"아! 그리고 보니 납치된 아이들의 처리 문제를 미처 상의하지 못했군요. 그래 아이들의 숫자는 얼마나 됩니까?"

—그것이 생각보다 많아서 약 470명 정도 됩니다.

"470명? 그렇게 많습니까?"

—저희들도 예상 밖이었습니다. 야외에서 훈련하던 아이들 300명 정도가 전부인 줄 알았었는데 알고 보니 지하 훈련장에서도 상당한 숫자의 아이들이 훈련을 받고 있더군요. 어쎄신들과 교관들은 모두 제압해 크리샨트님께서 슈틸러 분지로 보내 버렸습니다만 생포한 아이들은 어떻게 처리해야 좋을지 모르겠습니다.

샤리프의 말에 사람들은 고개를 갸웃거렸다.

물론 쉬운 일은 아니지만 아이들을 가까운 도시로 데려가 각자의 집으로 돌려보내면 될 것이 아닌가? 납치된 아이들이 대부분 10여 세쯤이었으니까 모두들 자신들의 집을 분명히 기억하고 있을 것이 분명했기에 샤리프의 말은 좀처럼 이해가 가지 않았다.

　그런 일행들의 내심을 짐작이라 한 듯 샤리프가 말을 이었다.

　─무슨 수법을 썼는지 아이들의 과거의 기억을 모두 지워 버려 단 하나도 기억하는 것이 없었습니다. 크리샨트님의 말씀으로는 몇 가지 약초와 최면술로 과거의 기억을 몽땅 지워 버린 것 같다고 말씀하셨습니다. 물론 시일을 두고 방법을 찾아보면 아이들의 기억을 되살릴 방법을 찾을 수도 있겠지만 지금 저희에게는 그럴 만한 시간이 없지 않습니까? 그래서……

　"죽일 놈들, 그래서 아이들이 과거의 일을 전혀 기억하지 못한단 말씀이십니까?"

　─안타깝지만 그렇습니다.

　샤리프의 대답에 렉스와 일행들 모두 이를 갈았다.

　"아이들의 상태는 어떻습니까?"

　─다행히도 모두들 건강합니다. 지속적인 훈련을 받아서인지 몸은 상당히 튼튼합니다.

　"그 아이들을 생포하는 데 고생이 많았겠군요."

　─몇 사람이 다치기는 했지만 큰일은 없었습니다.

　"갑작스러운 일이라… 잠시만 생각할 시간을 주시겠습니까?"

　─알겠습니다. 일단 이곳에서 입수한 정보를 분석할 시간도 필요하니 천천히 연락주시기 바랍니다.

　"샤리프님, 계속 수고해 주시기 바랍니다."

─렉스님도 조심하십시오. 그럼…….

거울에서 샤리프의 모습이 사라지자 렉스는 잠시 생각에 빠졌다가 자신의 생각을 일행들에게 이야기했다.

"일단 아이들을 일정한 지역에 모아두는 것이 좋을 듯한데 다른 사람들 생각은 어때?"

"그것이 가장 좋은 방법이기는 하지만 문제는 어디에 아이들을 모아두느냐는 겁니다. 기존의 어쎄신이나 검은 달 교단의 신도들과는 달리 이번엔 아이들뿐이니 그들을 보살필 사람도 필요하고, 또 아이들의 기억을 되살릴 치료법도 강구해야 하지 않겠습니까?"

한동안 말없이 지냈던 크레이였기에 사람들의 시선이 일제히 그에게로 쏠렸다.

"네가 웬일이야, 의견을 다 말하고?"

"나설 자격이 없다는 것은 압니다만 저들의 소행이 너무 악독해서 참을 수가 없었습니다. 아이들을 납치한 것으로도 부족해 기억을 몽땅 지워 버렸다니… 이게 말이 되는 소립니까? 따지고 보면 지금 검은 달 교단의 어쎄신들 역시 어린 나이에 납치당해 아이들이 당하는 것과 같은 방식으로 과거를 모두 잃어버린 후 어쎄신이 된 것인지도 모르지 않습니까? 만약 그들의 기억을 되살릴 수만 있다면 검은 달 교단에 커다란 타격을 줄 수 있을지도 모릅니다."

"그럴 수도 있겠지."

"이번 일은 황태잔가 뭔가 하는 녀석에게 그냥 맡겨 버리지 그래?"

"뭐?"

렉스의 대꾸에 샤이베리아의 표정이 단번에 매서워졌다. 아무리 들어도 렉스의 반말은 좀처럼 익숙해지지 않았다. 하지만 도네 앞이다

보니 함부로 발작할 수도 없어 꾹 눌러 참을 수밖에 없었다.

"여태까지 황태자란 녀석이나 국왕이란 녀석이 한 일이 뭐가 있어? 암살당할 뻔한 것을 구해줘, 검은 달 교단의 어쎄신들과 대신 싸워줘, 쿠데타가 일어날 뻔한 것을 대신 막아줘, 게다가 포로 처리까지 알아서 다 해줬더니 이제는 뭐, 납치당했던 꼬마 녀석들의 뒤처리까지 맡아야 한단 말이야? 네 까짓 게 뭐 전지전능한 신이나 세상을 구할 성자라도 되는 줄 알아? 네 곁에 있는 도네님이나 크리샨트님, 그리고 다른 동료들이 없었다면 어림 반 푼어치도 없는 일이잖아. 한 번에 한 가지씩만 해. 나머지는 다른 녀석들이 알아서 처리하도록 하고 말이야."

샤이베리아의 말에 렉스는 어지러웠던 머리 속이 단번에 개는 것 같은 느낌이 들었다.

언제부터인지 자신을 중심으로 사람들이 모였다고 생각하다 보니 자신이 나서는 것이 당연하다고 생각했었고, 그래서 발생한 모든 문제를 자신이 풀어야 한다는 강박 관념에 시달리게 되었다. 그렇다 보니 자연 도네나 주위 사람들에게 불편을 끼치게 되었고, 상황이 개선되기는커녕 시간이 지나면 지날수록 더욱 많이, 더욱 자주 부탁을 할 수밖에 없었다. 아마도 그런 탓에 자신이 요즘 들어 무기력해진 것 같다는 생각이 들었던 것 같다.

그윽한(?) 눈으로 샤이베리아를 바라보던 렉스는 돌연 그녀에게 발걸음을 옮겼다. 렉스의 표정에서 이상함을 느끼고 황급히 뒤로 물러나려고 했지만 샤이베리아의 몸놀림보다 렉스의 움직임이 몇 배는 빨랐다. 렉스에게 어깨를 붙잡힌 샤이베리아는 자신도 모르게 어깨를 잡은 렉스보다 얼음장처럼 싸늘한 표정을 지으며 실눈을 뜨고 있는 도네를 먼저 봤다.

"무슨 짓이야, 이게?"

"샤이베리아, 네가 이렇게 사랑스러울 줄은 미처 몰랐어. 그래, 네 말이 맞아. 내가 그동안 상당히 멍청하게 생각하고, 어리석게 행동했던 것 같다. 이런 날 깨우쳐 줘서 고맙다, 샤이베리아."

그리고는 그녀의 이마에 가볍게 입맞춤해 주었다. 정말 가벼운 입맞춤이었다. 하지만 그 순간 사람들은 눈 깜빡할 사이에 시간이 지나 겨울의 차가운 북풍이 휘몰아친 것은 아닐까 하는 서늘한 공기를 느껴야만 했다. 샤이베리아마저 부들부들 떨고 있었는데 정작 사건의 당사자인 렉스는 전혀 느끼지 못한 것인지 태연한 얼굴로 도네 곁으로 갔다. 그리고는 그녀의 볼에 가볍게 키스하고는 감사의 인사를 했다.

"고마워, 도네."

"고맙다니? 그게 무슨 소리야, 렉스?"

"도네가 아니었으면 내가 어떻게 샤이베리아와 만났겠어? 날 일깨워 준 샤이베리아를 만난 것이 도네 때문이니까 도네에게 고맙다는 인사를 해야지 않겠어?"

사랑이 가득 담긴 렉스의 키스 한 번, 말 한마디에 도네의 표정은 눈 녹듯 풀어졌다.

"그거야 내가 렉스를 만났기 때문에 샤이베리아와 만날 수 있었던 거잖아. 그러니까 나에게 고마워할 필요는 없어."

"아니, 그렇지 않아. 내가 도네를 만나지 못했다면 어떻게……."

두 사람의 서로에 대한 칭찬은 끝날 줄 몰랐고, 곁에서 그 모습을 지켜보던 사람들은 역시나 닭살스런 결말에 고개를 저으며 몸서리쳐야만 했다.

잠시 동안 주위 사람들의 눈을 뜨지 못하게 하는 만행(?)을 저지르던 렉스는 도네의 팔을 잡고 자리에서 일어나서는 일행들에게 말했다.

"잠깐 포얀에 다녀올 테니까 어디 가지 말고 여기서 기다려."

"워프!"

도네가 시동어를 외치는 순간 두 사람의 모습은 일행들의 시야에서 감쪽같이 사라졌다.

두 사람이 사라지자 일순간 일행들 사이에서는 어색한 기운이 감돌았다. 일행들의 시선은 자연스럽게 샤이베리아에게로 향했고, 샤이베리아는 갑자기 일행들이 자신을 바라보자 어색한 표정을 지으며 말했다.

"뭐야, 왜 날 보는 거야?"

"그걸 몰라서 묻는 겁니까? 멍청하게?"

"뭐? 너, 너, 지금 뭐라고 했어? 감히 나에게 멍청하다고 했냐?"

샤이베리아의 살벌한 시선이 메디안에게 쏟아졌지만 정작 사건을 일으킨 메디안의 반응은 퉁명스럽기 이를 데 없었다.

"당연한 걸 묻는데 그럼 멍청하다고 하지 뭐라고 합니까?"

"너, 너⋯⋯!"

샤이베리아는 치미는 분노를 참지 못해 얼굴이 새빨갛게 변했고, 그녀의 몸에서는 새파란 전류가 쉴 새 없이 뿜어져 나왔다. 그녀 곁에 있던 사람들은 황급히 물러섰고, 시간이 지날수록 공중에 방전되는 전류의 양은 급격히 늘어 삽시간에 샤이베리아의 몸을 완전히 뒤덮었다. 그녀가 블루 드래곤임을 적나라하게 증명하는 순간이었다. 하지만 메디안은 여전히 샤이베리아가 왜 화를 내는 것인지 전혀 이해하지 못하고 있었다.

"잠깐! 모두들 조용히 해보십시오."

로제트의 말에 사람들의 시선이 일제히 그에게로 쏠렸다.

"뭐야?"

"지금 상당한 숫자의 사람들이 이쪽으로 몰려오고 있습니다."

로제트의 말에 누구보다 관심을 보인 사람은 메디안이었다.

"상당한 숫자라니? 얼마나 되는데?"

"자세한 것은 알 수 없지만 최소 100명 이상은 되는 것 같소. 게다가 기마대인지 말발굽 소리도 들리니 일단은 주의하는 것이 좋을 것 같소."

로제트의 말에 사람들은 모두 긴장한 얼굴을 한 채 무기를 꺼내 들었다.

일행들이 긴장한 모습으로 잠시 기다리니 서쪽 저 멀리서부터 자욱하게 흙먼지가 일어나더니 점점 일행들 쪽으로 빠르게 다가왔다. 동시에 지축이 흔들리는 듯한 말발굽 소리가 들려왔다.

두두두두—

수십 마리의 말들이 순식간에 일행들을 스치고 지나갔다. 하지만 뒤에서 쫓아온 자들의 속도가 더욱 빨라 이내 도망치듯 말을 몰던 자들의 앞을 가로막아 그들을 멈추게 만들더니, 곧 그들을 포위하기 시작했다.

포위당한 자들은 정규 기사 복장을 한 자들이었는데 그들의 수는 70여 명이었지만 그들을 포위한 검은 복장을 한 자들은 두 배가 넘는 150여 명이었다. 이미 한차례 격전을 치렀는지 그들의 복장은 엉망이었다. 누가 봐도 정규 기사들의 열세라는 것을 한눈에 알 수 있었다.

근처에 샤이베리아와 일행들이 있었건만 두 무리 가운데 어느 누구도 그들에게 신경 쓰는 사람은 없었다.

검은 복장을 하고 있던 자들 가운데 보기에도 살벌해 보이는 모닝스타를 들고 있던 중년 사내는 무기를 뽑아 든 채 자신을 노려보고 있는 기사들을 가소롭다는 표정으로 바라봤다.

"아직도 우리에게 대항할 생각을 버리지 않았는가?"

"닥쳐라! 감히 우리 루안로바스 성기사단에게 검을 겨누고도 멀쩡히 살아남을 수 있을 줄 아느냐?"

"호호호, 정말 가소로운 놈들이군. 너희들이야말로 감히 아모데우스 님께 대항을 하고도 살아남을 수 있을 줄 아느냐? 흥! 너희들은 오늘 이곳에서 모조리 죽는다. 공격해라!"

중년 사내의 명령에 검은 복장을 한 자들이 일제히 공격하려는 순간 날카로운 여인의 음성이 들렸다.

"멈춰!"

그러나 그들에게 들리기엔 샤이베리아의 목소리는 너무도 가냘프고, 또 작았다. 그렇다고 그걸 이해할 샤이베리아가 아니었다.

그러는 사이 루안로바스의 성기사단과 검은 달 교단의 어쎄신으로 보이는 검은 복장의 사내들 사이에 일대 혼전이 벌어졌다. 그 광경을 지켜보던 샤이베리아의 눈썹이 하늘 높은 줄 모르고 치켜 올라갔다.

"감히 이것들이 내 말을 뭘로 알고……!"

다시금 그녀의 전신이 새파란 전류로 휘감겼다. 일행들은 황급히 뒤로 물러나 조금은 긴장한 눈으로 샤이베리아를 바라봤다.

"모조리 죽여주마. 메가 라이트닝!"

시동어와 함께 양손을 허공을 향해 들어 올리자 그녀의 손에서 새하얀 빛이 허공으로 뻗어 올라갔다 20파렌쯤 되는 곳에서 잠시 멈추는가 싶더니 눈부신 속도로 지면을 향해 쏟아졌다. 마치 비 오는 날 벼락이 떨어지는 것처럼.

콰콰콰~ 쾅~

폭음과 함께 자욱한 흙먼지가 주위를 순식간에 온통 암흑으로 만들어 버렸다.

수십 파렌까지 치솟았던 흙먼지가 어느 정도 가라앉는 데 거의 10여 분에 가까운 시간이 흘러야 했다. 이윽고 흙먼지가 가라앉은 후 드러난 광경은 단 한 번의 벼락이 만들어낸 광경이라고 보기엔 믿을 수 없을 정도로 엄청났다.

벼락이 떨어진 곳에는 커다란 웅덩이가 패여 있었고, 웅덩이 주위로 수십 명의 사람과 20여 마리의 말들이 쓰러져 있었다. 10여 명은 새카맣게 타 연기가 피어오르고 있었고, 부상을 입은 사람도 군데군데 까맣게 그슬린 채 신음을 흘리고 있었다. 벼락에 직격당한 말들은 복부가 터져 쓰러져 있었고, 황급히 뒤로 물러난 사람들도 흙먼지를 뒤집어쓴 채 황당함을 감추지 못하고 있었다.

"지금부터 움직이는 놈들은 목숨을 포기한 것으로 간주하고 싸그리 죽여주겠다."

서슬 퍼런 샤이베리아의 음성에 200여 명의 사내들은 황당함과 의아함을 감추지 못하면서도 움직일 생각을 하지 못하고 있었다. 특히 성기사단을 포위해 몰살시킬 찬스를 놓친 중년 사내는 속으로 이를 갈면서도 샤이베리아와 일행들의 정체에 대해 궁금증을 감출 수 없었다.

"넌 누구냐?"

"너? 건방진 놈, 감히 누구에게! 매직 미사일!"

샤이베리아의 손짓에 따라 수십 발의 매직 미사일이 중년 사내를 향해 날아갔고, 중년 사내는 황급히 모닝스타에 마나를 집어넣고 휘두르며 매직 미사일을 막아냈다.

퍼퍼퍼~ 펑~

폭음과 함께 중년 사내 몸 주위로 자욱한 흙먼지가 일었다. 워낙 강력한 폭발이었기에 그 폭발의 여력으로 흙먼지가 가라앉고 나타난 중년 사내의 모습은 처참하기 이를 데 없었다.

그가 걸치고 있던 검은 복장은 곳곳이 찢기고, 타고, 구멍이 뚫리고, 너덜너덜하게 변했다. 내부에 부상을 입었는지 입에서는 끝없이 선혈을 흘리고 있었다. 지면에 무릎을 꿇고 계속해서 피를 게워내고 있는 중년 사내의 모습에 사람들은 몸서리를 쳐야만 했다.

"다시 한 번 경고하겠는데 눈썹 하나도 움직이지 마. 내 경고를 무시하는 놈은 그놈은 물론 주위에 있는 놈까지 덤으로 죽여줄 테니까."

샤이베리아의 음성은 그리 크지 않았지만 그녀의 음성을 듣지 못한 사람은 없었다. 모두가 꼼짝도 하지 못하고 있는 것을 보고서야 샤이베리아는 만족스러운 듯 고개를 끄덕였다.

"너흰 루안로바스 교단의 성기사들이냐?"

정체도 알 수 없는 소녀가 백작의 작위를 가지고 있는 자신에게 함부로 하대를 함에도 불구하고 조금 전 그녀가 보여준 압도적인 힘에 굴복할 수밖에 없는 자신의 처지를 한탄하며 셀더가 한 발 앞으로 나서서 기사단을 대신해 대답했다.

"레이디의 말씀대로 저희는 루안로바스 성기사단입니다."

"그럼 너희를 공격하던 저 자식들은 검은 달 교단의 어쌔신들이냐?"

"예? 그럼 저들이 검은 달 교단의 어쌔신들이란 말씀이십니까?"

샤이베리아의 말에 셀더는 그제야 자신이 조금 전 아가일이 아모데우스를 거론했을 때 왜 그냥 흘려들었는지 자신의 어리석음을 탓하며 검은 복장을 걸친 자들을 쳐다보았다. 놀라기는 중년 사내 아가일도 마찬가지였다. 저 어린 소녀가 어떻게 자신들을 알고 있는 것인지 전혀 짐작할 수 없었기에 그의 놀라움은 상당한 것이었다.

"멍청한 놈! 그럼 넌 누가 너희들을 공격하는지도 모르면서 정신없이 도망쳤단 말이냐?"

"갑자기 기습을 당해서… 전열을 가다듬기 위해 잠시 후퇴를……."

"놀고 있네. 그러니까 이른바 작전상 후퇴를 한 것이란 말이야?"

조롱을 하는 듯한 샤이베리아의 말에 셸더는 얼굴을 붉힐 뿐 아무런 말도 할 수 없었다. 아무리 좋은 말로 포장한다고 하더라도 결과가 바뀌는 것은 아니기 때문이었다. 하지만 정체도 모르는 소녀에게 계속 힐문을 당하자 솔직히 점점 불쾌한 기분이 드는 것만은 어쩔 수 없었다.

"저 빌어먹을 자식들만 아니었으면 적당한 모험도 하고, 보물도 얻고, 재수가 좋으면 좋은 동료와 사랑과 우정을 경험해 봤을지도 모르는데… 빌어먹을, 이게 뭐야? 매일 죽이고, 죽고 하는 것을 빼면 아무것도 한 것이 없잖아."

도저히 예쁘장하게 생긴 소녀의 입에서 흘러나올 만한 이야기가 아니었다. 물론 샤이베리아 일행들이야 그녀의 정체를 알고 있으니 그녀가 무슨 뜻으로 그런 말을 하는 것인지 이해가 갔지만 200여 명의 사내들은 난데없는 소녀의 푸념을 자신들이 왜 듣고 있어야 하는 것인지 도무지 이해가 되지 않았다.

아가일은 지금 자신에게 벌어지고 있는 상황이 비현실적인 일인 것처럼 느껴졌다. 조금 전 소녀가 보여준 어마어마한 마법도 비현실적이고, 소드 마스터 중급에 달하는 자신이 소녀에게 무참하게 당한 것도 비현실적이었고, 그 소녀에게 꼼짝도 못하고 있는 지금 이 상황도 비현실적인 상황이었다.

그런 생각을 하고 있을 때 갑자기 허공의 한 부분이 소용돌이치는 것처럼 일그러지다 펴지더니 두 사람의 모습이 갑자기 나타났다.

환상적인 아름다움을 가진 빨강 머리 미녀와 금발 청년.

지면에 내려서자마자 입을 여는 금발 청년의 말에 아가일은 다시 한 번 황당함을 느껴야만 했다.

"저 자식들은 뭐야?"

"루안로바스 성기사단과 검은 달 교단의 어쎄신."

퉁명스러운 샤이베리아의 대꾸에 렉스는 놀랐다는 표정을 지으며 샤이베리아를 바라봤다.

"그럼 이 녀석들을 네가 몽땅 사로잡은 거야?"

렉스의 말에 성기사들이나 어쎄신들의 얼굴 표정이 어떻게 변했을지 물을 필요도 없는 일이었다. 그렇기는 다른 일행들의 얼굴도 마찬가지였다.

"야, 렉스."

"왜?"

"넌 같은 인간이잖아. 쟤들은 사냥감이나 물건이 아니라는 걸 몰라?"

"흥! 공명심에 불타 룰루랄라거리며 야유회나 나오듯 행차하신 덜떨어진 기사단이나 그런 기사단을 죽이려고 쫓아다니는 녀석들을 그럼 어떻게 말할까? 고귀하신 성기사단의 기사님들께서 세상을 어지럽히는 세력을 단죄하기 위해 세상에 나오셨다가 불의의 기습을 당해 쫓기시다니… 제가 여러분들을 돕겠습니다. 시켜만 주신다면 무슨 일이든 기꺼이 헌신하겠습니다. 내가 이렇게 말해야 한다는 거야?"

렉스의 독설에 말을 꺼냈던 메디안은 한마디의 대꾸도 하지 못했다. 아니, 일행들을 포함해 성기사들이나 어쎄신들 역시 그저 멍한 얼굴로 렉스를 바라볼 뿐이었다.

"제르지온 부단장."

렉스의 갑작스런 부름에 로제트는 깜짝 놀라며 황급히 대답했다.

"부르셨습니까, 단장님?"

"지금 즉시 저들을 무장 해제시키도록. 반항하는 자들은 마음대로 해도 좋다."

"루안로바스 성기사단까지 말입니까?"

"부단장, 성기사들은 내가 말한 저들에 포함이 안 된다고 생각하나?"

렉스의 싸늘한 말에 로제트는 즉시 고개를 숙였다. 그러면서 그동안의 경험을 통해 지금 렉스의 심사가 상당히 꼬여 있다는 것을 직감했다. 이럴 때 렉스를 건드리는 것은 성질난 드래곤의 코털을 뽑는 것만큼이나 지극히 어리석고 위험한 일이었다.

로제트가 손을 번쩍 들자 주위에서 150여 명에 달하는 갖가지 복장을 한 사람들이 나타났고, 성기사단과 어쎄신들을 포위했다. 뜻하지 않은 사태에 성기사단의 기사들은 당황하며 자신들의 리더인 셀더를 쳐다봤다.

당황하기는 셀더 역시 마찬가지였다.

조금 전 자신들을 비난했던 점, 또 자신들의 신분을 알면서도 무장 해제하려고 하는 것을 보면 자신들에게 별로 호의적이 아니라는 것은 쉽게 짐작할 수 있는 일이었다. 문제는 자존심이 상하더라도 순순히 이들의 지시에 따를 것인지, 아니면 기사의 명예를 지키기 위해 이들의 요구를 거부해야 할 것인지 쉽사리 결정을 내릴 수 없었다.

"난 루안로바스 교단의 성기사단 가운데 3대대를 맡고 있는 셸더 호베른 백작이오."

"그런데?"

셸더는 자신이 신분을 밝혔음에도 불구하고 여전히 반말로 일관하는 렉스의 태도에 그의 신분이 무엇인지 궁금하지 않을 수 없었다.

"귀하의 신분을 알 수 있겠소?"

"신분? 후후후, 그러니까 별 볼일 없는 놈 같으면 그냥 두지 않겠다, 이런 말씀이신가?"

"그, 그런 것은 아니지만……."

렉스의 노골적인 대꾸에 셸더는 자신도 모르게 말을 더듬었다.

"그런 것이 아니라면 내 신분은 왜 묻는 거지?"

"내 신분이 백작이라고 밝혔음에도 불구하고 계속 하대를 하는 것을 보면 귀하의 신분이 최소 백작 이상이라는 말인데… 난 한 번도 귀하처럼 젊은 나이의 후작이 있음을 들어본 적이 없소. 게다가 내가 아는 한 백작의 작위를 가진 귀족들 가운데에서도 귀하처럼 젊은 사람이 있다는 말은 들어본 적이 없기 때문이오."

"그래서 무장 해제를 못하겠다는 말이야?"

"그건 아니지만… 실례가 안 된다면 알고 싶소."

"네가 감당할 수 없을 정도로 내 신분은 높아. 황태자인 하이렌조차도 인정할 만큼 말이야. 왜, 의심스러워?"

렉스가 말과 함께 내민 것은 자르니오스였다. 그 검을 본 즉시 셸더는 그 자리에서 무릎을 꿇고 고개를 숙였다.

"셸더 호베른이 국왕의 검인 자르니오스를 배알합니다."

셸더의 말에 잠시 어리둥절함을 감추지 못하고 있던 성기사들은 렉스가 내민 검을 발견하고는 황급히 무릎을 꿇었다.

"국왕 폐하의 충실한 종 루안로바스 성기사단이 자르니오스를 배알합니다."

"이 검이 자르니오스라는 것을 인정하는가?"

"인정합니다. 자르니오스의 폼멜에 달려 있는 그 루비는 자르츠 교단의 보물인 '자르츠의 눈'이 아닙니까? 국왕 폐하께 작위를 수여받을 때 직접 보았기에 분명히 알고 있습니다. 세상에서 그렇게 크고 선명한 루비는 자르츠의 눈뿐인 것으로 알고 있습니다."

"일어나라."

"감사합니다."

셸더가 자리에서 일어나자 나머지 성기사들도 모두 일어섰다. 렉스의 눈이 검은 달 교단의 어쎄신들 쪽으로 향하자 셸더가 즉시 부하들에게 지시를 내려 무장 해제하도록 했다. 성기사들이 무장 해제하는 동안 어쎄신들은 어쩔 줄을 모르고 있었다.

렉스의 지시를 따를 수도, 그렇다고 수적인 열세에도 불구하고 대항해야 할지 결론을 내릴 수도 없었다.

"뭐야, 너희들은 내 지시를 거부하겠다는 거야? 그렇다면 용서할 수 없지. 부단장, 뭘 하는 건가?"

"아, 알겠습니다, 단장님. 공격하라!"

로제트의 명령에 그린 윙 기사단의 단원들은 일제히 어쎄신들을 향해 달려들었다. 그 모습에 메디안은 환하게 웃음을 지으면서 어쎄신들을 향해 몸을 날렸다. 우왕좌왕하던 어쎄신들은 그린 윙 기사단 단원들의 갑작스런 공격에 맥없이 밀렸고, 그 모습을 본 아가일은 곧 결심한 듯 부하들에게 명령을 했다.

"교단의 적들이다. 교단을 위해 너희들을 헌신해라."

아가일의 명령에 어쎄신들의 얼굴이 일변했다. 우왕좌왕하던 모습은 마치 거짓말처럼 사라지더니 각자의 무기를 휘두르며 무조건 앞을 향해 달려들었다. 갑작스런 변화에 이번엔 그린 윙 기사단의 단원들이 당황해 뒷걸음질 쳤다.

그 모습을 발견한 렉스는 눈살을 찌푸리더니 곁에 있던 도네에게 입을 열었다.

"잠깐 다녀올게."

미처 도네가 뭐라고 할 사이도 없이 클레이모어를 뽑아 든 렉스는 그린 윙 기사단 단원들의 어깨를 밟고 뛰어넘어 그대로 어쎄신들을 향해 몸을 날렸다.

"차앗! 소드 발칸 샷!"

크게 휘두른 클레이모어에서 수십 개의 푸른빛을 띤 주먹만한 빛덩이가 어쎄신들에게 날아갔다.

퍼퍼퍼~ 펑~

요란한 소리와 함께 빛덩이에 적중된 어쎄신들은 비명과 함께 몇 파렌 밖으로 맥없이 날아갔다. 그 모습을 확인하지도 않은 채 렉스는 재차 클레이모어를 휘둘렀다.

"스윙 샷!"

달무리를 반으로 잘라놓은 것처럼 생긴 초승달 모양의 마나덩어리가 전면을 향해 날아갔다. 자욱한 흙먼지 속에서 갑자기 날아온 푸른 빛덩어리에 부딪치는 순간 어쎄신들의 몸은 산산조각이 나서 사방으로 날아갔다.

콰콰쾅!

폭음과 함께 엄청난 소용돌이가 주위를 휩쓸었다. 소용돌이에 휩쓸린 어쎄신들은 허공으로 치솟아 10여 파렌 이상 날아갔다가 지면으로 떨어졌다.

단 두 번의 공격으로 혈전은 삽시간에 멈춰졌다. 어쎄신들을 공격하던 단원들이나 공격당한 어쎄신들이나 벌린 입을 다물지 못했다. 수십 파렌 높이까지 치솟았던 흙먼지가 입으로 고스란히 들어가건만 한 번 벌어진 입은 다물어질 줄을 몰랐다.

"뭐 하고 있어? 언제까지 구경만 하고 있을 거야?"

클레이모어를 검집에 집어넣으며 렉스가 신경질적으로 외치자 가장 먼저 정신을 차린 로제트가 단원들에게 지시를 내렸다.

"어서 어쎄신들의 무장을 해제시키고 모조리 포박해라!"

그제야 정신을 차린 단원들은 어쎄신들에게 다가갔고, 어쎄신들은 자신들에게 다가오는 그린 윙 기사단의 단원들을 발견했지만 감히 그들에게 무기를 겨눌 생각도 하지 못했다. 어쎄신들 가운데 누군가가 지면에 무기를 떨어뜨리자 누가 먼저라고 할 것도 없이 늦가을 낙엽처럼 무기들이 지면을 나뒹굴었다.

단원들은 신속히 어쎄신들의 무기를 회수함과 동시에 가지고 있던 가죽 끈으로 그들의 손과 발을 꼼짝도 할 수 없을 정도로 꽁꽁 묶었다. 렉스의 두 번의 공격에 당한 어쎄신들의 수도 적지 않아 거의 30여 명의 어쎄신들이 공격당한 부위를 움켜쥐며 쓰러져 신음을 흘리고 있었다.

차라리 검에 당한 상처라면 피가 흐르니 힐링 포션을 뿌리고 가죽 끈으로 포박하면 되겠지만 쓰러져 있는 어쎄신 대부분이 신체 어딘가를 움켜쥐고 신음을 토할 뿐이었기에 단원들은 잠시 동안 어쩔 줄 몰라 우물쭈물할 뿐이었다.

그때 나선 사람이 블랙 이글 기사단의 단원인 마에스와 단원들이었다. 그들은 일단 무조건 어쎄신들을 가죽 끈으로 포박한 후 한쪽으로 따로 모았다. 그들의 행동은 조금의 망설임도, 허둥댐도 없었다. 마치 오랜 시간 동안 그 일만 해왔던 사람들처럼 익숙해 보이기까지 했다.

어느 정도 장내가 정리되자 렉스는 아가일 앞으로 걸음을 옮겼다.

"그대가 이들의 인솔자인가?"

"그렇다! 그보다 그대들은 누구인가?"

"우리? 우리는 그린 윙 기사단이다."

"그린 윙 기사단? 그대는 날 놀리는 것인가?"

아가일의 얼굴이 일그러졌다. 그런 아가일의 반응에 다른 사람들은 그냥 듣고 있었지만 로제트만은 달랐다.

"우리가 그린 윙 기사단이라는데 그것이 왜 그대를 놀린다는 거지?"

"그린 윙 기사단이 산적이나 도둑이 되었다는 것은 이미 알 만한 사람들은 다 알고 있는 사실이다. 그런데 그대들이 그린 윙 기사단이라니… 지나가는 개들이 다 웃을 일이군."

아가일의 독설에 로제트는 굳게 입을 다문 채 아가일을 노려봤다. 그 눈초리가 얼마나 살벌했던지 평소 장사꾼 같은 외모를 한 그를 우습게 생각했던 일행들은 일순간 속이 뜨끔할 정도였다.

"하하하, 맞는 말이야. 전부 산적이나 도둑으로 직업을 바꿨었지. 하지만 장사가 안 돼서 다시 이렇게 모였어, 보다시피 말이야. 그건 그렇고……."

퍽!

웃음을 띠며 말을 하던 렉스가 아가일의 턱을 사정없이 가격했다.

"이 싸가지없는 자식이 왜 하라는 대답은 안 하고 엉뚱한 소리를 하는 거야?!"

갑자기 돌변한 렉스의 행동에 아가일은 멍한 얼굴로 렉스를 바라봤다. 하지만 렉스는 여전히 얼굴에 웃음을 걸고 있었다. 그런 렉스가 도저히 정상인처럼 보이지 않았다.

"몸수색을 해봐."

렉스의 말에 로제트는 아가일의 몸을 샅샅이 뒤졌다. 그의 품에서는 몇 가지 물건이 나왔는데 한 가지 지도를 제외하면 모두 일상적인 물건들이었다. 잠시 지도로 살펴보던 로제트는 곧 렉스에게 지도를 내밀었다.

"이걸 보십시오."

지도를 받아 살펴보니 거의 군사용 지도에 준하는 정밀도로 만들어진 지도였다. 몇 개의 마을과 산과 들, 그리고 평야가 세밀하게 표시되어 있었는데 유독 한 지역만 붉은색 원으로 표시되어 있었다.

"이게 무슨 표시지?"

잠시 체념하는 표정을 짓던 아가일은 아예 눈을 감아버렸다. 그 모습을 본 렉스가 가만히 있을 리 만무했다.

"햐~ 이 자식이 또 사람 성질 자극하네? 그래. 좋아, 좋아. 그 정도 자존심은 있어야지 내가 고문할 마음도 드는 거지. 잠시만 기다려. 아주 성대하게 대접하지."

말을 마친 렉스는 팔을 흔들고, 다리를 풀고, 목을 돌리고 하면서 전신 근육을 풀었다. 그 모습을 지켜보던 마에스는 설마 하는 표정을 지었다. 하지만 역시나 렉스는 그런 마에스의 예상을 훌륭하게 배신했다.

퍼퍼퍼~ 퍽~

"나에게 인간으로서의 인정이나 예의를 바랄 생각은 버리는 것이 좋아. 적어도 아이들을 납치하고, 임산부들을 죽이는 너희들 따위에게 인간으로 보이고 싶은 생각은 없으니까."

퍼퍼퍼~ 퍽~

"이봐, 렉스. 그만 해."

"나 말리지 마, 도네."

"벌써 기절했어."

"응? 뭐가 이렇게 약골이야."

"내가 치료해 줄 테니까 치료가 끝나면 다시 놀아(?)."

"부탁할게, 도네."

도네가 치유 마법을 캐스팅하는 동안 렉스는 다시 열심히(?) 몸을 풀었다. 그 모습을 지켜보던 마에스는 곁에 있던 로제트에게 조용히 말을 건넸다.

"저래도 되는 겁니까?"

"안 될 것은 또 뭐 있나?"

"그래도 상대는 반항도 못하는 상태인데 저렇게 잔인하게……."

"쯧쯧쯧, 싸움은 잘할지 모르지만 정말 순진한 청년이군."

로제트의 말에 마에스의 얼굴이 붉어졌다.

"잔인하다는 것은 저런 게 아니지. 부모의 품에서 아이들을 납치하고, 임산부들을 제물로 삼고, 아무것도 모르는 사람들을 현혹해서 가족의 가슴에 검을 겨누게 만드는 그런 행동을 보고 잔인하다고 하는 것이네. 자넨 모르는가, 자네가 존경한다고 말한 안드레이님의 부인인 로자린님이 저들에게 어떤 폭행을 당했는지? 임신한 상태에서 납치를 당했고, 강제로 배를 찢겨 핏덩어리를 빼앗기고, 장장 10여 년 동안 안드레이님과 헤어져 지내야만 했던 그 가슴 아픈 세월을 자네는 뭐라고 말할 텐가? 그런 일을 보고 잔인하다고 하는 것일세. 단순히 살갗이 찢겨 피가 흐르고 몇 군데 뼈를 부러뜨린 것을 보고 잔인하다고는 할 수 없단 말일세. 지금 이 시간에도 납치당한 아이들은 저들에게 세뇌되어 아무것도 기억하지 못한 채 훈련을 받고 있단 말일세. 자네의 눈에는 미친 사람처럼 보이는 우리 단장님도 실은 저들에게 부모님을 잃은 사람이란 말일세. 만약 단장님이 미친 사람이라면 아마 검은 달 교단의 어쎄신들은 한 사람도 살아남지 못했겠지. 자네도 알다시피 저분 곁에는 엄청난 능력을 가진 레드 드래곤 도네님이 계시지 않은가? 아마 렉스님이 원하시기만 한다면 도네님은 이 레트로니아 왕국, 아니, 뮤즈 반도 전체를 불덩이로 만드실 걸세. 그러니 조용히 단장님이 어떻게 하시는지 지켜보기나 하게."

로제트의 말은 끝났지만 마에스는 충격에서 벗어나질 못했다.

자신이 존경해 마지않는 안드레이에게 그런 충격적인 일이 있었다니… 그리고 미소를 잃지 않던 로자린에게 설마 그렇게 가슴 아픈 사연이 있었을 줄은 상상도 못했다. 언제 움켜쥐었을까? 와락 움켜쥔 주먹은 마에스의 심정을 대변하듯 부들부들 떨리고 있었다.

퍼퍼퍼~ 퍽~

"호오~ 제법 노글노글해졌는데? 조금만 더 만져 주면 되겠어. 준비됐어?"

맞는 놈이 무슨 준비가 필요하단 말인가?

렉스의 말에 아가일은 자신도 모르게 전신이 떨려오는 것을 느껴야만 했다. 벌써 몇 번이나 기절을 했는지 기억도 나지 않았다. 렉스의 주먹과 발을 피하기 위해 필사적으로 꿈틀거렸지만 아무런 소용이 없었다. 더욱 미칠 것 같은 일은 갈비뼈가 부서지고 가슴 뼈가 주저앉아 부러진 뼈가 폐와 내부 장기를 찌르는 격렬한 고통을 느끼며 이제는 죽을 것이라 생각하며 기절을 했건만 잠시 후 깨어보면 깨끗하게 모든 상처가 나아 있는 것이다. 그런 후에 잔인한 미소를 짓고 있던 렉스가 다시 주먹이 날리는 것이었다.

아예 자신의 대답을 들을 생각이 없는 것인지 렉스는 자신이 대답할 시간적인 여유도 주지 않고 사정없이 주먹과 발을 휘둘렀다. 어떻게든 입을 열려고 했지만 그때마다 쏟아지는 주먹 세례에 고통스러운 신음만 흘릴 뿐 아무런 말도 할 수가 없었다.

무자비하게 주먹질을 하던 렉스가 갑자기 뒤로 물러섰다.

털썩~

"헉헉… 크윽!'

가쁜 숨과 함께 신음을 토하던 아가일은 렉스가 품에서 스파이크가 달린 검은 장갑을 꺼내 끼는 것을 보고는 진저리를 쳤다.

"자, 잠깐……."

"왜 맞는 것도 힘들어? 그럼 잠깐 쉬었다 할까?"

"그, 그게 아니라……."

아가일은 온몸에서 밀려오는 지독한 고통에 제대로 입을 열 수가 없었다.

"그래, 맞을 때 계속 맞는 것이 편할 거야. 쉴 만큼 쉬었지? 이제 새롭게 시작해 볼까?"

말을 마친 렉스는 거침없는 발걸음으로 다가오며 손에 낀 장갑을 쓰다듬고 있었다. 렉스가 왼손으로 멱살을 잡고 번쩍 들어 올릴 때까지 아가일은 고통 때문에 좀처럼 입을 열 수가 없었다. 만약 지금 상태에서 렉스에게 맞아 죽는다면 다행(?)이지만 자신에게서 원하는 대답을 듣지 못한 이상 절대 자신을 죽일 리 없다는 것을 누구보다 잘 알고 있었다.

"자, 자……."

"그래, 자~ 지금부터 시작할 테니까 마음껏 즐기라고."

렉스는 오른손을 힘껏 움켜쥐고 한껏 뒤로 이동시켰다.

그 모습에 다급해진 아가일은 다급한 표정을 지었지만 렉스는 아랑곳하지 않았다.

한껏 뒤로 젖혀진 렉스의 주먹이 바람처럼 날아드는 순간 아가일의 입이 열렸다.

"멈춰! 제발, 제발 잠시만 멈추시오! 제발, 제발……."

아가일의 입에서 '제발'이란 단어가 몇 번이나 쏟아진 것인지 셀 수도 없었다.

휘이익~

빛살처럼 날아들던 렉스의 주먹이 아가일의 얼굴 바로 앞에서 멈춰짐과 동시에 주먹이 만들어낸 바람이 아가일의 머리카락을 휙 날려 버렸다. 깜짝 놀란 아가일이 자신도 모르게 눈을 떴을 때 그의 바로 눈앞에서 멈춰져 있는 렉스의 주먹을 발견하고는 온몸에서 식은땀이 쉴 새 없이 흘러내렸다.

"뭐야?"

렉스가 질문을 던졌지만 아가일은 너무나 놀란 나머지 아무런 대꾸도 하지 못했다.

"별일없으면 하던 일이나 계속하는 것이 좋지 않겠어?"

"잠깐, 잠깐만 기다려 주시오. 제발 잠깐만 멈추고 내 말을 좀 들어 보시오. 그대가 어떤 대답을 원하는지 내가 알고 있소. 내가 알고 있는 모든 것을 말할 테니 제발 그만 때리시오. 이제 더 이상은 견딜 수가 없소."

그 말을 하는 아가일의 눈에서는 굵은 눈물이 흘러내리고 있었다. 하지만 렉스의 얼굴은 조금의 변화도 보이지 않았다.

"난 싫은데? 네가 지도에 표시한 곳을 가보면 그 표시가 무엇인지 알 수 있겠지. 보나마나 너희 검은 달 교단의 아지트일 테지 뭐."

"아, 아니오. 그곳은 우리의 아지트가 아니오."

"아지트가 아니라면 뭐지?"

"그곳은 예비 어쎄신들의 훈련장이 있는 곳이오."

"훈련장?"

렉스의 말꼬리가 올라간다고 느껴지는 순간 렉스는 아가일의 턱을 사정없이 후려쳤다.

퍽~

요란한 소리와 함께 아가일의 입에서는 선혈이 뿜어져 나왔고, 턱이 박살난 아가일은 턱에서 전해지는 찌르는 듯한 통증을 견디지 못하고 바닥에서 몸부림치고 있었다. 도네가 시동어를 외치려 하자 렉스가 그녀를 제지했다.

"냅둬, 저런 자식은 치료받을 자격도 없어."

"그래? 그럼 몽땅 보내 버려도 되지?"

"응."

"코울선 워프!"

렉스의 대답에 도네는 지체없이 시동어를 외쳤고, 순식간에 아가일을 포함한 어쎄신 전원의 몸은 사람들의 시야에서 흔적도 없이 사라졌다. 잠시 그 모습을 지켜보던 렉스는 아무 일도 없었다는 듯 일행들에게 다가와서는 말을 건넸다.

"뭐 하고 있어? 갈 곳이 생겼잖아. 어서 떠날 준비를 해."

"그런데 저들은 어떻게 합니까?"

"누구? 어? 쟤들 아직도 안 가고 뭐 하고 있는 거야?"

"단장님께서 무장 해제시킨 후 어떻게 하라고 아무런 말씀도 없으셨기 때문에 기다리고 있는 중입니다."

"기다리기는 뭘 기다려. 무기는 돌려주고 그냥 가라고 해. 있어봐야 도움도 안 되잖아."

"알겠습니다."

셸더에게 다가간 로제트가 뭔가 말을 전했고, 말을 전해들은 셸더는 렉스에게로 오려고 했지만 로제트의 제지로 걸음을 멈춰야 했다. 무기를 전해 받은 셸더는 하는 수 없이 그 자리에서 렉스를 향해 허리를 숙였다.

그런 셸더의 인사를 받는 둥 마는 둥 하며 렉스와 도네는 그 자리를 떠났고, 일행들도 황급히 두 사람의 뒤를 따랐다.

남은 사람은 셸더와 루안로바스 교단의 성기사단뿐이었다.

렉스의 뒷모습을 하염없이 바라보던 셸더는 렉스의 정체에 대해 궁금증이 생기는 것을 도저히 감출 수 없었다. 저렇게 젊은 나이에 믿을 수 없을 정도로 강한 것도 이해가 가지 않지만 왕국 내에서 국왕을 제외하고 감히 황태자인 하이렌의 이름을 함부로 부를 수 있는 자가 있다는 것을 믿을 수 없었다. 하지만 자신이 본 검은 틀림없는 자르니오스가 분명했다.

믿을 수 없을 정도로 강한 자, 놀라운 마법 실력을 가진 미녀, 소문과는 너무나 다른 그린 윙 기사단. 어느 것 하나 평범한 것이 없었다.

"어떻게 하시겠습니까, 호베른 백작님?"

"일단은 교단으로 복귀한다. 무엇보다 오늘 있었던 일을 교황 각하께 보고해야겠다. 모두 자신의 무기를 챙겼으면 말에 올라라. 즉시 교단으로 복귀한다."

말에 오른 셀더는 다시 한 번 렉스가 떠난 쪽을 바라보고는 이내 힘차게 말의 옆구리를 걷어찼다.

"이랴~"

두두두두~

수십 마리의 말들이 자욱하게 흙먼지를 일으키며 북쪽을 향해 달려갔다.

지면을 물들이고 있는 붉은 핏자국만 아니라면 아무 일도 없는 것처럼 보였을 것이다.

제9장

납치 I

납치 I

휘익~ 휘이익~ 획~

엄청나게 커다란 검이 날카롭게 허공을 베고 지나가며 날카로운 소리를 낼 때마다 세찬 바람이 몰아쳤다. 검의 손잡이를 꼭 잡은 두 팔에는 힘찬 근육들이 세차게 요동 쳤고, 그때마다 검은 더욱 빠르게 허공을 사정없이 난도질했다.

크게 한 번 휘둘러진 투 핸드 소드는 다시 주인의 가슴 앞에 세워졌고, 검의 주인은 조금은 가쁜 숨을 몰아쉬며 근처에서 구경하고 있던 사내에게 말을 건넸다.

"어때요?"

"많이 좋아졌습니다, 레이디 바르미아. 조금만 더 노력하시면 곧 소드 마스터가 되실 것 같습니다."

"그런가요? 하지만 휘두를 때는 괜찮지만 찌르기 공격을 할 때면 자세가 자꾸 흔들리는 것 같아요."

애써 숨을 고르며 대답하는 바르미아의 말에 모네스는 빙그레 미소 지었다.

"아마 투 핸드 소드가 아닌 다른 검을 사용하셨다면 자세가 흔들리지는 않았을 겁니다. 레이디 바르미아도 아시다시피 투 핸드 소드는 휘두르는 공격을 위해 만들어진 검이 아닙니까? 당연히 찌르기 공격은 무리가 따를 수밖에 없지요. 그래도 레이디 바르미아니까 이 정도지 아마 다른 사람 같았으면 벌써 자세가 엉망으로 흐트러졌을 겁니다."

"그렇지만 검기를 사용하려면 검에 마나를 주입해야 하는데 마나를 주입하면서 마음의 안정을 한결같이 유지한다는 것은 정말 쉽지 않아요."

"하지만 그 마음의 안정만 유지할 수 있으면 금세 소드 마스터가 될 겁니다. 하지만 단점이 없는 것도 아닙니다."

"예? 그게 무슨 말씀인가요?"

바르미아의 질문에 모네스는 조금 난처한 표정을 지었다. 그런 모네스를 안드레이와 로자린이 미소를 지으며 바라보고 있었다. 그리고 조금 떨어진 나무 밑 그늘에 페트리오스의 무릎을 베고 누운 제로스의 모습과 정성스럽게 제로스의 머리를 빗겨주는 페트리오스의 모습이 보였다. 그리고 조금은 따분한 표정을 짓고 있는 얀의 모습도 보였다.

"레이디 바르미아, 내가 설명을 해도 괜찮겠소?"

"물론이에요, 안드레이님."

"꾸준한 훈련으로 몸속에 쌓인 마나가 늘어가면 검에 마나를 주입할 수 있는 소드 마스터가 될 수 있는 것은 사실이오. 하지만 소드 마스터가 되면 자신이 사용하는 무기의 장점은 모두 사라지오. 다시 말해 몸에 얼마나 많은 마나를 가지고 있느냐가 중요할 뿐 무기가 얼마나 날카로운가, 또 얼마나 무거운가 등은 전혀 문제가 되지 않는다는 말이오."

"하지만 저희 선조님께서는……."

"나도 그 이야기는 들었소. 이건 내 생각이지만 아마도 그분께서는 신의 축복으로 보통 사람의 몇 배가 넘는 힘을 지니고 계셨을 것이오."

"안드레이님의 말씀이 맞아요. 그분께서는 투 핸드 소드를 양손에 드시고도 마치 포크를 사용하듯 휘두르셨다고 전해지니까요."

"만약 레이디 바르미아가 소드 마스터를 만나지 않는다면 레이디의 투 핸드 소드는 엄청난 무기가 될 수 있소. 하지만 소드 마스터에게는 투 핸드 소드라는 장점을 전혀 살릴 수 없을 것이오."

"그러니까 안드레이님 말씀은 소드 마스터에게는 무기의 무거움보다 평소 훈련으로 쌓은 마나의 양이 문제라는 것인가요?"

"그렇소."

안드레이의 말에 잠시 곰곰이 생각하던 바르미아는 곧 고개를 저었다.

"설사 그렇다 하더라도 전 투 핸드 소드를 포기할 수 없어요."

"그럴 것이라고 생각했소. 그렇기 때문에 모네스 군이 사실대로 말하지 못한 것 같소."

안드레이의 말에 바르미아는 모네스를 바라봤고, 모네스는 쑥스러운 듯 얼굴을 붉혔다.

조금 떨어진 곳에 있던 제로스가 몸을 뒤척거리며 입을 열었다.

"정말 놀고 있네. 그런데 페트리오스 뭘 그렇게 보고 있는 거야?"

"예? 저 두 남녀의 모습이 보기 좋아서 저도 모르게……."

"보기 좋기는 뭐가 보기 좋다는 거야. 내가 보기엔 닭살스럽기만 하구만."

"지메로스님께서는 저 사람들을 싫어하시나요?"

"싫어해? 저 따위 녀석들을 좋아하고 싫어할 거나 있나? 대체 날 뭘로 보는 거야? 난 드래곤이야, 드래곤. 페트리오스, 인간 따위가 내 관심이나 끌 수 있다고 생각하는 거야?"

제로스가 툴툴거리며 말하자 페트리오스는 빙그레 미소 지었다.

자신과 같이 살 땐 항상 근엄하고 중후한 멋을 풍겼기에 잘 몰랐지만 소년의 모습을 하고 있는 지금의 제로스는 자신의 감정을 너무도 솔직하게 표현하는 것이 너무나 귀여웠다. 자신과 같이 살 때의 제로스와 지금의 제로스가 도저히 동일 인물이라고 생각할 수 없을 정도로 달랐지만 페트리오스는 지금의 제로스에게도 깊은 애정을 느끼고 있었다.

자신을 쳐다보는 페트리오스의 눈길이 이상하게 변한 것을 느낀 제로스는 심통 맞은 표정을 지었지만 상대는 전혀 개의치 않았다.

"이봐, 안드레이. 언제까지 여기에 있을 거야?"

"일단 단서가 끊긴 상태라 어쩔 수 없이 며칠간은 이곳에서 휴식을 취하고 있어야 할 것 같습니다."

"여기 있으면 누가 그 단서라는 것을 갖다 주기라도 한데?"

"좋은 생각이 있으면 말씀해 주시겠습니까, 제로스님?"

안드레이의 말에 사람들의 시선이 제로스에게로 향했다. 천천히 자리에서 일어나 앉은 제로스는 사람들을 바라보며 자신의 생각을 이야기했다.

"크리샨트님은 될 수 있으면 인간들, 즉 너희들의 일에 개입을 하지 말라고 하셨기 때문에 검은 달 교단의 떨거지들을 장거리 워프시킬 때를 제외하곤 구경만 했지만 이젠 개입을 좀 해야겠어. 왜냐고? 난 솔직히 말해 산에서 페트리오스와 사냥이나 하면서 생활하던 때가 지금보다 훨씬 재미있었단 말이야. 멍청한 엘프 녀석 때문에 세상에 다시 나오게 되었지만 그동안 내가 본 것은 인간들이 싸우는 모습밖에 없잖아. 그놈의 피, 피, 피. 인간들은 왜 그리도 피 보기를 좋아하는 것인지는 모르겠지만 난 아니야. 크리샨트님처럼 세상을 오래 산 것도 아니고, 도네님처럼 엄청난 능력이 있는 것도 아니라 당장 너희들의 일을 해결해 줄 순 없지만 단서 정도는 충분히 제공할 능력과 힘이 있단 말이야."

제로스가 목이 마른 듯 입을 쩍쩍 다시자 곁에 있던 페트리오스가 재빨리 가죽으로 만든 수통을 건네주었다. 몇 모금의 물을 마신 제로스는 다시 말을 이었다.

"조금 전 대지의 정령을 소환해 물어봤더니 이곳에서 조금 떨어진 곳에 상당한 숫자의 사람들이 모여 있는 곳이 있다고 말하더군."

"단순히 사람이 많이 모여 있다고 그들을 검은 달 교단의 어쎄신들이라고 여기기에는 무리가 따르지 않겠습니까?"

"모르면 조용히 입 닥치고 있어."

제로스의 험악한 말에 얀은 찔끔하는 표정을 짓고는 입을 다물었다.

"방금 저 자식이 말한 것처럼 단지 그런 이유로 검은 달 교단의 신도들이라 볼 수는 없는 일이라 실프를 보내 알아보도록 명령을 했지. 실프가 알아온 바에 따르면 그들이 누군지 알 수는 없지만 인적이 끊어진 산속에 큰 집을 짓고 상당히 많은 인원들이 훈련을 하고 있다고 하더군. 안드레아나 다른 사람도 생각을 해봐. 만약 그들이 훈련 중인 병사들이라 해도 이상한 일이잖아? 무슨 이유 때문에 그렇게 깊은 산속에서 훈련하는 거지? 일반적인 병사나 기사들이라면 사람들의 눈을 피할 까닭이 없잖아. 내가 보기엔 상당히 의심스러운데, 안드레이의 생각은 어때?"

"확실히 제로스님의 말씀대로 의심이 가는군요. 그런데 그곳이 어디입니까? 당장 조사해 봐야 할 것 같습니다."

"실프의 말로는 여기서 약 50엠파렌 정도 떨어진 곳에 있는 산속이라고 하더군."

"그렇다면……."

잠시 고심을 하던 안드레이는 곧 얀을 불렀다.

"그렌 백작."

"예, 단장님."

"지금 당장 사람들을 뽑아 제로스님께서 말씀하신 곳을 정찰하고 오도록 하게."

"알겠습니다."

"저어~ 안드레이님, 드릴 말씀이 있습니다."

"뭔가, 모네스 군?"

"실례가 안 된다면 그 정찰조에 참가하고 싶습니다."

"정찰조에?"

안드레이가 반문하자 모네스는 고개를 끄덕이며 대답했다.

"그렇습니다. 기사 수업을 받았다고는 하지만 아직 모르는 것이 많습니다. 될 수 있으면 많은 경험을 해보고 싶습니다."

"그래? 그렌 백작의 생각은?"

"모네스 군 정도의 실력이라면 저희에게도 많은 도움이 될 것입니다."

"그렇다면 함께 가도록 하게. 그리고⋯⋯."

"저도 가겠어요."

안드레이의 말이 끝나기도 전에 바르미아가 끼어들었다.

"안 됩니다, 레이디 바르미아. 정찰조는 상당한 위험을 감수해야만 하는 임무입니다. 정찰 임무도 임무지만⋯⋯."

"모네스님, 절 무시하는 건가요?"

"예? 그, 그게 아니라⋯⋯."

"이래 봬도 저 역시 몇 년 동안이나 용병 생활을 했었단 말이에요. 정찰, 추적, 감시 같은 것쯤은 충분히 할 자신있어요. 오히려 모네스님보다 많이 알고 있을 거에요."

바르미아의 말에 모네스는 당황한 듯 어색한 표정을 지을 뿐 아무런 말도 못하고 있었다. 잠시 두 사람을 바라보던 안드레이는 얀에게 지시를 내렸다.

"인원은 소수로 선출해 정찰을 하도록 하게. 만약 그들이 검은 달 교단의 어쎄신들이고, 산속에서 오랫동안 생활을 했다면 정찰하는 것도 쉽지 않을 것이네. 안전이 우선이네. 위험하다고 생각되면 즉시 물러나도록 하게. 알겠나?"

"명심하겠습니다, 단장님. 그리고 두 사람은 날 따라오도록."

얀의 말에 바르미아는 반색했고, 모네스는 어쩔 수 없다는 표정을 지으며 발걸음을 옮겼다. 그 모습을 지켜보던 로자린이 조금은 불안한 표정을 짓고 있었다.

"위험하지는 않을까요, 레이님?"

"모네스 군이 함께 가니 그리 위험하지는 않을 것이오. 게다가 경험이 많은 그렌 백작과 단원들이 동행하니 괜찮을 거요."

안드레이의 대답을 들으면서도 로자린은 왠지 불안한 표정을 감추지 못하고 있었다.

다섯 마리의 말들이 힘차게 지면을 박차며 자욱한 흙먼지를 일으켰다. 말들의 몸에 촉촉하게 땀이 배인 것으로 보아 꽤나 급하게 달려온 것 같았다.

산길로 접어든 지도 벌써 50분. 말들의 체력이 거의 한계에 다다랐을 때 일제히 말을 멈춘 얀과 일행들은 신속히 말에서 내려 근처의 나무에 말고삐를 묶었다. 얀은 잠시 주위를 둘러보고는 일행들에게 지시를 내렸다.

"지금은 너무 밝으니 날이 완전히 어두워지면 움직이도록 하세. 그때까지 충분히 휴식을 취하도록 하게."

"알겠습니다."

일행들이 쉬는 모습을 보고서야 얀도 근처의 나무에 기대에 눈을 감았다. 하지만 그의 귀는 사방을 향해 열려 있었다.

얼마나 시간이 지났을까?

산에서는 밤이 일찍 찾아온다는 사람들의 말을 증명이라도 하듯 순식간에 숲은 어둠에 싸였다. 얀이 눈을 떴을 때 이미 일행들은 모여 있었다. 말린 고기로 간단히 요기를 한 다섯 사람은 어둠에 싸인 숲을 헤치며 제로스가 일러준 곳으로 은밀히 이동했다.

일행들 가운데 가장 실력이 떨어지는 바르미아를 걱정했던 얀은 그녀가 장담했던 대로 능숙하게 일행들을 따라오는 모습을 발견하고는 안심할 수 있었다. 최대한 소리를 죽인 채 이동한 지 거의 1시간이 다 되어서야 일행들은 문제의 장소에 도착할 수 있었다.

집이라고 하기보다는 군대의 막사와 같은 모양으로 지어진 3동의 건물이 나란히 늘어서 있었다. 저녁 식사 시간이 되었기 때문인지 밖을 돌아다니는 사람들의 모습은 전혀 보이지 않았다. 하지만 사람이 있다는 것을 증명하기라도 하듯 3동의 건물 곳곳에는 환하게 불이 켜져 있었다.

꽤 오랜 시간 동안 건물과 주위를 지켜봤지만 사람들의 모습은 좀처럼 발견할 수 없었다. 더 이상 참지 못한 얀이 일행들에게 지시를 내렸다.

"계속 이렇게 있을 수는 없네. 흩어져서 정찰을 하도록 하세. 적들의 감시 초소가 어디에 있는지 모르는 상황이니 모두들 조심해야만 하네. 알겠나?"

"알겠습니다."

"그리고 레이디 바르미아는 모네스 군과 함께 행동을 하도록 하시오. 혹시 적과의 교전이 있을지 모르니 절대 조심해야만 하오. 이곳에 재집결하는 시간은 한 시간 후요."

"명심할게요."

바르미아는 대답을 하고는 곧 곁에 있던 모네스를 채근했다.

"모네스님, 어서 가요. 어서요~"

"아, 알겠습니다, 레이디 바르미아."

바르미아에게 손이 잡혀 끌려가는 모네스는 어둠 속에서도 확연히 드러날 만큼 얼굴이 붉어져 있었다. 그 모습에 얀은 혀를 차지 않을 수 없었다.

"저 두 사람은 없는 셈치고 한곳도 빠뜨리지 말고 세밀하게 정찰해야 한다. 그대들이 얼마나 충실히 정찰했느냐에 따라 동료들의 목숨을 구할 수 있다는 것을 절대 잊지 마라."

"명심하겠습니다."

"집결 시간에 늦지 말도록. 해산."

얀의 말에 블랙 이글 기사단의 단원들은 신속하게 어둠 속으로 사라졌다. 잠시 그들의 모습을 바라보던 얀은 건물의 뒤편을 향해 은밀하게 이동하기 시작했다.

바르미아와 함께 이동을 하던 모네스는 주위가 지나치게 조용한 것을 깨닫고는 발걸음을 멈췄다. 앞장서서 걸음을 옮기던 바르미아는 뒤에서 따라오는 소리가 들리지 않자 그 자리에 멈춰 서서 뒤쪽을 돌아보며 목소리를 낮춰 말을 건넸다.

"왜 그러세요?"

"뭔가 이상하지 않습니까? 아무리 저녁이라고는 하지만 새소리나 풀벌레 소리가 전혀 들리지 않는다는 것이 말입니다."

"우리 때문이에요. 우리의 기척을 눈치 채고 울지 않는 거예요."

"그렇습니까?"

"될 수 있으면 소리를 내지 말아야 되니 이동할 때 지면으로 드러난 나무의 뿌리를 밟으면서 이동하세요."

"알겠습니다, 레이디 바르미아."

마치 시범을 보이듯 나무의 뿌리를 밟으며 이동하는 바르미아의 모습에 모네스는 발걸음을 옮기기는 했지만 왠지 불안한 마음이 드는 것을 피할 수는 없었다.

두 사람이 사라지고 얼마 되지 않아 조금 전 그들이 서 있던 지면이 들썩이더니 곧 작은 구덩이 하나가 드러났고, 검은 물체 하나가 소리도 없이 빠져나왔다.

재빨리 품에서 작은 종이를 꺼내 뭔가를 급하게 갈겨쓰고는 품에서 꺼낸 비둘기의 발목에 묶고는 조용히 날려보냈다. 허공에서 몇 번 날갯짓을 한 비둘기는 곧 어딘가를 향해 날아갔다. 비둘기가 날아가는 모습을 확인한 검은 물체는 자신이 빠져나온 구덩이를 원상태로 만들고는 다시 어둠 속으로 사라졌다.

불안한 마음을 억누르며 걸음을 옮기던 모네스는 시간이 지날수록 불안한 마음이 더욱 강해져 참기 힘든 지경까지 되었다.

"레이디 바르미아, 잠깐만 멈춰보십시오."

"무슨 일인가요?"

"아무래도 예감이 좋지 않습니다. 지나치게 숲이 조용한 것도 신경 쓰이지만 누군가가 우리를 감시한다는 느낌을 지울 수 없습니다."

모네스의 걱정스러운 말에 바르미아는 미소를 지었다.

"저도 처음 야간 정찰에 나갔을 때 모네스님과 똑같았어요. 조용한 것도 신경 쓰이고 어둠 속에서 누군가가 나를 지켜보는 것 같다는 생각도 들고 말이에요. 하지만 저희들이 이곳에 온 사실을 아는 사람은 저희들밖에 없어요. 그러니 긴장을 푸세요."

바르미아의 말에 모네스는 그런가 하는 생각도 들었지만 불안한 마음이 가시지는 않았다. 하지만 자신의 느낌을 주장하기엔 경험이 너무 없어 바르미아의 말을 믿기로 했다. 차라리 다른 이야기를 하는 것이 좋을 것 같아 화제를 다른 것으로 돌렸다.

"그런데 왜 갑자기 정찰조에 지원하신 겁니까?"

"로자린 언니 때문에 시작된 일이지만 저는 일행이라고 하기조차 부끄러울 정도로 아무것도 한 일이 없어요. 물론 제 능력이 떨어지니 어쩔 수 없는 일이라고 생각도 했지만 계속해서 이렇게 지낼 수는 없는 일이잖아요. 그래서 정찰 정도는 저도 할 수 있겠다는 생각이 들어 지원한 거예요."

바르미아의 말에 모네스는 설마 그녀가 그런 문제로 고민하고 있을 줄은 생각지도 못했기에 자신도 모르게 위로의 말을 할 뻔했다. 누구보다 자존심이 강한 바르미아가 자신의 위로를 받을 리도 만무했지만 괜한 말 한마디 때문에 가까워지기 시작한 그녀와의 관계가 깨질까 두려워 모네스는 황급히 입을 다물었다.

'그렇지 않습니다, 레이디 바르미아. 당신이 가는 곳이라면 설사 지옥이라 하더라도 따라갈 겁니다. 그리고 당신이 있음으로 해서 저도 있는 것이니 힘을 내십시오.'

두 사람이 다시 나란히 서서 걸음을 옮기기 시작한 지 얼마 되지 않아 모네스는 갑자기 머리가 쭈뼛 서는 듯한 기이한 느낌이 드는 것을 감지한 순간 바르미아의 허리를 껴안고 전면으로 몸을 날렸다.

"윽!"

바르미아의 입에서 신음 소리가 흘러나오는 것을 들은 모네스는 그녀의 부상을 살필 사이도 없이 갑자기 나타난 자들의 공격을 막아내느라 정신을 차리지 못하고 있었다.

채채채~ 챙~

수많은 불똥이 튀며 주위를 밝혔을 때 주위를 둘러본 모네스는 다급한 마음이 들지 않을 수 없었다. 칠흑같이 어두운 숲의 나무들 사이를 검은 복장을 한 사람들이 빽빽하게 메우고 있는 것을 발견했기 때문이다. 누군가가 다가온다는 아무런 느낌도 받지 못했는데 언제 자신들이 포위된 것인지 도무지 알 도리가 없었다.

상대의 공격을 막아내면서 바르미아가 일어서는 것을 확인한 모네스는 안도의 한숨을 내쉴 수 있었다. 하지만 꽤나 심한 부상을 입었는지 비틀거리는 것을 보고는 다급한 마음이 들어 자신도 모르게 그녀를 부축하려고 한쪽 손을 내밀었다.

모네스를 공격하던 사람들은 그 틈을 놓치지 않고 집중적인 공격을 퍼부어 두 사람을 갈라놓으려 했다. 황급히 손을 회수한 모네스는 상대의 의도를 짐작하고는 큰 소리로 바르미아를 불렀다.

"정신 차리십시오!"

"나, 난 괜찮으니까 모네스님이라도 어서 피하세요."

"그럴 순 없습니다!"

겨우 중심을 잡은 바르미아는 재빨리 투 핸드 소드를 뽑아 가슴 앞에 세우고는 적의 공격에 대비했다. 그리고는 등을 마주 대하고 있는 모네스에게 말을 했다.

"이곳은 제가 맡을 테니 모네스님은 어서 피하세요."

"안 됩니다. 절대 그럴 순 없습니다. 나랑 같이 몸을 피합시다."

"후후후, 저도 그러고 싶지만 다리에 부상을 입었어요. 이 상태론 한 걸음도 걸을 수 없어요. 그러니까 어서 모네스님이나 피하세요."

자조적인 바르미아의 대답에 모네스의 얼굴에는 잠시 안타까운 빛이 흘렀지만 곧 결심을 한 듯 굳은 음성으로 입을 열었다.

"절대 혼자서는 갈 수 없습니다. 레이디 바르미아와 함께 이곳에 남겠습니다."

"정말 어리석은 분이시군요. 그건 절 위하는 것이 아니에요. 만약 나 때문에 모네스님이 잘못되시기라도 한다면 아마도 난 날 용서하지 못할 거예요. 그러니 어서…….”

바르미아의 말이 끝나기도 전에 검은 복장을 한 사내들의 무차별 공격이 시작되었다.

투 핸드 소드를 휘두르며 바르미아는 한껏 대항했지만 시간이 지날수록 그녀의 몸에는 하나둘 상처의 숫자가 늘어갔고 저항은 점점 약해져 갔다. 사내들의 공격을 정신없이 막아내던 모네스는 등으로 전해지는 바르미아의 반응에 안타까운 마음과 다급함을 느끼지 않을 수 없었다. 그때였다.

“만약 모네스님이 저 때문에 피하지 않는다면 제 스스로 목숨을 끊고 말 거예요.”

바르미아의 말에 모네스가 어쩔 줄 몰라 할 때 갑자기 사내들의 후방이 무너지기 시작하며 비명과 신음 소리가 들려왔다.

“큭! 으윽~”

“어서 이쪽으로 오게! 시간이 없네! 또 다른 어쎄신들이 몰려오고 있네! 어서 오라니까!”

“가세요. 어서 가시란 말이에요!”

바르미아의 비명 같은 외침 소리에 모네스는 어금니를 부서져라 깨물 수밖에 없었다.

“부디 살아만 계십시오. 내 반드시 그대를 구하러 오겠습니다. 차앗~”

그 말을 남기고 모네스는 얀들이 있는 곳을 향해 미친 듯이 롱 소드를 휘두르며 달려갔다. 그 기세가 얼마나 살벌했던지 사내들은 감히 막을 생각도 하지 못한 채 뒤로 물러났다.

모네스가 자신들 곁으로 다가오자 블랙 이글 기사단의 단원들 가운데 한 명이 재빨리 허리에 차고 있던 수통에 구멍을 내 앞쪽에 뿌리고 는 검으로 지면을 강타했다. 작은 불똥이 튄다고 느끼는 순간 불길이 치솟았고, 불길은 순식간에 얀 일행과 어쎄신들 사이에 불의 벽을 만들 었다.

불길이 치솟는 순간 얀과 일행들은 자신들이 말을 묶어놓았던 곳을 향해 전력 질주를 시작했고, 모네스는 달려가는 도중에도 몇 번이나 바르미아가 있는 곳을 돌아다보았다. 어두운 밤하늘 높이 치솟는 불길 때문에 아무것도 보이지 않았지만 그렇게 몇 번이나 보고 또 보았다.

네 사람이 말을 타고 달린 지 1시간 정도 되었을 때 그들의 앞을 가로막는 일단의 무리가 있었다. 잔뜩 긴장한 일행들이 즉시 검을 뽑아 들고 기습에 대비했을 때 무리 중에서 안드레이의 음성이 들려왔다.

"모두들 무사한가?"

"아~ 단장님."

얀의 말에 말을 몰아 앞으로 나선 안드레이는 얀의 일행들 가운데 바르미아의 모습이 보이지 않는 것을 발견했다. 싸늘하게 안색을 굳힌 안드레이가 모네스를 바라봤다. 온통 자책과 후회로 얼룩진 그의 얼굴을 보니 묻지 않아도 상황을 충분히 짐작할 수 있었다.

"자세한 것은 다음에 묻도록 하지. 일단 레이디 바르미아부터 구하도록 하지. 전속 전진."

안드레이의 명령에 단원들은 일제히 말을 몰아 전진했고 얀 일행도 그 뒤를 따랐다.

"너무 걱정하지 말게. 고생은 좀 하겠지만 레이디 바르미아는 무사할 것이네. 우리의 정체를 알기 위해서는 그녀를 살려둘 수밖에 없지

않겠는가?'

안은 계속해 위로의 말을 했지만 모네스의 얼굴은 좀처럼 펴질 줄 몰랐다.

다시 산을 향해 말을 달린 지 1시간 30분 정도가 지나서야 일행들은 얀 일행들이 도착했던 곳에 도착할 수 있었다. 말에서 내린 안드레이는 단원들에게 지시를 내렸다.

"오늘 임무는 평상시완 달리 인질을 구조하는 것이다. 인질을 구출하는 데 방해가 되는 것은 모조리 제거한다. 다시 한 번 말한다. 인질을 구조하는 데 방해가 되는 것은 모조리 제거한다. 각 팀의 팀원들은 신속히 약속된 장소로 이동해서 내 공격 신호를 기다리도록. 이상 해산."

안드레이의 말이 끝나자 단원들은 일제히 어둠 속으로 사라졌다. 잠시 어둠 속으로 흩어지는 부하들의 모습을 바라보던 안드레이는 곧 나머지 일행들에게 말을 건넸다.

"이제 잠시 후면 일대 혼전이 벌어질 것이오. 스스로의 안전은 스스로가 챙기도록 하시오. 그리고 당신은 내 곁에서 떨어지지 않도록 하시오."

"알겠어요, 레이님."

로자린의 대답을 들은 안드레이는 고개를 끄덕이고는 성큼성큼 어쎄신들의 건물이 있는 곳을 향해 거침없이 발걸음을 내디뎠다. 그의 발걸음은 건물에 도착해서야 멈춰졌다.

나란히 늘어서 있는 3동의 건물은 거의 모든 방에 불이 밝혀져 있어 주위를 환하게 밝히고 있었다. 그리고 건물 사이를 오가는 사람들과 건물을 지키는 사람들의 모습을 똑똑히 확인할 수 있었다.

잠시 심호흡을 하던 안드레이는 제로스에게 말을 건넸다.

"제로스님, 지금부터 저희는 저들을 공격할 겁니다."

"그래서? 왜, 도와달라고?"

"아닙니다. 건방지다고 하실지 모르겠지만 제로스님과 페트리오스님은 위험할지도 모르니 이곳에서 저희들을 기다려 주셨으면 감사하겠습니다."

안드레이의 말에 제로스는 어이가 없다는 표정을 지었다.

"지금 건방지게 내 걱정을 한단 말이냐? 인간에 불과한 네가 드래곤인 나를?"

"물론 기분이 상하시겠지만… 이곳에서 저희를 기다려 주십시오. 혼전이 벌어지면 누굴 보호할 정신이 없을 겁니다. 괜히 제로스님께서 손톱만한 부상이라도 입게 되신다면 도네님이나 렉스를 볼 낯이 없게 되니 저의 입장을 이해해 주시기 바랍니다."

그리고는 제로스의 대답을 들을 사이도 없이 몸을 돌려 어쎄신들의 건물을 향해 걸어가기 시작했다. 그리고 그 곁에 늘어선 일행들은 잔뜩 긴장한 채 무기를 뽑아 들고 주위의 기습에 대비했다.

안드레이의 지극한 배려(?) 덕분에 남게 된 제로스는 그 모습을 잠시 바라보다가 신경질적으로 페트리오스의 손을 잡고는 그대로 허공으로 몸을 띄웠다.

"레비테이션!"

수십 파렌 높이까지 올라간 제로스와 페트리오스는 어쎄신들의 건물과 건물을 포위한 채 조심스럽게 다가가는 단원들의 모습을 한눈에 볼 수 있었다.

천천히 건물을 향해 걸음을 옮기던 안드레이의 발걸음이 폭발적으로 빨라졌다고 느끼는 순간 최초의 교전이 일어났다. 너무도 대담한 공격이 아닐 수 없었다.

당장 안드레이 일행과 어쎄신 사이에는 치열한 교전이 일어났고, 일방적으로 몰아붙이던 처음과는 달리 시간이 지날수록 수적인 열세를 극복하지 못하고 점차 뒤로 밀리기 시작했다. 정신없이 밀려 훈련장의 중앙으로 몰린 안드레이 일행들은 사방에서 몰려드는 어쎄신들을 만나 고군분투해야만 했다. 그러다가 안드레이의 지시를 받은 얀은 신속하게 품에서 주먹만한 크기의 폭죽을 꺼내 불을 붙여 힘껏 공중을 향해 집어 던졌다.

20파렌 높이까지 치솟아 아름다운 빛으로 허공을 물들인 폭죽을 발견한 단원들은 일제히 맡은 바 임무대로 행동하기 시작했다. 일부는 건물을 향해, 또 일부는 동료들을 돕기 위해, 또 일부는 퇴로를 차단하기 위해 미리 보아둔 곳으로 신속히 이동했다.

갑자기 나타나 후방을 교란시키며 무자비한 살수를 쓰는 사람들을 발견한 어쎄신들은 잠시 허둥지둥했지만 평소의 훈련이 잘된 탓인지 곧 정신을 차리고는 반격을 했다. 지금까지와는 달리 상대를 생포하지 않아도 되었기 때문인지 단원들의 몸놀림은 이전과는 판이하게 달랐다.

블랙 이글 기사단 특유의 검술인 강렬하면서도 간결한 검술을 마음껏 발휘하며 어쎄신들을 향해 무자비한 살수를 사정없이 휘둘렀다. 시간이 지날수록 양쪽의 대결은 팽팽한 대치 상태를 보였다.

이곳의 책임자인 론 파이고는 날아오는 검을 막아내던 자신의 손목에 시큰할 정도로 충격이 전해지는 것을 느끼며 속으로 놀라움을 감추지 못했다. 어찌 된 영문인지 알 수는 없지만 지금 기습을 한 자들의 검술은 하나같이 보통이 아니었다. 몸놀림이나 검의 궤적을 보면 전원이 소드 마스터 급이었다. 왜 이렇게 많은 소드 마스터들이 자신들을 기습한 것인지 영문을 알 수 없었다.

"적의 숫자는 겨우 7, 80명에 불과하다. 모두 침착하게 평소에 배운 대로 움직이도록 해라. 너희에게는 이들을 막아낼 힘이 충분하다는 것을 잊지 마라."

크게 검을 휘둘러 상대가 물러난 것을 보고는 큰 소리로 부하들을 독려했다. 하지만 말과는 달리 그의 속마음은 초조하기 이를 데 없었다. 비록 상대의 숫자가 적다고는 하나 부하들 가운데 소드 마스터를 넘어선 자들은 30여 명밖에 되지 않기 때문이었다.

시간이 지날수록 론의 예측대로 어쎄신들의 대열은 급격하게 무너지기 시작했다. 론이 안타까움을 감추지 못하고 있을 때 누군가가 자신에게 몸을 날리는 것을 보곤 본능적으로 검을 치켜들어 상대의 공격을 막아냈다.

챙—

두 걸음이나 물러선 론은 자신을 노려보고 있는 청년을 발견했는데 상대의 시선에 강렬한 적개심이 담겨 있는 것을 보고 의아한 마음을 감출 수 없었다. 상대의 정체에 대해 물으려는 순간 상대가 먼저 입을 열었다.

"레이디 바르미아는 어디 있느냐? 당장 그녀를 내놓아라."

"레이디 바르미아라니? 그녀가 누군데… 아! 저녁에 우리 아지트에 침입하려다가 잡힌 그 멍청한 계집을 말하는 것인가?"

"닥쳐!"

론이 바르미아를 비방하는 말을 하자마자 모네스는 더 이상 참지 못했고, 그대로 롱 소드를 휘두르며 달려들었다. 몸을 날림과 동시에 힘껏 롱 소드를 내려쳤지만 이미 론은 옆으로 피한 후였다. 동시에 론의 반격이 이어졌다.

미처 모네스가 지면에 내려서기도 전에 론이 그의 허벅지를 향해 검을 휘둘렀고, 깜짝 놀란 모네스가 몸을 바싹 웅크리더니 그대로 지면을 구르듯 몸을 던져 론의 공격을 피했다. 눈 깜빡할 사이의 공방이었지만 상대를 경시하던 생각을 버리지 않을 수 없었다.

신중하게 상대를 노려보던 두 사람은 주위가 어떻게 되던 상대에게만 집중했다. 그러기도 잠시, 먼저 공격을 한 사람은 역시 모네스였다. 모네스의 공격 자세가 크긴 했지만 동작이 워낙 민첩해 공격할 틈을 찾기란 쉽지 않았다. 상대의 공격을 막아내며 론은 눈앞의 청년이 거의 자신과 비슷한 경지의 검술을 익히고 있다는 것을 인정하지 않을 수 없었다.

이제 겨우 20대 중반으로 보이는 청년과 50대에 들어선 자신이 비슷한 실력이라니 좀처럼 믿기 힘든 일이었다. 옆구리로 날아드는 상대의 공격을 막아내며 주위로 잠시 시선을 돌렸던 론의 얼굴은 금세 어두워졌다.

자신이 청년을 상대하는 불과 10분 사이에 부하들의 대열은 급격하게 무너져 겨우 20여 명만이 힘겨운 저항을 하고 있었다. 사전에 세밀한 계획을 세웠는지 부하들의 수가 적어지자 상대가 없어진 침입자들은 주위의 건물로 난입하기 시작했다. 200명이 넘는 부하들 대부분이 이곳으로 몰려온지라 건물에는 겨우 한두 명의 부하들밖에 없었다.

모든 것이 끝났다는 생각에 론의 반응이 조금은 무뎌졌고, 곧바로 모네스의 공격에 당하지 않을 수 없었다. 하지만 모네스 역시 본능적으로 휘둘러진 론의 검에 부상을 입어야만 했다.

"큭~"

"윽~"

두 사람의 입에서 거의 동시에 신음 소리가 터져 나왔을 때 훈련장에 서 있는 사람은 블랙 이글 기사단의 단원들밖에 없었다.

"신속하게 부상자들을 한곳으로 모으고 나머지 인원들은 주위의 건물을 샅샅이 뒤져 레이디 바르미아를 찾도록."

얀의 재빠른 지시에 단원들은 신속하게 주위로 흩어졌고, 그사이 안드레이는 로자린의 부상 여부를 묻고는 곧 모네스 곁으로 다가왔다. 손을 뻗어 모네스를 일으킨 안드레이는 그의 상처를 살폈다. 론의 검은 모네스의 옆구리를 관통해 박혀 있었다.

"잠시만 기다리게."

양쪽 허벅지에 심각한 부상을 입고 쓰러져 있는 론에게 다가간 안드레이는 인정사정없이 론의 턱을 주먹으로 가격했다. 예상치도 못했던 안드레이의 행동에 론은 반항 한번 하지 못하고 얻어맞아야만 했다. 쓰러진 론의 입 안에서 씨클루가 든 작은 주머니를 빼낸 안드레이는 신속하게 그의 손과 발, 그리고 입에 자살하지 못하도록 재갈을 물리고서야 다시 모네스에게로 돌아왔다.

"고통스럽겠지만 잠시만 참게."

조심스럽게 검의 손잡이를 잡은 안드레이는 신속하게 검을 빼냈고, 재빨리 상처를 손으로 막고는 힐링 포션을 병째 들이부었다. 상처는 눈에 보일 정도로 아물어갔지만 워낙 상처 부위가 큰 탓인지 지혈은 좀처럼 되지 않았다. 참을성있게 기다리던 안드레이는 상처에서 출혈이 멈춘 것을 확인하고야 얀에게 지시를 내렸다.

"출혈은 멎었지만 아직 상처 부위가 벌어져 있으니 응급 처치를 하도록 하게."

"알겠습니다, 단장님."

"피해 상황은?"

"조사를 해봐야겠지만 부상을 당한 단원들이 30여 명, 목숨을 잃은 단원들도 거의 열 명이 넘는 것 같습니다. 대부분 그린 윙 기사단의 단원들입니다."

"으음… 부상자들을 신속하게 치료하도록 하고 사망한 단원들도 한쪽으로 따로 모으도록 하게."

안드레이의 말이 끝났을 때 건물로 진입했던 단원들이 나오기 시작했다. 하지만 그들 가운데 바르미아의 모습은 찾을 수 없었다.

"건물 안에 있던 잔당들은 모두 소탕했지만 레이디 바르미아의 모습은 전혀 찾을 수 없었습니다. 건물 지하에 소규모 마법진이 있는 것으로 보아 아마도 다른 곳으로 옮긴 것이 아닌가 사료됩니다."

부하의 보고에 안드레이는 론에게로 다가가 입을 열었다.

"레이디 바르미아는 어디에 있는가?"

"흐흐흐, 내가 말할 것 같은가?"

"이런 말을 하기는 싫지만 레이디 바르미아의 행방을 밝히지 않는다면 부상당한 귀하의 부하들은 모두 이 자리에서 목숨을 잃을 것이다."

"지금… 날 협박하는 것인가?"

"공갈이라고 생각해도 좋고, 협박이라고 생각해도 좋다. 그녀의 행방을 알아낼 수만 있다면 부상당한 귀하의 부하들은 얼마든 죽일 수 있다고 생각하는 사람이 바로 나라는 것을 알아두어야 할 것이다."

안드레이의 싸늘한 표정을 유심히 살피던 론은 자신은 도저히 안드레이의 상대가 되지 않음을 인정해야만 했다. 부하들에게 교단을 위해 스스로의 목숨을 버리라고 말한다면 아마도 부하들은 자신의 명령을 충실하게 이행할 것이다. 하지만 이렇게 아무런 의미도 없이 목숨을 버릴 수는 없다는 생각에 론은 망설이지 않을 수 없었다. 또 그런 생각을 한 것에는 부하들의 나이가 대부분 20에서 30대에 불과한 청년들이었기에 더욱 망설여졌다.

"만약… 내가 그녀의 행방을 알려준다면 부하들의 목숨을 살려주겠는가?"

"약속하겠다. 그녀는 지금 어디에 있는가?"

"그녀는… 큐비턴 시로 가고 있는 중이다."

"큐비턴 시?"

제 10 장

납치 II, 그리고 실종?

납치II, 그리고 실종?

"음식 맛이 상당히 좋군. 아주 제대로 만든 음식이야."

로스트 비프를 한 입 가득 베어 문 크리샨트는 연신 감탄하고 있었다.

확실히 흔히 맛볼 수 있는 요리 솜씨는 아니었지만 그렇다고 크리샨트처럼 감탄을 터뜨릴 정도로 맛있는 음식 같진 않았다. 그럼에도 불구하고 감탄을 금치 못하는 크리샨트의 모습에 샤리프는 문득 그에게 미안하다는 생각이 들었다.

"죄송합니다, 크리샨트님. 괜히 저희 때문에 제대로 쉬지도 못하신 것 같습니다."

"엉? 그게 무슨 소린가? 자네들 일행에 내가 낀 것은 순전히 내 자유의사였네. 그런데 왜 자네가 미안해하는 거지?"

"물론 그렇기는 하지만 크리샨트님께서 저희를 도와주고 계시니 크리샨트님을 제대로 모시는 것이 저희의 도리인지라……."

"쓸데없는 소리. 나는 지금 이 여행에 지극히 만족하고 있네. 지금까지 살아오면서 꽤 여러 가지 경험을 해봤지만 이번 여행은 상당히 재미있는 여행이라네. 성격이나 개성이 다른 세 사람의 기사들이 모여 어둠의 세력과 싸운다. 게다가 다른 드래곤들까지 동참해서 말이야. 이런 경험은 좀처럼 하기 힘들지. 자네가 아는지 모르겠지만 드래곤들이 워낙 제멋대로라서 함께 여행을 하려면 신경 쓰이는 일이 한둘이 아니거든. 그런데 이번 여행에는 드래곤이 무려 넷씩이나 동행을 하고, 뮤란 대륙의 최강자, 아니, 어쩌면 네 개 대륙을 통틀어 가장 강할지도 모르는 세 사람과 함께하는 여행이 아닌가? 나로서는 이 여행이 지극히 마음에 드네. 내가 자네들을 돕는다고 하지만 내가 도울 일은 그저 자네들이 잡은 포로를 슈틸러 분지로 워프시키는 일밖에 없으니 신경 쓸 일도 없고, 또 심심치 않게 박진감 넘치는 싸움 구경까지 하니 더욱 마음에 든단 말이야. 그러니 나에게는 그렇게 신경 쓰지 않아도 되네."

크리샨트의 말에 샤리프는 한동안 잊고 있었던 순박한 미소를 지었다. 그의 얼굴과는 전혀 어울리지 않는 웃음이었기에 보는 사람으로 하여금 저절로 웃음 짓게 만들었다.

식사를 마친 일행들은 디저트와 차를 마시며 잠시 동안의 휴식을 즐기고 있었다.

그때 자리에서 일어난 라그나가 샤리프에게 말을 건네왔다.

"샤리프님, 필요한 물건이 있어서 잠시 시장에 다녀와야겠어요."

"필요한 물건이 뭔지 말하시오. 그러면 다른 사람에게 시켜……."

샤리프의 말에 웬일인지 라그나는 얼굴만 붉힐 뿐 대꾸를 하지 못했다. 그 모습을 보고서야 그녀가 필요로 하는 것이 여행할 때 여인들이 필요로 하는 속옷이나 그 밖에 잡다한 물건들이란 것을 눈치 챌 수 있었다.

"알겠소. 그래도 혹시 위험할지 모르니 단원들과 함께 가도록 하시오. 돈은 있소?"

"예, 물건 살 만큼의 돈은 가지고 있습니다."

"알겠소. 그럼 조심해서 다녀오도록 하시오. 그리고 오늘은 이곳에서 쉬고 내일 아침 일찍 출발할 것이니 천천히 시장을 봐도 될 것이오."

"예, 샤리프님. 그럼 다녀오겠어요."

라그나가 가게를 빠져나가자 레드 그리핀 기사단의 단원 가운데 두 사람이 그녀의 뒤를 따라 나갔다.

브랜디를 넣은 홍차를 한 모금 마신 크리샨트는 전신 근육이 나른하게 풀어지는 것을 느꼈다. 슬쩍 주위 사람들을 보니 비록 말을 하지는 않았지만 간만에 찾아온 휴식을 마음껏 즐기고 있는 것 같았다.

두 시간쯤 지났을까? 듀오네는 시간이 지나도 돌아오지 않는 라그나 때문에 슬슬 불안한 마음이 들기 시작했다. 다시 30분 정도가 지나자 불안함을 견디지 못한 듀오네가 자리에서 일어나는 순간 여관의 문이 부서질 듯 열리며 온몸이 피투성이인 사내 하나가 비틀거리며 들어섰다.

불안한 마음을 견디지 못해 안절부절못하던 듀오네는 피투성이 사내의 모습을 발견하는 순간 마음이 덜컥 내려앉는 것이 느껴졌다. 불안한 마음을 억누르고 사내의 얼굴을 살펴보니 라그나를 호위하기 위해 동행했던 사내가 분명했다.

황급히 다가가 사내를 부축하니 사내는 힘없이 주저앉으며 다급한 표정으로 입을 열었다.

"레, 레이디 라그나께서… 레이디 라그나께서……."

"레이디 라그나가 어떻게 되었단 말이오? 어서 말을 해보시오."

"기, 기습을… 다, 당해서… 레이디가 납치를……."

사내는 그 말을 남기고 정신을 잃었는지 그대로 축 늘어졌다. 하지만 듀오네는 그런 사내의 반응은 눈치도 채지 못한 채 정신이 나간 듯 멍한 표정을 짓고만 있었다. 뒤이어 다가온 케블레가 사내의 부상을 살펴보는 동안 멍하게 있던 듀오네가 그 자리에서 벌떡 일어서더니 미친 사람처럼 서둘러 여관을 빠져나갔다.

"도움이 필요한 것 같은데 내가 좀 도와줄까?"

"부탁드리겠습니다, 크리샨트님."

"큐어!"

크리샨트가 시동어를 외치는 순간 사내의 몸은 짙은 파란색의 마나가 휘감았고, 사내의 상처는 감쪽같이 나았다. 상처가 모두 치유된 것을 확인한 샤리프는 가볍게 사내의 뺨을 몇 번 두드려 정신을 차리도록 했다. 사내가 정신을 차리는 것 같자 샤리프는 먼저 사건의 정황부터 물었다.

"대체 어떻게 된 일인가?"

"레이디 라그나와 같이 물건을 사기 위해 시장에 갔습니다. 몇 가지 화장품과 거울 같은 집기를 산 후 여행용 의복을 사기 위해 옷 가게를 찾았는데 가게에 도착하기 직전 구걸을 하던 서너 명의 아이들을 만났습니다. 그 아이들은 레이디 라그나에게도 구걸을 했고, 레이디 라그나께서 그들에게 동전 몇 개를 건네주려고 막 주머니에 손을 집어넣었을 때 갑자기 아이들이 대거를 뽑아 저희를 공격했습니다. 아이들이라고 방심하고 있던 저희들은 어처구니없게 당하고 말았습니다. 같이 갔던 듀렉은 아이들에게 당했고, 레이디 라그나께서는 그만 그 아이들에게 끌려가시고 말았습니다. 뭐라고 드릴 말씀이 없습니다."

사내의 얼굴은 온통 후회와 자책으로 물들어 있었다.

"틀림없이 어린아이들이었단 말인가?"

"그렇습니다. 저희들이 급습했던 어쎄신 훈련소에서 보았던 소년들보다 훨씬 어린아이들이었기에 방심했던 것이 잘못이었습니다. 설마 열 살이 겨우 넘을 만한 아이들이 기습하리라고는 상상도 못했습니다."

사내의 말에 샤리프는 딱딱하게 굳어진 얼굴로 이를 악물었다.

단원들이 당하고 라그나가 납치를 당한 것도 충격적인 일이었지만 그 일을 저지른 사람이 열 살 남짓한 어린아이들이었다는 것이 더욱 충격적인 일이었다. 대체 그 아이들에게 무슨 짓을 했기에 사람을 찌르고 납치까지 할 수 있게 만든단 말인가? 생각하면 할수록 기가 막히고 치 떨리는 일이 아닐 수 없었다.

샤리프가 치미는 분노를 억누르고 있을 때 밖으로 뛰쳐나갔던 듀오네가 힘없이 안으로 들어왔다.

"단서를 찾았나?"

"아무런 단서도 찾지 못했습니다."

듀오네의 맥없는 대답에 그때까지 침울한 표정을 감추지 못하던 사내가 뭔가 생각난 듯 입을 열었다.

"소년들이 레이디 라그나를 납치하면서 떠나기 전 만약 레이디를 찾고 싶다면 큐비턴 시로 오라고 했습니다."

"큐비턴 시로 오라고?"

"분명히 그랬습니다."

사내의 대답에 듀오네의 얼굴에는 당장 다급한 기색이 떠올랐다. 어쩔 줄 몰라 하는 듀오네를 잠시 바라보던 샤리프가 다시 질문을 했다.

"언제까지 오라는 말은 없었나?"

"그런 말은 없었습니다, 샤리프님."

"흐음~ 큐비턴 시라……. 일단은 가보는 수밖에 없겠군. 일정을 변경한다. 지금부터 모든 교통수단을 이용해 가장 빠르게 큐비턴 시로 이동한다. 케블레."

"예, 샤리프님."

"인원을 셋으로 나눠 한 조는 우리를 쫓아오도록 하고 나머지 두 조는 모습을 감춘 상태에서 은밀하게 그 뒤를 따르도록 하라. 틀림없이 적은 우리를 기습하려고 할 것이다. 후방에서 따르는 조는 만약에 있을지 모르는 적의 기습에 철저하게 대비해야 할 것이다."

"명심하겠습니다."

"앞으로 30분 후에 이동한다. 이동에 차질없도록 만전을 기하도록 하라."

"예, 샤리프님."

대답을 한 케블레는 단원들에게 샤리프의 지시를 전달하기 위해 밖으로 나갔고, 샤리프는 품에서 작은 거울을 꺼내 상단에 있는 붉은 보석에 자신의 마나를 주입했다. 그리고 잠시 후 거울 안에서 렉스의 모습이 보였다.

"안녕하셨습니까? 렉스님."

—아~ 샤리프님, 안녕하서… 아니, 무슨 일이 있습니까?

"예, 문제가 좀 발생했습니다."

—문제라니? 자세히 좀 설명해 주시겠습니까?

"실은 몇 시간 전……."

샤리프는 라그나에게 일어났던 일들을 간략하게 설명해 주었다. 이 야기를 전해 들은 렉스 역시 충격을 받았는지 좀처럼 샤리프의 말을 믿지 못하는 표정이었다.

—그, 그러니까 샤리프님의 말씀대로라면 열 살 남짓한 아이들이 단원들을 해치고 레이디 라그나를 납치했단 말입니까?

"그렇습니다, 렉스님. 해서 저희는 지금부터 큐비턴 시로 이동하려고 합니다."

—큐비턴 시? 레이디 라그나가 그곳으로 끌려갔단 말입니까?

"그렇습니다만 왜 그리 놀라시는 겁니까?"

—우연의 일치라고 보기엔 너무나 공교롭군요. 실은 어제저녁 안드레이에게서 연락이 왔었는데 정찰을 나갔던 레이디 바르미아가 적에게 포로가 되었다는 소식을 전해왔습니다. 그런데 그녀를 끌고 간 곳이 바로 큐비턴 시라고 했습니다.

"안드레이님 쪽에도 그런 일이 있었습니까? 그렇다면 이건 틀림없이 적의 함정입니다."

—저나 안드레이 역시 그렇게 생각을 합니다만 레이디 바르미아나 라그나를 구하기 위해서는 어쩔 수 없이 큐비턴 시로 가야 하지 않겠습니까?

"그건 렉스님의 말씀이 맞습니다만 그곳으로 가는 동안 적의 기습이 있지나 않을까 신경 쓰이는군요. 어쎄신들보다 저희들 쪽의 전력이 앞서니 큰 피해야 입지 않겠지만 문제는 도착하는 시간이 너무 늦을까 그것이 염려되는군요."

―그럴 수도 있겠군요. 그렇다면 영감님에게 부탁을 하시죠.

"영감님이라니… 누굴 말씀하시는 건지……."

―크리샨트 영감님이 그곳에 없습니까?

"크리샨트님이라면 곁에 계십니다만……."

―어이~ 영감님, 앞으로도 재미있는 구경 계속하고 싶으면 좀 도와주쇼.

"도와달라니… 뭘 도와달라는 말인가?"

―지리상으로는 우리가 큐비턴 시에서 가장 가까우니 우리가 먼저 그곳에 도착해 영감님한테 이곳의 좌표를 알려줄 테니 거기 있는 사람들 몽땅 이곳으로 이동시켜 주시오. 그렇게 해주면 나중에 내가 근사한 저녁 한 끼 대접하겠소. 하이네브르크 산 60년짜리 와인을 곁들여서 말이오. 어떻소?

마치 흥정이라도 하듯 조건을 제시하는 렉스의 행동에 크리샨트는 보면 볼수록 렉스에 대해 흥미가 이는 것을 느꼈다.

"좋네. 협상이 타결되었으니 내 이곳에 있는 사람들을 곧 이동시켜 주지. 연락 기다리겠네."

―알았소. 금세 연락하겠소.

거울 안에서 렉스의 모습이 곧 사라졌다.

"단원들이 모두 모이거든 이 마을을 빠져나가도록 지시를 내리게. 괜히 사람들의 이목을 끌기는 싫으니까 말이네."

"잠시만 기다려 주십시오."

대답을 한 샤리프가 자리를 떴을 때까지도 듀오네는 침울한 표정을 감추지 못한 채 멍하니 앉아 있었다.

그 모습을 지켜보고 있던 그린스노우는 안타까운 마음이 들긴 했지만 무슨 말로 그를 위로해야 좋을지 몰라 가슴이 답답했다. 그러는 동안 크리샨트는 도네에게서 메시지를 받았는지 연신 고개를 끄덕이고 있었고, 잠시 후 샤리프가 단원들이 마을 외곽에 집결했다는 말을 전하자 일행들은 여관을 빠져나와 마을을 벗어났다.

100여 명이 넘는 사내들이 조용히 어둠 속에서 눈만을 빛내며 서 있는 모습은 보기만 해도 오금이 저릴 만큼 위압감이 넘치고 있었다.

"모두 준비가 되었으면 출발하겠네. 워프!"

순간 100여 명이 넘는 사내들의 모습은 한줄기 연기처럼 감쪽같이 사라졌다.

"어서 오십시오, 샤리프님."

일행들이 모습을 드러내자 먼저 도착해 있던 렉스가 샤리프를 반갑게 맞이했다.

"먼저 와 계셨군요."

"저희도 조금 전에 도착했습니다."

"그런데 안드레이님은?"

"준비할 것이 있는지 조금 늦는군요. 아니면 제로스 녀석이 늑장을 부리거나."

렉스의 말이 끝나기 무섭게 공간의 일부가 일그러지더니 100여 명의 사람들이 순식간에 모습을 드러냈다.

"먼저 도착해 있었군."

"어서 와, 안드레이."

안드레이를 맞이하던 렉스는 찜찜한 표정을 짓고 있는 제로스를 발견하고는 양팔을 활짝 벌렸다. 그리고는 제로스를 불렀다.

"제로스, 어서 이 형님의 품에 안겨보렴. 어서~"

렉스의 말에 제로스의 얼굴이 엉망으로 일그러졌음은 물론 몸까지 부들부들 떨고 있었다. 제로스 곁에 서 있던 페트리오스는 영문을 몰라 그렇지 않아도 큰 눈을 더욱 크게 뜨고 제로스와 렉스를 쳐다보았다. 시간이 지나도 제로스가 다가올 생각을 하지 않자 렉스는 인상을 험악하게 짓더니 제로스가 미처 피할 사이도 없이 그의 곁으로 다가가 제로스의 통통한 볼을 사정없이 꼬집었다.

"아! 아프단 말이야!"

"며칠 동안 못 본 사이에 몹시도 건방져졌구나. 네가 언제부터 이 형님의 따스한 품을 거부한 거지? 이 형님께서 너를 얼마나 사랑하는지 잊었단 말이냐?"

"아야! 알았으니까 제발 볼 좀 놓고 이야기하란 말이야. 아~"

애처로운 제로스의 비명 소리에 일행들은 드러내 웃지도 못하고 웃음을 참느라 안간힘을 써야만 했다. 제로스의 볼을 놓아주자 통통한 뺨은 온통 새빨갛게 물들어 있었다. 그 모습에 렉스는 제로스를 번쩍 안아 들고는 사정없이 그의 얼굴에 입을 맞추었다.

"쪽~ 쪽~ 쪽~ 쪽~ 쪽~ 쪽~"

듣는 사람의 귀가 아플 정도로 요란한 입맞춤이 한동안 계속되었고, 너무 황당했기 때문인지, 아니면 비명을 지를 경황도 없었던 것인지 제로스는 그저 멍한 표정만 짓고 있었다. 렉스가 제로스를 내려놓자 근처에 서 있던 페트리오스가 조심스럽게 다가왔다.

"그대는 누구지?"

"저는 지메로스님의 아내인 페트리오스 모르나가 셀리온이라 하옵니다. 이렇게 인사를 드리게 되어 영광이옵니다, 위대한 존재시여~"

"위대한 존재? 하하하~ 그렇지. 난 정말 위대한 존재야."

렉스의 웃음에 사람들은 어이없다는 표정을 지으면서도 어쩌면 진짜 그럴지도 모른다는 생각이 들었다. 감히 드래곤을 상대로 장난칠 담력을 가진 사람이 렉스를 제외하고 누가 있겠는가?

"제길, 저 자식은 드래곤이 아니라 인간이란 말이야, 페트리오스."

"예? 드래곤이신 지메로스님께서 인간에게 이런 행패(?)를 당하시니……. 그러면 왜 저 인간이 지메로스님께 형님이라는 말을 한단 말인가요?"

페트리오스는 믿을 수 없는 현실에 불신 가득 찬 표정을 짓지 않을 수 없었다.

"제로스야~ 방금 이 형님께 저 자식이라고 했냐?"

"아, 아니야, 렉스 혀엉~"

또 무슨 험한 꼴을 당할지 몰라 제로스는 황급히 자신의 말을 정정했다. 그 모습에 페트리오스의 얼굴은 더욱 이상하게 변했다. 제로스는 궁지에서 벗어나기 위해 황급히 화제를 돌렸다.

"페트리오스, 인사드릴 분이 계셔. 내가 소개시켜 줄게."

다급히 페트리오스의 손을 잡아끈 제로스는 우선 크리샨트를 먼저 소개했다.

"페트리오스, 우리 종족 가운데 가장 연장자가 누군지 알아?"

"그야 블루 드래곤이신 크리샨트님 아닌가요?"

"잘 알고 있군. 그래, 크리샨트님이야. 그리고 그분이 바로 이분이시지."

"예?"

깜짝 놀란 표정을 짓던 페트리오스가 황급히 허리를 숙였다.

"모든 드래곤들의 좌장이신 크리샨트님께 인사를 드리게 되어 저 페트리오스 모르나가 셀리온의 무상한 영광이옵니다."

"보아하니 하이 엘프인 것 같군. 이렇게 만나게 되어 반갑네."

"아니옵니다, 제가 오히려……."

"그리고 여기 계신 분은 모든 드래곤 가운데서 가장 강하신 분이야."

"예?"

페트리오스는 제로스의 말을 이해할 수 없어 눈을 크게 뜨고 도네의 얼굴을 바라봤다. 보기만 해도 등골이 오싹해질 만큼 차갑고 도도해 보이는 미녀가 모든 드래곤 가운데 가장 강한 존재라니 믿기 힘든 일이었다. 게다가 그녀 곁에는 만 년 이상 산 것으로 알려진 크리샨트가 있지 않은가? 드래곤의 능력이 나이와 비례하는 것을 생각해 보면 설마 이 미녀가 크리샨트보다 더 나이가 많단 말인가? 그렇다면 크리샨트에게 연장자라고 표현한 것은 제로스의 잘못 아닌가?

순간 제로스의 메시지가 페트리오스의 뇌리에 전달되었다.

'내가 일전에 이야기한 적이 있잖아. 모든 드래곤들의 천적 블러디 드래곤 도르미네스. 생각 안 나?'

"그, 그, 그렇다면 이분이… 그 무시무시하다는……."

도네의 눈초리가 당장 치켜 올라갔다.

"다음 말이 뭐지?"

"아, 아닙니다. 하이 엘프… 페트리오스가… 인사드립니다."

페트리오스의 얼굴은 공포에 질려 창백하게 변했다. 하지만 도네의 눈은 여전히 페트리오스를 노려보고 있었다. 이때 나선 사람은 역시 분위기 파악 못하는 메디안이었다.

"어? 그쪽도 하이 엘프예요?"

"그, 그래요."

"신기하네. 나도 하이 엘픈데……."

메디안의 반응에 사람들은 순간 맥이 빠지는 것을 느꼈다.

"세상에 하이 엘프가 너 하나뿐이냐?"

"멍청하긴, 모르면 가만히 있기나 해."

메디안의 대꾸에 렉스는 머쓱한 표정을 지었다.

"예전에는, 그러니까 천 년도 더 전에는 엘프 가운데 절반에 이를 정도로 하이 엘프들의 수가 많았단 말이야. 그렇지만 사람들에게 하이 엘프의 피가 불로장생의 약으로 소개되면서 얼마나 많은 하이 엘프들이 목숨을 잃었는지 몰라."

"그런 일이 있었어?"

"쥐뿔도 모르는 게 나서긴 왜 나서?"

메디안의 계속된 핀잔에 렉스는 할 말이 없었지만 근처에 있던 도네의 표정은 시간이 지날수록 더욱 싸늘하게 변했다.

"그나마 지상에 존재하고 있는 모든 하이 엘프들의 씨가 마르는 모습을 보고 싶으냐?"

낮은 음성이었다. 게다가 평소에 듣던 도네의 음성이 아니라 중성에 가까운 음성이라 그 말을 들은 사람들은 순간 전신에 소름이 오싹 끼침을 느껴야 했다. 평소에도 별로 상냥하거나 친절하거나 한 모습과는 거리가 먼 도네였지만 지금은 보기만 해도 두려운 생각이 들 만큼 살벌한 모습이었다.

분위기 파악 못하는 데는 남부럽지 않은 메디안도 사태가 심상치 않다고 느꼈는지 입을 꾹 다물었다. 삽시간에 어색해진 주위의 분위기는 렉스가 도네를 억지로 끌고 그 자리를 떠나고서야 겨우 풀어졌다.

겨우 안도의 한숨을 내쉰 제로스는 매서운 눈으로 메디안을 노려봤다.

"넌 저번에도 실수를 해 네 동족을 전부 죽일 뻔했으면서 아직도 그 버릇 고치지 못했는가?"

"왜 맨날 나만 가지고 뭐라 그러는 거야?"

"뭐라고?"

"아, 아니에요. 아무 말도 안 했어요."

메디안의 대답을 들으면서도 사람들은 조금 전 도네의 모습을 떠올리며 몸을 부르르 떨었다. 그녀가 화를 내는 순간 근처에 있던 마나가 얼마나 격렬하게 요동 쳤는지 생각만 해도 몸서리가 쳐질 정도였다.

"그리고 마지막으로 소개할게. 이 아이는 샤이베리아라고……."

"예? 이분이 샤이베리아님이세요?"

"어? 나를 알아?"

"샤이베리아님 또한 절 보신 적이 없겠지만 저는 엘라이스님과는 전에 몇 번 뵌 적이 있기에 잘 알고 있어요. 그분께서 헤츨링을 출산하셨다는 말을 들었는데 벌써 이렇게 여행할 정도로 장성하셨을 줄 몰랐어요. 그리고 보니 벌써 500년이란 세월이 지났군요."

페트리오스의 말을 듣던 사람들은 이상한 기분을 느끼고 있었다.

자신들은 장수를 한다고 하더라도 8, 90이 고작인데 지금 대화를 나누는 존재들은 100년, 200년을 아무것도 아닌 것처럼 이야기하니 이상한 기분이 들지 않을 수 없었다.

제로스가 페트리오스를 드래곤들에게 인사시키는 동안 안드레이와 샤리프는 그간 있었던 사건에 대해 심각한 논의를 하고 있었다. 두 사람의 결론은 어렵지 않게 내려졌다.

저들이 납치라는 방법을 사용해 자신들을 한곳으로 모은 것에는 함정을 만들어 자신들을 몰살시키려는 의도가 숨어 있는 것이 분명했다. 일단 모든 단원들을 부른 두 사람은 단원들을 몇 개 조로 만들어 신속하게 분산 배치를 했다. 과연 얼마나 많은 어쎄신들이 기습할지는 모르지만 한번 해볼 만하다는 생각이 들었다.

이제 남은 것은 기다리는 일뿐이었다.

지난 이틀 동안 큐비턴 시를 샅샅이 뒤지고 감시를 했지만 이상한 점이나 검은 달 교단의 어쎄신으로 보이는 자들은 전혀 보이지 않았다. 초조하긴 했지만 별다른 방법이 없었다.

누구보다 초조하게 검은 달 교단의 어쎄신들이 나타나기를 기다린 사람은 듀오네와 모네스였다. 그들은 잠시도 가만히 있지 못했고, 잠시라도 쉴 때는 자신이 사랑하는 여인을 지키지 못했다는 자책 때문에 고개를 들지 못했다.

일행들은 몇 번이나 그들을 위로하기 위해 말을 건넸지만 두 사람은 고개를 끄덕이는 것이 고작이었다. 안타까운 마음이 들긴 했지만 더이상 그들을 위로할 다른 방법이 없었다.

큐비턴 시 외곽 들판에 머물고 있던 일행들은 언제 있을지 모를 적의 기습을 대비하느라 신경이 날카롭게 곤두서 있었다. 지금 이곳에 모여 있는 사람은 거의 100여 명 정도나 되었기에 근처를 지나는 사람들은 일행들을 발견하지 못할 리 만무했다.

그 소식은 근처를 지나다니는 사람들에 의해 곧 큐비턴 시에 알려졌고, 인구 3,000명 정도밖에 안 되는 큐비턴 시는 이들의 행동에 모든 이목을 집중하고 있었다.

그렇게 셋째 날도 지나는가 싶었다.

낮이 짧아졌기에 야영을 하고 있던 일행들은 일찍 저녁 식사를 준비하고 있었다.

그때 공간의 일부분이 급격하게 뒤틀리더니 20여 명의 사람들이 나타났다. 일행들은 즉시 결전 태세를 갖추고 한곳으로 모여들었다.

공간 이동을 해 나타난 사이나는 20파렌쯤 떨어진 곳에서 무기를 뽑아 들고 자신들을 노려보고 있는 100여 명의 사람들을 발견하고는 자신의 예상보다 상대의 숫자가 상당히 적다는 생각을 하고 있었다. 하지만 그렇다고 상대를 경시하지는 않았다. 가장 앞쪽에서 양손에 배틀 엑스를 뽑아 들고 있는 샤리프와 롱 소드를 늘어뜨리고 있는 안드레이의 모습을 발견했기 때문이다.

"정말 오랜만이군, 샤리프 델 시미니언."

"오랜만이다, 사이나 델 마벡."

짐승의 으르렁거림과 같은 샤리프의 대답에 사이나의 얼굴에 잠깐이나마 희미한 죄책감이 스치고 지나갔다.

"후후후, 저번에 포안에서는 대접이 소홀했소이다. 하지만 오늘은 조금 다를 것이오. 그대가 꼬리를 말고 사라지지만 않는다면 말이오."

"흐흐흐, 내가 어찌 그 대접을 잊을 수 있겠소? 내가 10여 년 동안이나 공들여 왔던 모든 것을 날려 버린 장본인인데 말이오."

안드레이의 말에 레이너는 비릿한 미소와 함께 이를 갈며 대꾸했다.

"흥! 여전히 뻔뻔스러우시군. 충성을 맹세한 기사가 쿠데타를 일으키려고 했음에도 불구하고 여전히 반성할 줄 모르는군."

"어디 죽은 후에도 그렇게 혀를 나불거릴 수 있나 보겠다."

평소와는 달리 냉소적인 태도를 보이는 안드레이와 자신의 모든 것을 무너뜨린 안드레이를 무섭게 노려보는 레이너 사이의 말싸움 역시 실전에 못지않게 살벌했다.

두 무리 간에 팽팽한 긴장감이 고조될 때 렉스가 한 발 앞으로 나서며 손을 번쩍 들었다.

"잠깐, 주목!"

렉스의 말에 사람들의 시선은 일제히 그에게 쏠렸고, 렉스는 유들유들한 표정을 지으며 말을 이었다.

"오늘 우리가 이렇게 대면하게 된 것은……."

"넌 누구냐?"

렉스의 태도가 마음에 들지 않는지 레이너가 렉스의 말을 제지했다.

"거 정말 싸가지없는 인간이네."

졸지에 싸가지없는 인간이 된 레이너는 자신이 희롱당했다는 생각에 얼굴이 새빨갛게 변할 정도로 치미는 분노를 참을 수 없었다.

"생각 같으면 내가 손봐주고 싶지만 안드레이를 먼저 상대하다 보면 내 차례까지는 오지도 않을 것 같아 용서를 해주겠다. 그렇다면 내 소개를 하지. 나는 여성납치사건해결위원회의 회장이며 파렴치범때려잡기위원회의 회장임과 동시에 국가기강바로세우기본부의 본부장이신 렉스 레티나님이시다."

장황하게 자신을 치장한 렉스의 설명을 들은 사이나와 레이너는 치미는 분노를 좀처럼 참을 수 없었다. 렉스의 말은 자신들의 자존심을 사정없이 박살 내는 소리가 아닐 수 없었다.

"본인이 이렇게 나서게 된 것은 우선 너희가 납치한 두 여성을 안전하게 우리에게 인도해야 한다는 것을 말하기 위해서이고, 또한 어둠 속에서 쥐새끼처럼 움직이는 너희들의 본거지를 우리에게 공손하고 소상하게 말함을 듣기 위해서이다."

"정말 죽이고 싶은 생각이 들 정도로 달변이구나."

"별말씀을… 칭찬으로 알겠다. 우선 너희들이 납치한 여성 분들의 안전부터 확인할까? 안전을 확인한 후에 너희들과 신나게 놀아줄 테니 말이야."

렉스의 말에 발작을 일으키려는 레이너를 진정시킨 사이나가 뒤쪽을 향해 손짓했다. 그러자 검은 로브를 쓰고 있던 자가 품에서 수정 구슬을 꺼내 알아들을 수도 없는 룬 어로 스펠을 캐스팅했다. 그리고 잠시 후 일행들을 중심으로 근처의 공간이 일제히 뒤틀리더니 수백 명의 어쎄신들이 모습을 드러냈다. 눈 깜짝할 사이에 나타난 어쎄신들의 수는 무려 500여 명이나 되어 보였다.

일행들이 일제히 긴장한 모습을 보이는 반면 렉스와 몇몇 사람들은 털끝만큼의 표정 변화도 없었다. 그 모습에 사이나와 레이너는 왠지 찜찜한 생각을 버릴 수 없었다.

"호오~ 우리를 상대하려고 나타나셨나? 하지만 이 정도로 우리와 즐겁게(?) 놀 수 있을지 모르겠군."

"왜 이들이 부족한가? 걱정하지 마라. 네놈들을 죽일 만큼 충분히 왔으니까 말이야."

레이너가 이를 갈며 이야기하자 렉스는 고개를 갸웃거렸다.

"내가 알기로 넌 그저 멍청한 반역자잖아. 검은 달 교단 사람은 저 사이난가 뭔가 하는 빨간 녀석으로 알고 있는데 왜 네가 설치는 거지? 너도 검은 달 교단에서 뭔가 한자리하는 거야?"

역시 말로 렉스의 기를 죽인다는 것은 불가능에 가까운 일이었다.

"마벡 단장, 어서 다른 부하들도 부르시오. 그래서 겁도 없는 저 애송이 녀석에게 검은 달 교단의 위엄을 보이란 말이오. 어서!"

레이너의 광분한 모습에 사이나는 다시 뒤쪽에 있던 마법사에게 손짓을 내렸고, 마법사가 다시 통신 마법으로 근처에서 대기하고 있던 동료 마법사들에게 연락을 하자 이번에는 처음보다 더욱 많은 1,000여 명의 어쎄신들이 동시에 모습을 드러냈다.

1,500명의 어쎄신들에게 포위를 당한 사람들은 그 엄청난 숫자에 질린 표정을 감추지 못했고, 샤리프와 안드레이의 안색도 미미하게 변했다. 설마 검은 달 교단에서 자신들을 공격하기 위해 이렇게나 많은 어쎄신들을 동원할 줄은 상상도 못했기 때문이다.

"어쭈~ 노력깨나 했는데? 우리를 상대하려고 이렇게 많은 인원을 동원하셨다 이건가? 완전히 물량 공세로군 그래. 좋아, 좋다고. 이제 이렇게 우리를 포위하셨으니 이제 납치를 해간 여성 분들을 보여주실까? 파렴치범 여러분?"

빈정대는 렉스의 말에 어쎄신들은 일제히 살기를 일으켰다. 사람들은 물론 무생물인 돌조차도 이들의 살기에 몸서리 치듯 부르르 떨었다.

레이너는 자신과 조금 떨어져 있던 검은 로브를 뒤집어쓴 두 사람을 가리켰다. 근처에 있던 어쎄신들이 두 사람의 후드를 벗겨내자 초췌한 모습을 한 두 여인의 모습이 드러났다.

"흥! 여기 있다. 어디 능력이 있다면 데려가 봐라."

레이너의 말을 들은 렉스는 웬일인지 천천히 몸을 돌렸고, 그의 행동에 사람들이 이상하다는 생각을 할 때 그의 모습이 사람들의 시야에서 감쪽같이 사라졌다. 영문을 몰라 사람들이 두리번거릴 때 라그나와 바르미아의 전면에 갑자기 나타난 렉스는 눈부시게 빠른 속도로 클레이모어를 휘둘러 두 여인의 목에 검을 겨누고 있는 두 어쎄신들의 팔을 날려 버렸다.

재빨리 10여 파렌쯤 뒤로 물러선 렉스는 재차 클레이모어를 휘둘렀다.

"소드 발칸 샷~"

수십 개의 주먹만한 푸른 빛덩이가 전면을 향해 무섭게, 특히 레이너와 사이나를 향해 날아갔다.

퍼퍼퍼~ 펑~

"크아악~ 으악~"

자욱한 흙먼지와 함께 처절한 단말마의 외마디 소리가 들렸을 땐 렉스와 두 여인은 이미 일행들의 곁으로 돌아온 후였다. 흙먼지를 뚫고 나온 레이너와 사이나는 살기에 가득한 눈으로 렉스를 노려봤지만 렉스는 두 사람을 쳐다보지도 않았다. 오히려 안드레이와 샤리프에게 사과를 하고 있었다.

"이거 두 사람한테 미안한데? 하지만 맛만 봤으니까 요리는 두 사람이 직접 해. 난 다른 떨거지들과 놀고 있을게."

사이나는 세상에 렉스처럼 오만방자한 인간은 일찍이 본 적이 없었다. 그로서도 자신의 인내심이 한계에 달한 것을 느끼고 있었다.

"형제들이여~ 지엄하신 아모데우스님의 뜻을 거역하는 이들에게 우리 교단의 무서움을 뼈저리게 보여주도록 해라."

"와~ 와~"

엄청난 함성에 함께 일행들을 포위하고 있던 어쎄신들이 일제히 공격을 퍼붓자 일행들도 자신의 무기를 움켜잡고 어쎄신들을 향해 달려들었다.

채채채― 챙―

"으아악~"

갖가지 무기들이 부딪치며 내는 소름 끼치는 금속음과 목숨을 끊어진 것을 신고라도 하듯 내뱉어지는 처절한 비명 소리가 들판을 울렸다.

싸움이 시작되자 누구보다 먼저 달려간 사람은 샤리프였다. 꿈에서도 간절히 만나고 싶어했던 원수가 아닌가? 샤리프보다 더욱 빠르게 사이나를 향해 날아간 것은 그의 양손에 들려 있던 배틀 엑스였다.

황급히 옆으로 피했지만 배틀 엑스는 마치 스스로 의지를 가진 것처럼 공중에서 홱 꺾이더니 다시금 사이나를 향해 날아갔다. 몸을 피할 시간을 얻지 못한 사이나는 어쩔 수 없이 롱 소드를 들어 배틀 엑스를 막아냈다.

채― 챙―

날카로운 금속음과 함께 배틀 엑스가 공중으로 퉁겨지는 것을 확인한 사이나는 자세를 바로 하려고 했지만 그때는 이미 샤리프가 1파렌 앞으로 다가선 후였다.

휘이익!

날카로운 소리와 함께 사이나의 머리를 향해 샤리프의 건틀릿이 날아들었다. 깜짝 놀라 상체를 뒤로 넘기면서도 사이나는 허리에 차고 있던 대거를 뽑아 샤리프의 옆구리를 공격했다. 겨우 1파렌의 간격을 두고 계속되는 두 사람의 공방은 단숨에 상대를 두 쪽으로 갈라 버릴 듯 흉포하기 이를 데 없었다.

조금 떨어진 곳에 있던 안드레이와 레이너의 싸움 역시 살벌하기는 마찬가지였다. 새파란 마나에 싸인 두 자루의 검이 허공에서 부딪칠 때마다 엄청난 충격이 주위로 전해졌고, 근처에서 싸우던 사람들은 어떻게 된 영문인지도 모르고 충격파에 당해 피를 쏟아야 했다.

듀오네와 모네스는 여인들의 곁에서 떠나지 못한 채 달려드는 적들을 향해 사정없이 무기를 휘두르고 있었다. 또 게부레인과 크레이도 자신의 실력을 잘 알고 있기 때문에 싸움에 휩쓸리지 않고 자신들에게 달려오는 자들만 상대하고 있었다.

누구보다 신이 난 사람을 꼽으라고 한다면 뭐니 뭐니 해도 메디안이었다.

녹색 머리를 휘날리며 마치 한 마리 나비처럼 싸움터를 휘젓고 다니는 그녀의 모습은 싸움이라기보다는 예술에 가까운 솜씨였다.

그린스노우도 드래곤들을 지키기(?) 위해 혼신의 노력을 다하고 있었다.

페트리오스 역시 공격 마법의 스펠을 캐스팅한 채 혹시 있을지 모르는 기습에 모든 신경을 집중시키고 있었다.

이 처절한 싸움에서 아무것도 하지 않고 있는 존재는 네 마리 드래곤뿐이었다.

몸을 감추고 있던 단원들에게 공격 신호를 보낸 렉스는 자신도 클레이모어를 뽑아 든 채 어쎄신들이 모여 있는 곳을 향해 달려들어 무자비하게 검을 휘둘렀다.

렉스의 마나가 주입된 클레이모어는 마치 신의 무기라도 되는 양 앞을 가로막는 것은 사람이든, 아니면 어떤 무기이든 두 조각으로 만들어 버렸다. 정신없이 클레이모어를 휘두르던 렉스는 뒤집어쓴 피로 온몸이 끈쩍끈쩍한 것을 느꼈지만 클레이모어를 멈출 수 없었다.

자신이 한 명이라도 더 많은 어쎄신들을 베어야 다른 동료들이 안전할 수 있다는 생각 때문이었다. 그때였다.

쾅—

폭음과 함께 후끈한 열기가 전해졌다. 황급히 고개를 돌리고 보니 어쎄신들의 후방에 있던 10여 명의 마법사들이 3개 기사단의 단원들을 향해 연신 공격 마법을 퍼붓고 있는 것이 아닌가? 그들을 그냥 두어서는 안 되겠다는 생각에 클레이모어에 마나를 집어넣은 렉스는 전면을 향해 힘껏 휘둘렀다.

"소드 발칸 샷~"

퍼퍼퍼~ 펑~

폭음과 함께 전면에 있던 어쎄신들의 일부는 극심한 상처를 입었고, 일부는 전신이 산산조각나 주위로 흩어지며 적지 않은 공간이 생겼다. 그 가운데 잔뜩 몸을 웅크린 어쎄신을 발견한 렉스는 재빨리 달려가 그의 어깨를 밟고는 그대로 몸을 날렸다.

공격 마법을 준비하던 마법사들은 갑자기 렉스가 한 마리 새처럼 날아오는 모습을 발견하고는 깜짝 놀라 벌린 입을 다물지 못했다. 지면에 내려선 렉스는 사정없이 휘둘러 마법사들을 공격했다. 마법사들이 모두 쓰러지는 것을 확인할 사이도 없이 렉스는 자신들을 덮치는 어쎄신들을 향해 클레이모어를 정신없이 휘둘렀다.

동료들의 시신이 이미 렉스 주위에 산처럼 쌓였지만 어쎄신들의 공격은 조금도 멈출 줄 몰랐다.

그때였다.

이미 목숨을 잃은 줄 알았던 마법사 가운데 한 명이 힘겹게 고개를 들었다.

그는 자신들의 동료를 향해 무자비한 공격을 퍼붓는 렉스를 노려보며 힘겹게 입을 열었다.

"그대를 영원한 어둠의 세계로 추방한다. 이그자일 프롬 브라이트~"

부들부들 떨리는 손에 낀 반지에서 검은 연기 같은 마나가 피어오르는 것을 확인한 마법사는 반지를 지면에 대었다. 순간 렉스를 중심으로 순식간에 거대한 마법진이 생겨났지만 렉스는 어쎄신들과 싸우느라 미처 그 사실을 깨닫지 못하고 있었다.

느긋하게 싸움을 구경하던 네 마리의 드래곤은 갑자기 근처에서 마법진이 형성되는 것을 깨닫곤 그곳으로 고개를 돌렸다. 동시에 마법진을 만든 것이 바로 흑마법사들이 사용하는 방법이라는 것을 깨닫고는 깜짝 놀랐다.

"인간 마법사 주제에 이렇게 강한 마법진을 만들 수 있다니… 놀랄 일이군."

물론 도네도 크리샨트의 말에 동감하기는 하지만 갑자기 불안한 느낌이 드는 것이 불쾌함을 견디기 힘들었다.

"저쪽이면 렉스 녀석이 달려갔던 곳 아닌가?"

샤이베리아의 말을 듣는 순간 도네는 더 이상 참지 못하고 즉시 비행 마법의 스펠을 캐스팅했다.

"레비테이션!"

허공으로 떠 주위를 살피던 도네의 눈에 검은색의 거대한 마법진 중앙에 서서 어쎄신들과 혈전을 벌이고 있는 렉스의 모습이 들어왔다. 그녀가 막 렉스를 부르려는 순간 렉스의 모습은 몇몇 어쎄신들의 모습과 동시에 그녀의 시야에서 사라져 버렸다.

불안한 마음을 억누르며 도네는 디텍트 계열의 마법을 사용해 렉스가 끼고 있던 맹약의 반지 루 페리온의 위치를 찾았다. 하지만 어디에서도 루 페리온의 존재는 느낄 수 없었다. 이럴 리 없다는 생각에 도네는 몇 번이나 스펠을 캐스팅해 루 페리온의 존재를 찾아봤지만 역시 세상 그 어디에도 루 페리온의 존재는 감지되지 않았다.

순간 도네는 미칠 것 같은 불안감을 느끼며 끓어오르는 분노를 도저히 참을 길이 없었다.

"크아아앙~"

귀청을 찢을 듯한 처절하고 엄청난 포효가 큐비턴 시 외곽의 평야에 울려 퍼졌다. 그리고 도네의 모습이 공중으로 점점 치솟기 시작하며 평야에는 세찬 바람이 몰아치기 시작했다.

〈7권에서 계속〉